El ladrón

El ladrón

Tarryn Fisher

Traducción de Miguel Trujillo Fernández

Plataforma
Editorial

Título original: *Thief*,
originalmente publicado en inglés, en 2013

Primera edición en esta colección: enero de 2019

Copyright © 2013 by Tarryn Fisher
© de la traducción, Miguel Trujillo Hernández, 2019
© de la presente edición: Plataforma Editorial, 2019

Plataforma Editorial
c/ Muntaner, 269, entlo. 1.ª – 08021 Barcelona
Tel.: (+34) 93 494 79 99 – Fax: (+34) 93 419 23 14
www.plataformaeditorial.com
info@plataformaeditorial.com

Depósito legal: B 18479-2019
ISBN: 978-84-17886-17-2
IBIC: YF

Printed in Spain – Impreso en España

Diseño y realización de cubierta:
Ariadna Oliver y Grafime

Fotocomposición:
Grafime

El papel que se ha utilizado para imprimir este libro proviene
de explotaciones forestales controladas, donde se respetan
los valores ecológicos y sociales, y el desarrollo sostenible del bosque.

Impresión:
Romanyà Valls
Capellades (Barcelona)

Para las loquillas apasionadas.
Esta novela es para vosotras.

Capítulo uno

El presente

Olivia. Ya la he perdido en tres ocasiones. La primera vez fue a causa de mi impaciencia. La segunda, debido a una mentira tan densa que no fuimos capaces de salir de ella. Y la tercera ocasión, esta ocasión, la he perdido a causa de Noah.

Noah. Es un buen muchacho; ya lo he estado investigando. De manera bastante concienzuda. Sin embargo, podría ser el príncipe heredero al trono de Inglaterra y seguiría sin parecerme lo bastante bueno para ella. Olivia es como una obra de arte. Tienes que saber de qué forma interpretarla, de qué forma ver la belleza que yace bajo las severas líneas de su personalidad. Cuando me lo imagino a él teniéndola de maneras que yo no puedo tenerla, me entran ganas de golpearle la cara con el puño hasta que ya no quede nada de él.

Olivia es mía. Siempre ha sido mía y siempre lo será. Nos hemos pasado los últimos diez años corriendo en direcciones opuestas, pero al final acabamos chocándonos con cada giro. En ocasiones, es porque los dos nos estamos buscando mutuamente. Otras veces, es cosa del destino.

Olivia es una persona con la clase de amor capaz de teñirte el alma, de hacer que supliques no seguir teniendo esa alma y tan solo poder escapar del hechizo bajo el que te ha sometido. He intentado desprenderme de ella una y otra vez, pero nunca ha servido de nada. La llevo más a ella en mis venas que a mi propia sangre.

* * *

La estoy viendo en este momento; está saliendo por la televisión. Las setenta y dos pulgadas de la pantalla están llenas de Olivia: pelo negro, ojos ambivalentes y las uñas pintadas de un rojo rubí que hacen «tap, tap, tap» sobre la mesa que se encuentra delante de ella. El telediario del Canal Seis está cubriendo la noticia. Están juzgando a Dobson Scott Orchard, un violador de mala reputación que secuestró a ocho chicas a lo largo de doce años, y Olivia es quien lo defiende. Se me revuelve el estómago. Conociéndola, no soy capaz de imaginarme siquiera la razón por la que aceptaría el caso de ese hombre. A lo mejor su menosprecio hacia sí misma la impulsa a defender a criminales despreciables. Una vez ya defendió a mi mujer, y consiguió ganar el caso que podría haberla dejado entre rejas durante veinte años. Ahora está sentada con calma junto a su cliente y cada cierto tiempo se inclina hacia él para decirle algo al oído mientras esperan a que el jurado entre en la sala con el veredicto. Ya voy por mi segundo *whisky* escocés. No sé si estoy nervioso por su situación o por estar viéndola. Dirijo la mirada hacia sus manos; siempre soy capaz de saber lo que siente Olivia al mirarle las manos. Han dejado de tamborilear y están cerradas en puños, y las pequeñas muñecas descansan sobre el borde de la mesa como si estuvieran encadenadas allí. Desde arriba puedo ver su anillo de bodas. Me sirvo otro vaso de *whisky*, me lo bebo todo de un trago y aparto la botella a un lado. La imagen de la pantalla cambia a una sala de prensa donde un periodista está hablando acerca de las escasas seis horas durante las que ha deliberado el jurado y lo que eso significa para el veredicto. De pronto, el periodista da un respingo en su asiento, como si alguien lo hubiera electrocutado.

—El jurado ha entrado ya en la sala, donde dentro de unos minutos el juez leerá el veredicto. Vayamos ahora hacia allí.

Me inclino hacia delante en mi asiento, con los codos apoyados sobre las rodillas. No dejo de mover las piernas; un hábito nervioso, y deseo tomar otro dedo de *whisky*. Toda la sala del juzgado se pone en pie. Dobson se alza imponente sobre Olivia, que parece una muñequita de porcelana junto a él. Se ha puesto una blusa de seda azul; mi tono favorito. Tiene el pelo recogido por detrás, pero unos mechones se han escapado de los broches y caen alrededor de su cara. Es tan hermosa que bajo la cabeza para tratar de contener los recuerdos, pero estos acuden a mí de todos modos. Y su pelo domina todos y cada uno de ellos, largo y salvaje. Lo veo sobre mi almohada, lo veo entre mis manos, lo veo en la piscina donde la besé por primera vez. Es lo primero en lo que te fijas al verla: una chica pequeña rodeada de una masa de pelo oscuro y ondulado. Se lo cortó después de que rompiéramos. Casi no la reconocí en la tienda de música cuando nos encontramos, y mi aturdimiento por lo mucho que había cambiado me ayudó en mi mentira. Quería conocer a esa Olivia que se había cortado el pelo y había atravesado una habitación utilizando tan solo sus mentiras. Mentiras..., suena demencial desear las mentiras de una mujer. Pero Olivia te quiere con sus mentiras. Miente sobre lo que está sintiendo, sobre lo que sufre, cuando te quiere, pero te dice que no lo hace. Miente para protegerte, y también para protegerse a sí misma.

La observo mientras se aparta con impaciencia un mechón de su pelo y se lo coloca detrás de la oreja. Para un ojo poco entrenado, este sería un gesto femenino corriente, pero yo soy capaz de ver el modo en el que echa la muñeca hacia atrás. Se siente agitada.

Esbozo una sonrisa, pero esta desaparece de mi rostro en cuanto el juez lee el veredicto:

—No culpable por razones de demencia.

Por el amor de Dios..., lo ha conseguido. Me paso los diez dedos por el pelo. No sé si prefiero zarandearla o felicitarla. Olivia se derrumba en su asiento, y su conmoción es visible en sus cejas. Todo el mundo se está abrazando y dándole unas palmadas en la espalda. Más mechones de su pelo quedan sueltos mientras recibe las felicitaciones. Van a enviar a Dobson a una institución para enfermos mentales en lugar de a la prisión federal. Espero para ver si Olivia lo abraza también a él, pero guarda distancia y tan solo le ofrece una tensa sonrisa. La cámara enfoca el rostro del abogado de la acusación, que parece enfurecido. Todo el mundo parece enfurecido. Está haciendo enemigos; esa es su especialidad. Siento la necesidad de protegerla, pero ya no es mía. Espero que Noah sea capaz de estar a la altura del desafío.

* * *

Voy a por mis llaves y salgo a correr un poco. El aire está denso a causa de la humedad, palpita a mi alrededor y me distrae de mis propios pensamientos. Quedo empapado en cuanto salgo de mi apartamento y después giro hacia la izquierda de mi edificio y corro en dirección a la playa. Es hora punta para el tráfico. Voy atajando entre los parachoques e ignoro los ojos agitados que me siguen a lo largo de la calle. Hay Mercedes, BMW, Audis…, la gente de mi vecindario no anda corta de poder adquisitivo. Me siento bien al correr. Mi apartamento se encuentra a poco más de un kilómetro y medio de la playa; hace falta cruzar dos canales para llegar hasta ella. Echo un vistazo a los yates mientras esquivo un par de cochecitos de bebé y pienso en mi propio barco. Ha pasado un tiempo desde la última vez que trabajé en él. A lo mejor eso es lo que necesito, un día con el barco. Cuando llego hasta el agua, viro de forma brusca hacia la izquierda y corro a lo largo de la orilla. Aquí es donde me enfrento a mi furia.

Continúo corriendo hasta que ya no puedo más. Entonces, me siento sobre la arena y respiro con fuerza. Tengo que conseguir recomponerme. Si sigo chapoteando en esta cloaca emocional mucho más tiempo, tal vez no sea capaz de salir nunca de ella. Me saco el teléfono móvil del bolsillo y llamo al número de casa. Mi madre responde sin aliento, como si hubiera estado utilizando la máquina elíptica.

Pasamos por las formalidades. Da igual cuál sea la situación, da igual lo desesperada que pueda sonar mi voz: mi madre siempre me pregunta de forma educada cómo me encuentro y después me pone brevemente al día sobre sus rosas. Espero hasta que haya terminado y después digo con una voz más estrangulada de lo que pretendía:

—Voy a aceptar el trabajo en Londres.

Hay un momento de silencio aturdido antes de que responda. Su voz suena demasiado feliz.

—Caleb, hacer eso es lo correcto. Gracias a Dios que se te ha vuelto a presentar la oportunidad. La última vez rechazaste el trabajo por esa muchacha…, fue un error enorme que…

La interrumpo y le digo que ya la llamaré al día siguiente, después de haber hablado con el despacho de Londres. Echo un vistazo más al océano antes de dirigirme de nuevo a mi casa. Mañana voy a ir a Londres.

Pero no lo hago.

Me despierto con el sonido de unos fuertes golpes. Al principio pienso que es por las obras que están haciendo en mi edificio, pues en el apartamento 760 están remodelando la cocina. Meto la cabeza bajo la almohada, pero eso no ayuda en absoluto a amortiguar el sonido. Suelto una maldición y la tiro a un lado. El golpeteo suena más cerca de casa. Me quedo boca arriba para escuchar, y la habitación parece girar sobre su eje. He bebido demasiado *whisky*… otra vez. Los golpes suenan desde mi puerta de entrada. Paso las piernas por el lateral de la cama y me pongo unos pantalones de pijama de color gris que encuentro tirados en el suelo. Cruzo mi sala de estar mientras aparto con los pies los zapatos y las pilas de ropa que se han estado acumulando durante semanas. Abro la puerta de golpe y todo se congela. Respiración... Latidos del corazón... Pensamiento. Ninguno de los dos decimos ni una palabra mientras nos evaluamos mutuamente. Después, pasa junto a mí de un empujón y comienza a pasearse por mi sala de estar, como si presentarse aquí fuera lo más natural del mundo. Yo todavía sigo plantado frente a la puerta abierta y la observo llena de confusión cuando ella dirige la carga completa de su mirada hacia mí. Tardo un minuto en hablar, en darme cuenta de que esto está ocurriendo de verdad. Puedo oír a alguien utilizando un taladro en el piso superior. Puedo ver a un pájaro que atraviesa el cielo, al otro lado de mi ventana, pero me digo a mí mismo que mis sentidos me mienten en lo relativo a ella. No está aquí de verdad después de todos estos años.

—¿Qué estás haciendo aquí, Reina?

Trato de internalizarla, de absorberla. Parece desquiciada; tiene el pelo trenzado sobre la espalda, pero hay algunos mechones que se han soltado alrededor de su cara. Sus ojos están perfilados con *kohl*, empapados de emoción. Nunca la había visto con ese tipo de maquillaje antes. Abre mucho los brazos en un gesto de furia. Me preparo para la ráfaga de improperios que normalmente acompaña a su furia.

—¿Qué pasa? ¿Es que ya no limpias?

No es lo que esperaba. Cierro la puerta de una patada y me paso una mano por la nuca. Llevo tres días sin afeitarme, y lo único que llevo puesto son unos pantalones de pijama. Mi apartamento parece la habitación de una residencia universitaria.

15

Me acerco con lentitud hasta el sofá, como si este no fuera mi propia sala de estar, y me siento con incomodidad. La observo mientras se pasea por ahí. De pronto, se detiene.

—Lo he dejado escapar. He vuelto a dejarlo libre en las calles. ¡Es un puto psicópata! —Golpea un puño contra su palma abierta al pronunciar la última palabra. Su pie toca una botella vacía de *whisky* y esta sale rodando por encima del parqué. Los dos la seguimos con la mirada hasta que desaparece por debajo de una mesa—. ¿Qué coño pasa contigo? —me pregunta mientras mira a su alrededor.

Me reclino sobre el respaldo del sofá y entrelazo las manos por detrás del cuello. Sigo su mirada mientras recorre el desastre que es mi apartamento.

—Deberías haber pensado en eso primero, antes de aceptar el caso.

Parece estar a punto de darme un puñetazo. Sus ojos se dirigen a mi pelo, descienden por mi barba, se pausan en mi pecho y vuelven a subir hasta mi cara. Y, de repente, vuelve a estar sobria. Veo cómo llena sus ojos, el entendimiento de que ha venido hasta aquí y de que no debería haberlo hecho. Los dos nos ponemos en movimiento en el mismo instante. Ella sale disparada hacia la puerta, pero yo me levanto de un salto y bloqueo su camino.

Ella guarda la distancia mientras se muerde el labio inferior, y sus ojos perfilados con *kohl* parecen ahora menos seguros.

—Te toca moverte —le digo.

Veo cómo su garganta da un espasmo mientras se traga sus pensamientos, mientras se traga diez años de nosotros.

—Está bien…, ¡está bien! —dice al fin.

Rodea el sofá y se sienta en el sillón reclinable. Hemos comenzado con nuestro habitual juego del gato y el ratón. Me siento cómodo con esto. Tomo asiento en el sofá de dos plazas y la observo con expectación. Ella utiliza el pulgar para hacer girar su anillo de casada. Cuando ve que la miro, se detiene. Casi me echo a reír cuando levanta los pies del sillón reclinable y se tumba hacia atrás como si estuviera en su casa.

—¿Tienes una Coca-Cola?

Me levanto y voy a por una botella de Coca-Cola del frigorífico. No es un refresco que yo beba, pero siempre lo tengo en mi frigorífico. A lo mejor es por ella. No lo sé. Le quita la tapa, se lleva la botella a los labios y comienza a tragar. Le encanta el ardor.

Cuando termina, se frota la boca con el dorso de la mano y me mira fijamente, como si yo fuera una serpiente. La serpiente es ella.

—¿No deberíamos probar a ser amigos?

Abro las manos e inclino la cabeza hacia un lado, como si no supiera de qué está hablando. Pero sí que lo sé. No somos capaces de permanecer alejados, así que ¿cuál es la alternativa? Suelta un hipido a causa de la Coca-Cola.

—¿Sabes? —continúa—. Nunca había conocido a nadie que pudiera decir tanto como tú sin que le salga una sola palabra de la boca —me espeta. Le dirijo una sonrisa. Por lo general, si le permito que hable sin interrumpirla, me acaba contando más de lo que pretendía—. Me odio. Bien podría haber sido yo la que ha dejado libre en las calles otra vez al puto Casey Anthony.

—¿Dónde está Noah?

17

—En Alemania.

Levanto las cejas.

—¿Ha estado fuera del país durante el veredicto?

—Cierra la boca. No sabíamos cuánto tiempo iban a tardar en deliberar.

—Deberías estar celebrándolo.

Me reclino en el sofá y paso los dos brazos por el respaldo. Ella comienza a llorar con rostro estoico y las lágrimas se le derraman como si fuera un grifo abierto. Yo me quedo justo donde estoy. Me gustaría consolarla, pero cuando la toco siempre me resulta difícil detenerme.

—¿Recuerdas esa vez, en la universidad, cuando comenzaste a llorar porque pensabas que ibas a suspender ese examen y la profesora pensó que te estaba dando un ataque? —Se echa a reír, y yo me relajo—. Has hecho tu trabajo, Reina —añado en voz baja—. Y lo has hecho bien.

Ella asiente con la cabeza y se pone en pie. Nuestro tiempo juntos se ha terminado.

—Caleb… Eh… —Niego con la cabeza. No quiero que me diga que siente haber venido, ni que no va a volver a ocurrir nunca más. La acompaño hasta la puerta—. ¿Se supone que debería decirte que siento lo que ocurrió con Leah?

Me mira a través de las pestañas. Sus lágrimas le han dejado la máscara de pestañas hecha un desastre. En cualquier otra mujer habría parecido desaliñado, pero en Olivia parece algo sexual.

—No te creería si me lo dijeras.

Me dirige una sonrisa que comienza en sus ojos y se extiende con lentitud hasta sus labios.

—Vente a cenar a casa. Noah siempre ha querido conocerte. —Debe de ver el escepticismo en mi rostro, porque se echa a reír—. Noah es genial. En serio. Puedes traerte a una cita si quieres.

Me paso la mano por la cara y niego con la cabeza.

—Ir a cenar con tu marido no está en mi lista de cosas por hacer antes de morir.

—En la mía tampoco estaba lo de defender a tu exmujer en una demanda.

Me encojo.

—Au.

—¿Nos vemos el jueves que viene a las siete?

Me guiña un ojo y prácticamente sale patinando de mi apartamento.

No he aceptado, pero ya sabe que voy a estar ahí.

Joder. Me tiene comiendo de su mano.

Capítulo dos

El presente

Llamo por teléfono a mi cita. Va a llegar más tarde de lo que debería, como suele hacer. La he estado viendo un par de veces por semana desde hace tres meses. Resultó ser una sorpresa lo mucho que disfrutaba de su compañía, sobre todo después de lo que ocurrió con Leah. Me sentía como si se hubieran acabado las mujeres para mí durante un tiempo, pero supongo que soy un adicto.

Hemos acordado encontrarnos directamente en casa de Olivia en lugar de ir juntos en coche. Le mando un mensaje con la dirección de Olivia mientras me recorto la barba hasta quedarme con una perilla. Opto por ir a lo James Dean y me pongo unos vaqueros azules con una camiseta blanca. Todavía hay una línea de piel más clara en el lugar donde solía estar mi anillo de casado. Durante el primer mes después del divorcio, me encontraba buscándolo constantemente con los dedos y sentía un momento de pánico cada vez que veía mi dedo desnudo y pensaba que lo había perdido. La verdad siempre me ahogaba, como si tuviera la boca llena de algodón. Había perdido mi matrimonio, no el anillo, y la culpa había sido mía. La eternidad prometida tan solo duró cinco años, y no estuvimos juntos hasta que la muerte nos separó, sino hasta que lo hicieron unas diferencias irreconciliables. Todavía echo de menos estar casado, o tal vez echo de menos la idea que tenía de ello. Mi madre siempre decía que había nacido para casarme. Me froto el espacio vacío en el dedo mientras espero a que llegue el ascensor del edificio de Olivia.

Sigue viviendo en el mismo apartamento. Vine aquí una vez, durante el juicio de Leah. Es unas tres veces más grande que el mío, con ventanales que van desde el suelo hasta el techo y que dan al mar. Olivia es una fanfarrona; ni siquiera le gusta el océano. Lo más cerca que la he visto de meterse en el mar es mojase el dedo gordo del pie. Su casa se encuentra en el piso superior. Aferro la botella de vino mientras el ascensor produce un sonido metálico y la puerta se abre. Es la única que vive en este piso.

Hago un inventario del pasillo: un par de zapatillas de tenis de hombre (de él), una planta (de él), una placa en la puerta en la que pone «Lárgate» (de ella). Lo observo todo con cautela. Voy a tener que comportarme de la mejor forma posible: nada de flirtear, nada de tocarla, nada de desnudarla con la mirada. Tan solo voy a poder concentrarme en mi cita, y eso no debería ser un problema. Sonrío para mí mismo mientras me imagino la reacción de Olivia. La puerta de la casa se abre antes de que pueda llamar al timbre, y un hombre llena el espacio del umbral. Nos miramos el uno al otro durante unos buenos diez segundos, y siento un breve momento de incomodidad. ¿Se le habría olvidado decirle que iba a venir? Entonces, se pasa una mano por el pelo parcialmente húmedo y su rostro da paso a una sonrisa.

—Caleb —dice.

«Haon».

Le echo un vistazo. Es unos cuantos centímetros más bajo que yo, pero es más fornido y tiene un cuerpo bien trabajado. Pelo oscuro corto, con zonas grises en las sienes. Le echaría unos treinta y cinco años, aunque sé gracias al detective privado que he contratado que tiene treinta y nueve. Es judío y, si su aspecto no me lo hubiera dicho, la estrella de David que lleva alrededor del cuello lo habría hecho. Es un tío bastante guapo.

—Noah.

Me tiende la mano y yo sonrío mientras se la tomo. La ironía de que ambas manos hayan tocado a su mujer me pone un poco de mal humor.

—Me ha mandado aquí fuera a buscarlas —dice mientras recoge las zapatillas de tenis—. No le digas que las has visto. Es una nazi con el desorden.

Me echo a reír ante el hecho de que su marido judío la tilde de nazi y lo sigo al interior del apartamento. Pestañeo al ver el recibidor, que es diferente a la última vez que estuve aquí. Ha reemplazado toda la frialdad del blanco y del negro con colores cálidos. Parece un hogar: suelos de madera, alfombras, adornos. Los celos me atraviesan, pero los aparto a un lado mientras Olivia sale trotando de la cocina, quitándose un delantal.

Lo deja a un lado y me da un abrazo. Durante una fracción de segundo me siento bien al ver que se acerca a mí con tanta determinación. Entonces, pone el cuerpo rígido, sin permitir que se funda conmigo. No puedo evitar sentirme frustrado. Tengo que reducir mi sonrisa, que siempre se extiende con fuerza y rapidez cuando ella está cerca. Pero Noah nos está observando, así que le entrego la botella de vino a Olivia.

—Hola —la saludo—. No sabía qué habría para cenar, así que he traído un tinto.

—Malbec —dice, y le dirige una sonrisa a Noah—. Tu favorito. —Veo un afecto genuino en sus ojos cuando lo mira. Me pregunto si sería así como yo mismo miraba a Leah, y cómo lo había aguantado Olivia durante todos los meses que duró el juicio—. Vamos a comer cordero —añade—, así que es perfecto.

Suena el timbre de la puerta y me siento más alegre de inmediato. Olivia dirige la cabeza hacia mí y me mira a los ojos, como para tratar de averiguar qué es lo que estoy tramando. Permito que una sonrisa se extienda con lentitud por mi rostro. Por fin voy a obtener la respuesta que quiero. O bien siente lo mismo que yo o bien no lo hace. Noah se aleja unos cuantos pasos para abrir la puerta y nosotros nos quedamos mirándonos fijamente a los ojos. Su cuerpo está paralizado, tenso, se prepara para lo que estoy a punto de mostrarle. Oigo la voz de mi cita detrás de mí. Los ojos de Olivia se apartan de mí hacia el lugar donde Noah está bloqueando temporalmente la visión de mi cita. Después, este se aparta a un lado y veo lo que había estado esperando. Olivia aturdida, Olivia desarmada, Olivia furiosa. El color desaparece de su rostro y su mano se dirige hacia su clavícula para agarrar su collar; un diamante sencillo colgado de una cadena. Noah llega hasta donde estoy y yo me doy la vuelta para dirigirle una sonrisa a Jessica. Jessica Alexander.

—Jess, ya conoces a Olivia —le digo.

Ella asiente con la cabeza y le lanza una radiante sonrisa a la villana de pelo azabache que la sacó de mi vida de golpe, como quien derriba un bolo.

—¿Qué pasa, forastera? —la saluda. Se lanza hacia delante y le da un abrazo por sorpresa a Olivia—. Cuánto tiempo sin verte.

* * *

Jessica Alexander me encontró en Facebook. Me mandó un mensaje para decirme que estaba viviendo otra vez en la zona de Miami y que quería quedar para tomar algo. Estaba borracho cuando leí su mensaje, así que respondí y le di mi número de teléfono. Quedamos al día siguiente en el bar Louie. Estaba exactamente igual que antes: pelo largo, piernas largas y falda corta. Mi gusto en mujeres de cuando iba a la universidad todavía seguía siendo el mismo, y también me seguía atrayendo su personalidad, que sorprendentemente resultó ser incluso más dulce de lo que recordaba. Necesitaba una buena y larga dosis de dulzura después de las dos últimas víboras a las que había querido. Ninguno de los dos sacó el tema del bebé, pero sí que le hablé acerca de Estella. Lo que había deducido es que Jessica no tenía ni idea sobre el papel que había desempeñado Olivia en nuestra ruptura. Nos seguimos viendo con frecuencia después de eso, pero todavía no hemos compartido una cama.

Observo el rostro de Olivia por encima del hombro de Jess. Siempre ha tenido un don para el autocontrol. Y entonces hace lo que jamás me habría imaginado: se ríe y le devuelve el abrazo a Jess, como si fueran viejas amigas. Estoy en un estado de aturdimiento tan grande que casi tengo que dar un paso atrás. Noah está observando cómo se desarrollan los acontecimientos con cierta curiosidad. Sin duda, para él es como si solo fuéramos personajes.

—Pasad, pasad.

Olivia nos conduce hasta la sala de estar y me lanza una mirada triunfal. Me doy cuenta de que no es que sea mejor persona, tan solo se ha convertido en una mejor actriz.

Touché. Todavía podemos pasarlo bien.

Jess corre a ayudar a Olivia en la cocina, lo que nos deja a Noah y a mí solos con un plato de queso *brie* y galletitas saladas. Hablamos de cosas sin importancia durante unos diez minutos. El tema habitual para los hombres son los deportes: Marlins, Heat, Dolphins…, *quarterbacks, starters, pitchers…,* cosas que ya no me importan una puta mierda.

—¿Te sientes incómodo?

Lo miro con sorpresa. «Lo sabe. Joder.» Pero, al menos, la honestidad me ayuda a relajarme.

—¿Tú no lo estarías?

Acepto el vaso de *whisky* que me entrega. Puro de malta, etiqueta negra…, decente.

Se sienta delante de mí y esboza una sonrisa.

—Claro.

No le molesta mi presencia, así que me pregunto cuánto sabrá en realidad. A menos que… A menos que esté tan seguro de su relación con Olivia que no crea que haya nada de lo que preocuparse. Me reclino en mi asiento y observo la situación con una nueva perspectiva. Es evidente que no es de los celosos.

—Si para ti no supone ningún problema, entonces para mí tampoco —le digo.

Coloca el tobillo por encima de su rodilla y se acomoda en su silla.

—¿Has hecho que me investiguen?

—Investigación de antecedentes en tres países diferentes.

Tomo un sorbo de *whisky* y enrosco la lengua por el sabor. Noah asiente con la cabeza, como si ya se lo esperara.

—¿Has encontrado algo que no te gustara?

Me encojo de hombros.

—Te has casado con mi primer amor, así que ya no me gustabas para empezar.

Una de las comisuras de su boca se levanta con una sonrisa cómplice y asiente lentamente con la cabeza.

—Sé que Olivia te importa, Caleb, pero a mí me parece bien. Tú y yo no vamos a tener ningún problema siempre que mantengas las manos alejadas de mi mujer.

Entonces entran las chicas y los dos nos ponemos en pie. Olivia es capaz de sentir que ha habido una conversación. Sus ojos siempre fríos se mueven alternativamente entre nosotros.

«Elígeme a mí.»

Su mirada acaba aterrizando en Noah. La intimidad que hay entre ellos me hace sentir celoso. Furioso. Aprieto los dientes hasta que Olivia se da cuenta de que lo estoy haciendo. Dejo de hacerlo en cuanto sus ojos me recorren la mandíbula, pero ya es demasiado tarde. Ya ha visto lo que estoy sintiendo.

Arquea una de sus cejas perfectas.

«Dios. Cómo odio que haga eso.»

Me entran ganas de darle un azote.

El cordero está demasiado cocinado y los espárragos están blandos, pero me he quedado tan impresionado por el hecho de que sus manitas maliciosas ahora cocinen que dejo el plato limpio y después repito. Ella se bebe tres copas de vino con tanta tranquilidad que me pregunto si se habrá convertido en un hábito o si esta cena la está poniendo nerviosa. Hablamos sobre sus clientes y Olivia nos hace reír a todos. Noah está claramente prendado de ella. Está observando todo lo que hace con una ligera sonrisa en los labios. Me recuerda a mí mismo. Olivia le hace preguntas a Jessica sobre lo que ha estado haciendo con su vida, lo cual me resulta incómodo. Tengo cuidado de no hablar solo con ella, de no mirarla más de la cuenta, de no apartar la mirada cuando interactúa con Noah porque me molesta que lo haga. Es difícil no examinar la dinámica que tienen entre ellos. Olivia siente un afecto genuino hacia él. Me doy cuenta de que su personalidad se vuelve más suave cuando él está cerca. No ha soltado ni un solo improperio desde que atravesé la puerta de su casa, lo cual es el máximo tiempo que su boca ha permanecido limpia en la historia de Olivia.

«Su boca.»

Noah tiene una de esas personalidades poco frecuentes que provocan un efecto calmante en una situación potencialmente peliaguda. No consigo evitar que el tío me caiga bien, a pesar de que se haya llevado a mi chica. Y también tiene los huevos de amenazarme.

Mientras nos despedimos en el vestíbulo de su casa, Olivia se niega a mirarme a los ojos. Parece estar agotada, como si la noche le hubiera pasado factura en el plano emocional. Se encuentra cerca de Noah y veo que lleva la mano hasta la de él. Quiero saber qué es lo que está sintiendo. Quiero ser yo quien la consuela.

Jess me acompaña a mi casa y pasa la noche conmigo. Mi madre me ha dejado cuatro mensajes preguntándome por mi mudanza a Londres.

* * *

Cuando me despierto, me llega un olor a beicon. Puedo oír el sonido metálico de las cacerolas y el agua que corre en el fregadero. Camino desnudo hasta la cocina, donde encuentro a Jess preparando el desayuno. Me apoyo sobre la encimera para observarla. He estado casado con una mujer durante cinco años y creo que jamás la vi cascando un huevo siquiera. Se ha puesto una de mis camisetas y se ha recogido el pelo en un moño desordenado; le queda muy *sexy*. Observo sus piernas, que parecen kilométricas. Soy de los que adoran las piernas. La escena de *Pretty Woman* en la que Vivian le cuenta a Richard las medidas exactas de sus piernas es una de las mejores escenas de toda la película. Se pueden perdonar muchas cosas en una mujer si tiene unas buenas piernas.

Y las de Jessica no tienen comparación.

Me siento mientras ella me entrega una taza de café y me sonríe con timidez, como si nunca antes hubiéramos hecho algo como esto. Me gusta bastante. Una vez la amé, y sería sencillo volver a enamorarme de esta mujer. Es guapa…, más guapa que Leah, y también más guapa que Olivia. «¿Es que alguna chica puede ser más guapa que Olivia?»

28

—No quería despertarte —me explica—, así que me he entretenido haciéndote de comer.

—Haciéndome de comer —repito. Me gusta eso.

—Me gusta hacer cosas por ti. —Me dirige una sonrisa coqueta—. Te he echado de menos, Caleb.

Pestañeo mientras la miro. ¿Qué habría pasado si me hubiera contado que estaba embarazada en lugar de ir a abortar? Ahora tendríamos un hijo de diez años.

La acerco a mí para besarla. Ella nunca se resiste, nunca hace como si no me deseara. La llevo hasta el sofá y dejamos que se quemen las tostadas.

* * *

Más tarde, estoy sentado en la cafetería que hay bajando la calle, bebiéndome un expreso. Jess ha tenido que irse a trabajar. Mi teléfono emite un pitido para avisarme de un mensaje de texto.

O: ¿Y bien?

Sonrío para mí mismo y me termino el expreso antes de responderle.

¿Bien qué?

Hay una larga pausa. Está pensando de qué forma sonsacarme la información sin que suene como si le importara.

O: ¡No juegues conmigo!

Recuerdo la última vez que me pediste que no hiciera eso. Creo que estábamos en un bosquecillo de naranjos.

O: Que te jodan. ¿Qué te ha parecido Noah?

Majo.

¿Qué te ha parecido Jess?

29

O: La misma zorra estúpida.

Me echo a reír y los demás clientes de la cafetería se dan la vuelta para ver de qué me estoy riendo. Recojo mis cosas para marcharme de aquí. Olivia siempre ha sido de ir directa al grano. Ya casi he llegado hasta mi coche cuando mi teléfono vuelve a sonar.

O: No te enamores de ella.

Miro fijamente su mensaje durante un largo rato. Un minuto…, tres. ¿Qué es lo que quiere de mí? No le respondo. Me siento como si me hubiera dado un puñetazo.

Y eso es todo. No vuelvo a saber de ella durante un año más.

Capítulo tres

El pasado

La primera vez que la vi…, madre mía; fue como si jamás hubiera visto a otra mujer en toda mi vida. Lo que me llamó la atención fue su forma de caminar. Se movía como si fuera agua: con fluidez, con determinación. Todo lo demás se entremezclaba en un borrón, y lo único que era capaz de ver era a ella. Lo único que parecía sólido entre todo ese color. Sonreí cuando se detuvo bajo ese árbol retorcido de aspecto grotesco y le lanzó la mirada más envenenada que había visto jamás. Nunca antes me había fijado en ese árbol, aunque se trataba de una de esas cosas que, cuando las ves, te preguntas cómo no habías podido darte cuenta antes.

Uno de mis amigos me dio un puñetazo en el brazo para llamarme la atención. Habíamos estado hablando de baloncesto. El entrenador había puesto a la mitad del equipo en suspensión por fumar hierba, y ahora teníamos que jugar el último puñado de partidos con nuestros mejores jugadores en el banquillo durante el resto de la temporada. Pero la conversación había terminado para mí en el momento en que la vi. Ellos siguieron la dirección de mis ojos y se lanzaron miradas de complicidad. Yo tenía cierta reputación en lo relativo a las mujeres. Todavía estaban intercambiando comentarios cuando me detuve debajo del árbol. Ella me daba la espalda. Tenía el tipo de pelo que hacía que te entraran ganas de entrelazar las manos en él: oscuro y salvaje, largo hasta su estrecha cintura. Mis primeras palabras hacia ella deberían haber sido: «¿Quieres casarte conmigo?». En lugar de eso, lo que dije fue:

—¿Por qué estás enfadada con ese árbol?

Ella se giró hacia mí con tanta rapidez que me hizo retroceder. Me dejó temblando sobre mi eje, inseguro. Aquellos eran sentimientos a los que no estaba muy acostumbrado. El resto de nuestra conversación me dinamitó el ego.

—Solo era una pregunta, encanto, no me ataques.

Joder, sí que era hostil.

—¿Puedo ayudarte en algo? —me espetó.

—Estaba interesado en averiguar por qué este árbol te hacía fruncir el ceño. —Era una cutrez, pero ¿qué demonios se suponía que iba a decirle? O bien había tenido un día muy malo o bien siempre era así, y, en cualquier caso, me sentía obligado a quedarme bajo la sombra y hablar con ella.

De pronto, parecía cansada.

—¿Estás tratando de ligar conmigo?

«Joder.» Aquello se había convertido en uno de los encuentros con mujeres más extraños que había tenido en la vida. Así que le dije mi nombre.

—Lo siento, ¿qué?

—Mi nombre. —Le ofrecí la mano; tan solo quería tocarla. Estaba fría como el hielo; parecía como si su personalidad se filtrara a través de su piel. Apartó la pequeña mano con demasiada rapidez——. Sí, estaba tratando de ligar contigo, hasta que me has derribado, claro.

No creo que en todos los días que llevo viviendo y respirando le haya dado la mano alguna vez a una chica que me gustara. Me resultaba incómodo, y para ella también. Frunció el ceño y miró a su alrededor, al aparcamiento, como si quisiera que alguien acudiera a salvarla.

—Escucha, me encantaría quedarme aquí y alimentar tu ego parloteando, pero tengo que irme.

Parloteando. Acababa de utilizar una palabra ridícula para insultarme. Dios. ¿Quién demonios era esa mujer? Y, si podía conseguir que dejara de ser tan hostil, ¿a qué sabría? Ya había comenzado a alejarse de mí. Tenía que hacer algo o decir algo que al menos consiguiera que me recordara. De modo que decidí devolverle el insulto.

—Si fueras un animal, serías una llama —dije detrás de ella.

Era cierto. Resulta que me gustan mucho las llamas. Son reservadas y siempre te miran con malos ojos. Y, cuando las cabreas, te lanzan un escupitajo. Había visto cómo se lo hacían a mi hermano en un zoológico, y fue entonces cuando se convirtieron en mi animal favorito. Pero esa muchacha no sabía eso; tan solo sabía que la estaba comparando con un animal. Y aquello la cabreaba.

—¿Y eso por qué?

—Búscalas en Google —dije—. Nos vemos por aquí.

Y entonces me di la vuelta. Desde luego, tenía pensado verla por ahí. Iba a perseguir a esa mujer helada y áspera. Iba a perseguirla durante todo el camino hasta llegar a su puto palacio de hielo, para fundirlo hasta los cimientos si tenía que hacerlo. Estaba acostumbrado a que las mujeres me desearan, pero ella no quería tener nada que ver conmigo…, ni siquiera me había dicho cómo se llamaba. Mientras la observaba alejarse de allí, supe dos cosas: la deseaba y, además, iba a ser un arduo trabajo.

Nadie sabía quién era esa chica, y eso me dejaba completamente perplejo. Aquella chica estaba tan por encima de todo lo que había visto en la vida que pensaba que cualquier chico del campus respondería a mi descripción: un pelo oscuro increíble, ojos furiosos, una cintura lo bastante pequeña como para rodearla con las manos. Tuve que utilizar mis conexiones con la secretaría, gracias a una chica con la que había salido en el instituto y que todavía sentía algo por mí.

—Caleb, no tengo permitido hacer esto —me aseguró mientras se inclinaba por encima de la encimera. Ignoré su intento de conseguir que le mirara el escote.

—Tan solo esta vez, Rey.

Eso es lo único que necesité.

—Vale, ¿en qué edificio?

La había visto caminar hacia el de Conner.

—Hay más de quinientas chicas en el de Conner —me explicó—. Vas a tener que ser un poco más específico.

—Segundo año —dije, haciendo una suposición.

Ella escribió algo con su teclado.

—Genial, pues ahora solo tenemos doscientas.

Me retorcí el cerebro en busca de algo más. Vaqueros azules, camiseta blanca, pintura de uñas negra. Podía tratar de adivinar su carrera.

—Prueba con Derecho o con Filosofía.

Tenía una de esas personalidades combativas en las que se especializaban los abogados. Pero también estaba mirando un árbol sumida en sus pensamientos...

Rey miró a su alrededor y después giró el monitor con rapidez hacia mí. Eché un vistazo a la columna de fotografías. Había unas treinta por página. Ella las fue pasando mientras mis ojos la buscaban.

—Date prisa, Casanova. Podría meterme en problemas por esto, ¿sabes?

—No está aquí —dije después de unos pocos segundos. Traté de parecer despreocupado—. Ah, bueno, supongo que no he tenido suerte esta vez. Gracias de todos modos.

Rey abrió la boca para decir algo, pero yo me despedí con un gesto rápido de la mano y salí trotando. Su foto sí que estaba allí, la tercera desde la parte superior. No quería que estuviera en el radar de Rey; tenía la mala costumbre de divulgar rumores sobre las chicas que me gustaban.

Olivia Kaspen. *Aivilo*. Qué nombre tan perfecto para una esnob tan perfecta. Sonreí durante todo el camino de vuelta a la residencia.

La busqué por todas partes, pero no iba al gimnasio. Nunca estaba en la cafetería, ni tampoco en ninguno de nuestros partidos en casa. Fui hasta el lugar donde la había visto por primera vez y me quedé fuera de su residencia. Nada. O bien era una ermitaña de primera categoría o bien me lo había imaginado todo. Olivia Kaspen. Un cruce entre Blancanieves y la Reina Malvada. Tenía que encontrarla.

* * *

Una semana después, se me había borrado la sonrisa. La había visto en las gradas durante uno de nuestros últimos partidos de la temporada. Habíamos llegado hasta el desempate y estábamos liderando el partido por diez puntos. En el momento en que la vi, me distraje. No dejaba de mirar hacia las gradas, donde estaba sentada con un vaso de poliestireno entre las manos. Una cosa me quedó clara: no me estaba mirando. No sé qué me poseyó para creer que podía impresionarla con mi forma de jugar, pero lo intenté. El equipo visitante estaba a punto de conseguir otros diez puntos. Estábamos empatados. Permanecí en la línea de tiro libre, y hasta este día no sé qué es lo que me poseyó para tratar de hacer esa estratagema que nos costó el partido. Fui trotando hacia mi entrenador. Normalmente, hacer algo así me habría costado mi puesto en el equipo, pero resulta que yo era el líder del grupo, y también ayudaba que el entrenador fuera un amigo de la familia.

—No puedo concentrarme —le dije—. Tengo que ocuparme de una cosa.

—Caleb, no me toques los huevos.

—Entrenador —insistí en voz baja—. Deme dos minutos.

Entrecerró los ojos y me miró por encima de las gafas.

—¿Es por esa chica? —Se me quedó la sangre helada. Mi entrenador era un tío perspicaz, pero aun así…—. ¿La que ha desaparecido? —terminó.

Lo miré fijamente, en blanco. ¿Laura? Habíamos salido, pero no era nada serio. Me pregunté si mis padres le habrían dicho algo. Mi madre era amiga de la madre de Laura.

Había estado muy entusiasmada cuando comenzamos a salir, pero Laura era de las de todo belleza y nada de personalidad. La chispa se había apagado casi de inmediato.

Antes de que tuviera oportunidad de corregirlo, me dijo:

—Vete. Date prisa.

Entonces, pidió tiempo muerto y llamó al equipo, que se apiñó a su alrededor.

Subí los escalones de dos en dos. Cuanto más me acercaba a ella, más pálida se ponía, y ya era bastante pálida de por sí. Cuando me agaché junto a ella, sus ojos estaban muy abiertos y parecía a punto de salir corriendo de allí.

—Olivia —le dije—. Olivia Kaspen.

Por un momento pareció aturdida, pero se recompuso con rapidez. Sus ojos recorrieron mi cara antes de inclinarse hacia mí y decir:

—Bravo, has descubierto cómo me llamo. —Después añadió en voz más baja—: ¿Qué demonios estás haciendo aquí?

—Eres un gran misterio en el campus —repliqué mientras recorría la línea de sus labios con los ojos. Nunca había visto unos labios tan sensuales en toda la vida. ¿Cómo había tardado tanto tiempo en encontrar esos labios?

—¿Vas a ir al grano y contarme qué quieres en breve o vas a dejar el partido parado para presumir de tus habilidades como detective?

Madre mía. ¿Cómo podría no reírme ante eso? Quería decirle ahí mismo que iba a casarse conmigo, pero estaba bastante seguro de que me daría un bofetón si lo hacía. De modo que decidí poner mis encantos en marcha. Con cualquier otra chica habría funcionado, pero, joder, me echó el plan por tierra por completo.

—Si consigo este lanzamiento, ¿saldrás conmigo?

Prácticamente puso los ojos en blanco. La expresión de su carita bonita era de absoluta repulsión. Después me robó la frase de la última vez y me dijo que era un pavo real.

—Has tardado toda la semana en pensar eso, ¿a que sí? —le pregunté con una sonrisita de suficiencia. A esas alturas, estaba bastante seguro de que estaba jugando a hacerse la difícil.

—Oh, claro que sí —replicó mientras se encogía de hombros.

—En ese caso, ¿es justo decir que has estado pensando en mí durante toda la semana?

Cuando era pequeño, me pasaba la vida viendo a los *Looney Tunes*. Cuando los personajes se enfadaban, siempre les salía humo de la nariz y, por lo general, hasta los levantaba del suelo. La expresión que había en el rostro de Olivia era la de tener humo saliéndole de la nariz.

—No… y… no, no voy a salir contigo.

Ya ni siquiera me estaba mirando. Me entraron ganas de sujetarle la barbilla y girarle la cara de nuevo hacia mí.

—¿Por qué no?

Mi primera inclinación había sido decir: «¿Por qué cojones no?».

—Porque yo soy una llama y tú eres un pájaro, y no somos compatibles.

—Vale —dije con calma—. Entonces, ¿qué es lo que tengo que hacer?

Me encontraba completamente fuera de mi elemento. Le estaba rogando a una chica que saliera conmigo…, aquello era una puta locura.

—Fallar —dijo. Miré sus fríos ojos azules y en ese momento supe que acababa de conocer a la clase de chica sobre las que se escriben libros. No había nadie como ella—. Si fallas el lanzamiento —añadió—, saldré contigo.

No dije ni una palabra más. Estaba aturdido. Bajé corriendo hasta la cancha con la mente tan abarrotada de pensamientos contradictorios que pensé que iba a morir de una explosión cerebral antes de poder hacer el lanzamiento. No iba a hacer lo que me pedía. Era una locura. Olivia estaba loca. Qué. Puta. Mierda.

Pero, cuando me planté en la línea de tiro libre, con la pelota en la mano, tuve uno pocos segundos de pensamiento profundo. Estaba furioso. Debería haber hecho lo que me salía de forma natural, que era ganar el partido, pero no dejaba de ver la cara de Olivia. Su forma de mirarme por encima de la nariz mientras me decía que fallara. Había visto algo en sus ojos que era incapaz de olvidar. Me había pedido que hiciera lo imposible. Había puesto el listón muy alto, y esperaba que fracasara.

Levanté la pelota, con las palmas curvadas a su alrededor como si fuera una extensión de mi cuerpo. ¿Cuántas horas me había pasado jugando al baloncesto cada semana? ¿Veinte…? ¿Treinta…? Conseguir encestar esa canasta no era nada para mí; podía hacerlo con los ojos cerrados. Pero había algo en la expresión de su rostro que había atado un hilo invisible alrededor de mi muñeca y que me hacía aferrar la pelota con más fuerza de lo que normalmente haría. Podía

ver la triste victoria en su cara, como si se hubiera resigna-
do a que todos los hombres fueran una decepción. Se equivocaba si creía que era capaz de predecir lo que estaba
a punto de hacer. Si deseaba tenerla…

Deseaba tenerla.

Fallé el tiro.

Estaba completamente sobrepasado por ella.

Capítulo cuatro

El pasado

Tan solo había fallado un tiro, pero la gente me miraba como si hubiera abatido a tiros un gimnasio repleto de gente en lugar de lanzar una pelota al aire. Mi madre siempre me estaba provocando y me decía que nunca me tomaba nada en serio. Era una broma dentro de mi familia: mi falta de dedicación a cualquier cosa. Era bueno en prácticamente todo lo que hacía, pero no había nada que me encantara. Ni el baloncesto ni las finanzas ni el dinero, que era tan fácil de conseguir para mi familia. Todo me hacía sentir vacío. Mis amigos, esos con los que había crecido, empleaban todo su tiempo y su dinero en conseguir palcos o asientos en primera fila para ver partidos de béisbol y partidos de fútbol y partidos de baloncesto. Yo iba a los malditos partidos y me lo pasaba bien, pero, al fin y al cabo, no había una puta cosa que me llenara.

Comencé a leer libros sobre filosofía e incluso asistí a un par de clases en mi segundo año. Me gustaba; la filosofía me daba algo en lo que creer. Pero entonces Olivia Kaspen entró en mi vida y, por primera vez, me sentía dedicado a algo. Su filosofía. Su construcción emocional. Me la estaba tomando muy en serio; todo el metro sesenta de su estatura. Era deslenguada y condescendiente y jamás sonreía, pero me gustaba. Así que fallé el tiro.

—¿Es cierto?

Levanté la mirada de mi plato de tortitas. Desiree, una de las animadoras, se sentó en el asiento que había enfrente de mí. Llevaba el maquillaje de la noche anterior y el jersey de mi colega Kiel. ¿Por qué a las chicas les gustaba ponerse los jerséis de los chicos? «Eerised».

—Si es cierto ¿qué?

—¿Fallaste el tiro por una chica?

—¿Dónde has oído eso?

Aparté mi plato a un lado y tomé un sorbo de té.

—Todo el mundo está hablando de ello.

Me dirigió una sonrisita, arrancó un trozo de mi tortita y se la metió entre los dientes.

Yo la miré con los ojos entrecerrados. Me estaba costando mucho seguir con la fachada del chico encantador cuando tenía las palmas de las manos sudadas.

—¿Y por quién dicen que lo hice?

Si la gente descubriera que había fallado el tiro por Olivia, las cosas se pondrían muy incómodas para ella.

Desiree se lamió el sirope de los dedos.

—Ah, pues hay rumores. A saber si serán ciertos, ya sabes cómo puede llegar a ser la gente.

Me encogí de hombros y traté de actuar con despreocupación, pero tenía los hombros tensos.

—Hazme el favor, Des.

Ella frunció los labios y se inclinó hacia delante.

—Una estudiante de Derecho. En realidad, nadie sabe

quién es. Hay quien dice que te vio hablando con ella antes de que fallaras ese tiro.

—A lo mejor estaba jugando mal y ya está —repliqué mientras dejaba mi taza sobre la mesa y me ponía en pie.

Desiree me dirigió una sonrisa.

—A lo mejor. Pero nunca antes habías fallado un tiro. Si me lo preguntas, me parece romántico.

—¿Romántico? —repetí.

—Sí. Debe de estar muy buena.

Me incliné hacia abajo hasta dejar las manos sobre la mesa, con los ojos a la misma altura que los de Desiree.

—¿De verdad te parece algo que yo haría, Des?

Ella me miró durante un largo minuto antes de negar con la cabeza.

—No, la verdad es que no.

—Bueno, pues entonces ya tienes tu respuesta.

Me marché mientras me secaba las palmas en los pantalones. ¿Cuánta gente me había visto hablando con Olivia? Había sido una estupidez…, un descuido, pero, claro, jamás podría haberme imaginado su desafío. Si las cosas hubieran salido como yo quería, habría aceptado salir conmigo por conseguir meter esa canasta. Todo el mundo habría salido ganando y, por lo tanto, yo también habría salido ganando.

No pude evitar sonreír mientras bajaba trotando las escaleras delante del comedor. Ni hablar. Las chicas rara vez me sorprendían. Habría fallado ese tiro quinientas veces a cambio de una cita con ella.

Nunca antes había sentido nada que se le pareciera a ella.

Olivia ardía. Cuando entraba en una habitación, podías sentir su fuego. Emanaba de ella en oleadas. Era furiosa, y apasionada y valiente. Ardía con tanta fuerza como para mantener a todo el mundo alejado de ella. Era un buen truco, salvo por el hecho de que a mí me gustaba jugar con fuego.

Como decía la canción: *Bang, bang, she shot me down. Bam, bam. Me ha matado a tiros.*

—No creo que seamos compatibles.

Tenía miedo de mí. Lo supe en el momento en que nuestros ojos se encontraron ese primer día, debajo del árbol. Puede que ella no supiera cuál era su tipo, pero yo sí que lo sabía.

Casi me reí. Había pronunciado esas palabras con la voz entrecortada y prosaica, con los ojos en cualquier lugar menos en mi cara. Habíamos tenido nuestra primera cita la semana anterior. Prácticamente la había obligado a ello; le había enviado la misma pelota de baloncesto que había utilizado para conseguir la cita a su habitación en la residencia con una nota para que quedara conmigo en la biblioteca.

Todo había ido bien en la biblioteca. Se había puesto una camisa de manga larga y de encaje negro tan ajustada que podía ver todas sus curvas, por no mencionar su piel de color marfil, que se asomaba entre todos los huecos del encaje. Quería besarla, allí mismo, contra las estanterías. La habría puesto contra la sección de Dickens si no hubiera pensado que eso la habría asustado. Ella había aceptado salir conmigo a regañadientes, así que la llevé a la heladería de Jaxson, que era mi favorita. Al comienzo de la tarde había estado distante, pero entonces se abrió y me contó cosas sobre su pasado. Pensaba que las cosas estaban yendo genial hasta que...

«No creo que seamos compatibles.»

—Yo no pienso eso —dije.

Nuestra química era palpable. O bien se encontraba en estado de negación o estaba mintiendo como una posesa. Apostaría cualquier cosa a que era lo segundo.

Ella pestañeó mientras me miraba; unos pestañeos breves y rápidos, como las alas de un pájaro.

—Eh, bueno, pues lo siento. Supongo que estamos en dos longitudes de onda distintas.

Alargó las palabras «longitudes de onda», como si no estuviera segura de que fueran las palabras adecuadas que debía utilizar. En realidad, sí que estábamos en la misma longitud de onda: yo la deseaba y ella me deseaba a mí. Pero no iba a ser yo quien señalara ese hecho. Olivia todavía no sabía que me deseaba.

—No, eso no es lo que quería decir. Sé que te gusto tanto como tú me gustas a mí. Pero es tu elección, y yo soy un caballero. ¿Quieres que me aleje de ti? Está bien. Adiós, Olivia.

Antes de que pudiera sujetarla, antes de que pudiera zarandearla para que entrara en razón, me alejé de allí.

«¡No te alejes! ¡Enfréntate a ella por esto!»

Eso es lo que estaba pensando. Pero lo último que quería hacer era perseguir a alguien que no me deseaba... o no sabía que me deseaba.

Volví a mi habitación en la residencia y bebí cerveza caliente. No era bonito ser rechazado por primera vez. En realidad, era bastante jodido. O, al menos, eso era lo que pensaba entonces. Había hecho todo lo que me había pedido que hiciera. Mis compañeros de equipo ya apenas me hablaban, mi entrenador me había puesto en suspensión y me dolía el corazón. Me dolía. ¿Cómo podía sentirme de esa manera por alguien a quien acababa de conocer?

Tomé un trago de cerveza, saqué mi libro de texto de Estadística y miré la misma página durante treinta minutos sin ser capaz de ver nada. No, eso no era cierto. Estaba viendo a Olivia Kaspen.

La veía por todas partes, aunque fingía no hacerlo. Fingía que tan solo era una chica más, no la chica que deseaba. Mis amigos pensaban que había perdido la cabeza. El consenso era que tan solo la deseaba porque no podía tenerla, y tal vez era cierto. Habían adquirido la costumbre de darme unas palmadas en la espalda y señalar a chicas aleatorias del campus que podrían acostarse conmigo. Terapia de sexo, como lo llamaban. Probé a hacerlo una o dos veces, pero no resultó efectivo. Cuando alguien mencionó el hecho de que probablemente fuera lesbiana, salté de lleno sobre esa idea. Pero, entonces, tan solo unos meses después de que me dijera que no éramos compatibles, comenzó a salir con el mayor ejército de gilipollas que había visto en mi vida. Los putoodiaba. Así que seguí adelante. Olivia no era lo que pensaba que era.

Entonces, conocí a Jessica. Lo primero que me dijo fue: «Joder, no sé si quiero lamerte el cuerpo o casarme contigo».

Yo le contesté: «¿Y si hacemos las dos cosas?». Y eso fue todo. Empezamos a salir. Jessica Alexander era sexi, amable y despistada…, exactamente mi tipo. También era inteligente, pero no te darías cuenta por su forma de balbucear sin fin sobre cosas insignificantes como ropa o películas. Me gustaba estar con ella. Me gustaba el sexo con ella. Me quitaba la tensión constante que siempre sentía, y Olivia fue retrocediendo de forma gradual hasta el fondo de mi mente. Podía bromear al respecto después de un tiempo. En retrospectiva, me parecía gracioso que me hubiera llegado a obsesionar tanto por una chica a la que apenas conocía. Entonces, justo cuando todo estaba saliendo a mi manera, descubrí que Jessica se había quedado embarazada y que había abortado a mis espaldas. No fue ella quien me lo dijo, y eso fue lo que me mató. Había tomado la decisión sin consultarme. Aquel era mi bebé..., era mío. Quería a ese bebé. Habría aceptado a ese bebé, incluso aunque Jessica no lo quisiera. Le di un puñetazo a un árbol, me torcí la muñeca y me sumí en un periodo de hibernación sin salir con nadie.

* * *

Después de que mis padres se divorciaran, mi madre quería mudarse a los Estados Unidos. Había nacido en Míchigan. Su padre, es decir, mi abuelo, había conocido a mi abuela en Cambridge mientras estudiaba en el extranjero. Cuando se casaron, se mudaron a los Estados Unidos durante un tiempo y tuvieron a mi madre allí. Pero, como mi abuela sentía nostalgia por su hogar, mi abuelo vendió sus tierras y su casa y se mudaron de vuelta a Inglaterra por ella. Mis padres se movían en el mismo círculo social, así que acabó surgiendo algo entre ellos. Ella rechazó todos los nombres del estilo de «Sam», «Alfred» o «Charlie», y nos puso a mi hermano y a mí nombres que sonaban estadounidenses.

Cuando descubrió que mi padre la engañaba por tercera vez, hizo las maletas para nosotros tres y se mudó otra vez a los Estados Unidos, con nosotros. A mí me resultó mucho más difícil que a mi hermano. Estuve culpando a mi madre durante un tiempo, hasta que tomé un vuelo a Inglaterra para asistir a la cuarta boda de mi padre. Cuando lo vi tomando los votos por cuarta vez, lo comprendí. Ni siquiera estaba seguro de cuál era el nombre de esa esposa. ¿Elizabeth? ¿Victoria? Estaba seguro de que se llamaba como una reina de Inglaterra. Pero si algo sabía es que yo no creía en el divorcio. No podías hacer unos votos y después romperlos como si nada. Si me casaba con una mujer, no me separaría de ella. No pensaba tratar el matrimonio como si fuera un arrendamiento. Jamás.

Y yo quería casarme con Jessica. O sea, no es que le hubiera comprado un anillo, pero veía que encajaba dentro de mi mundo. Le caía bien a mi madre y estaba enamorada de mí. Era demasiado fácil. Pero, cuando descubrí que había abortado y ni siquiera se había molestado en decirme que se había quedado embarazada, perdí la cabeza. Al menos quería tener algo que decir con relación a mi hijo.

Entonces Olivia volvió. Regresó a mí bailando como una sirena. Sabía qué estaba haciendo exactamente la noche que vino a mi residencia y me señaló con el dedo desde la pista de baile. Si no hubiera acudido ella a mí, yo habría ido hacia ella. «Olvida todo lo que sabes… —me dije—. Tu lugar está con ella.» No sabía cómo podía saberlo; tal vez nuestras almas se habían tocado debajo de aquel árbol. Tal vez era yo el que había decidido amarla. O tal vez el amor no fuera algo de nuestra elección. Pero, cuando miraba a esa mujer, me veía a mí mismo de forma diferente, y no era bajo una buena luz. No había nada que pudiera mantenerme alejado de ella. Y eso podía hacer que una persona fuera capaz de hacer cosas de las que nunca se habría sentido capaz. Lo que sentía por ella me daba un miedo de cojones. Era una obsesión que me consumía.

A decir verdad, apenas había llegado a tocar esa obsesión. La mayor parte todavía estaba por llegar.

Capítulo cinco
El presente

—¿Me pasas la mantequilla, por favor?

«Joder.»

Le paso la mantequilla, pero no antes de evaluar la densidad de esa petición. Cuando le pasas mantequilla a una mujer por encima de la mesa es porque tenéis algo serio. Le tomo el brazo bronceado cuando lo lleva hasta la mantequilla y le beso el interior de la muñeca. Huele a ropa limpia. Me dirige una sonrisa; siempre está sonriendo. Tiene hoyuelos y, cuanto más profunda es su sonrisa, más profundos se vuelven. Jessica y yo no estamos viviendo juntos de forma oficial, pero alternamos entre su casa y la mía. Sobre todo estamos en la mía, pero eso es porque me gusta dormir en mi propia cama. La observo untar mantequilla en su tostada mientras juega con el iPad. Hay algo agradable entre nosotros. Todavía me siento como si tuviera un páramo estéril en mi interior, pero ella me hace sentir mejor.

—¿Me pasas la sal, por favor? —pruebo a decir. Quiero ver lo que se siente. Ella me pasa el salero sin levantar la mirada y yo frunzo el ceño. Todo el mundo sabe que no puedes pasar la sal sin pasar también la pimienta. Van en pareja, incluso aunque alguien solo pida una de las dos. Tienes que pasar las dos cosas. Ahora voy a tener que romper con ella.

«Es broma.»

Nos preparamos para ir al trabajo y nos besamos cuando el ascensor llega a la planta baja.

—Caleb —me dice cuando comienzo a alejarme.

—¿Sí?

—Te quiero.

«Vaya. Vale.»

—Jess —respondo—. Eh...

—No tienes que decírmelo tú también —me asegura con una sonrisa—. Tan solo quería que lo supieras.

—De acuerdo —digo con lentitud—. Nos vemos esta noche, ¿vale?

Ella asiente con la cabeza.

Ocho meses y una semana, ese es el tiempo que ha transcurrido desde que pasó la noche en mi casa por primera vez. «Acissej»..., no resulta tan fácil de pronunciar para mi lengua como otros nombres. Lo que me acaba de decir me resulta extraño, pero no sería capaz de señalar por qué. A lo mejor es hora de que empecemos a vivir juntos. Me subo al coche y pongo el aire acondicionado a máxima potencia. A Jessica le gusta mi barba. Leah no toleraba la barba; decía que le pinchaba la cara. Siempre que decía que le pinchaba, me entraban ganas de pedirle el divorcio. O tal vez era solo que siempre quería pedirle el divorcio. Cuando pienso en Leah, siento náuseas. No es por ella; ya tiene muy poco poder sobre mí. Es por la niña.

Aparto los pensamientos de ese tema. Cuando llego al trabajo, mi madre está en la oficina, ha venido a visitar a Steve.

—Ya nunca está en casa, y tú apenas vienes a visitarme —dice mientras me abraza—. Tengo que venir aquí para ver a mis dos muchachos.

No menciona a mi hermano. Está igual de cabreada con él como yo por haberse acostado con mi exmujer. Leah me soltó esa bomba encima la misma noche en que me contó que en realidad yo no era el padre de Estella. Estaría mintiendo si dijera que no había pensado un millón de veces que Estella podría ser hija de mi hermano. Eso era lo que más me dolía.

—¿Cómo está Jessica? —me pregunta mi madre.

Le dirijo una media sonrisa y organizo los papeles que hay encima de mi escritorio. Veo que ha tomado asiento en mi despacho, así que sé que está aquí para charlar. Si no le doy algo, no se va a marchar.

—Esta mañana me dijo que me quería.

—Bueno, ¿y tú también se lo dijiste?

—No.

Permanece en silencio durante unos minutos.

—Me caía muy bien Leah —dice—. Cuando perdiste la memoria, permaneció a tu lado de verdad. Como madre, yo apreciaba mucho eso. —Suelta un suspiro—. Pero sé que todavía quieres a *esa chica*.

Ahora es mi turno para suspirar.

—No sé de qué estás hablando. Y, aunque fuera así, tampoco querría hablar al respecto. Así que hablemos de otra cosa. ¿Cómo están tus rosas?

—Ni se te ocurra —dice—. Jessica es genial, Caleb. En serio, lo es. Pero quiere un compromiso. Y tú lo sabes, ¿verdad?

—Sí.

—¿Quieres volver a casarte? ¿Tener… hijos?

Me encojo un poco.

—La verdad es que no.

—No puedes permitir que una mujer te robe quién eres.

Aprecio a mi madre; la aprecio de verdad. Pero no tiene ni idea de lo que está hablando. Mi corazón todavía está roto, y todavía estoy tratando de averiguar cómo vivir sin lo que quiero en realidad. Eso incluye dejar atrás los sueños antiguos y crear unos nuevos. Al menos, eso es lo que creo.

—Ya no quiero esas cosas —digo con firmeza.

—He visto a Estella.

Me quedo paralizado.

—¿Qué dices?

—En el centro comercial. Me encontré con Leah, y estaba con ella.

Permanezco en silencio; no sé qué decir. ¿Cómo estará? ¿Hablaría? ¿Qué aspecto tiene?

Me paso la mano por la nuca y miro fijamente los reposabrazos de su asiento.

—Estella era mi nieta, y la quiero. —Su voz baja al final de la frase, y por primera vez me planteo los sentimientos de mi madre en todo esto. Ella también perdió a Estella.

—Es hija tuya, Caleb. Puedo sentirlo.

—Madre, para ya…

—No, no voy a parar. Tienes que hacerte una prueba de paternidad. Hay algo que no encaja.

Dejo lo que estoy haciendo y me siento.

—¿Por qué iba a mentirme sobre esto? Al mentir, se queda sin la pensión alimenticia, el pago a los canguros y cualquier derecho que pudiera tener sobre mí.

—Oh, Caleb. Leah es la clase de chica que valora la venganza más que el pragmatismo.

Siento escalofríos. Escalofríos de verdad.

Niego con la cabeza.

—Tú quieres que eso sea cierto, y yo también. Pero no lo es. Aunque hay muchas posibilidades de que sí que sea tu nieta. Habla con tu hijo.

Ella aprieta la boca y eso la hace parecer más vieja.

—Tú piénsatelo —me pide—. Si se niega a hacerlo, puedes pedir una por orden judicial. —Se inclina hacia delante—. Caleb, tiene tu nariz.

—Joder. Vale, ya hemos terminado. —Nunca suelto improperios delante de ella. Me pongo en pie y la acompaño hasta la puerta. Antes de hacerla salir, le doy un beso en la mejilla—. Eres una buena madre, pero ya soy un adulto. Ve a meterte en la vida de Seth.

Ella sonríe, me da una palmada en la mejilla y parece más preocupada que antes.

—Adiós, hijo mío.

Capítulo seis

El pasado

La tenía en mis manos. No la estaba agarrando con fuerza, pero por fin la tenía. Caímos en una relación con facilidad, y la rutina diaria era sencilla y ligera. Jugábamos, nos besábamos y hablábamos durante horas sobre cosas que importaban y cosas que no. Yo nunca era capaz de predecir lo que iba a decir a continuación. Y eso me gustaba. Era demasiado diferente a todas las chicas que conocía. Ni siquiera Jessica, que era la persona de la que había estado más cerca de enamorarme, me había provocado jamás los sentimientos que me provocaba Olivia.

Hubo un día en particular en el que estuvimos hablando sobre cuántos hijos queríamos... o a lo mejor era yo quien hablaba de ello. Olivia siempre rehuía del futuro.

—Cinco..., quiero cinco hijos.

Ella levantó una ceja y arrugó la nariz.

—Esos son muchos hijos. ¿Qué pasa si tu mujer no quiere tener tantos?

Habíamos ido en coche a la playa y estábamos tumbados sobre una manta fingiendo mirar las estrellas, pero sobre todo nos estábamos mirando el uno al otro.

—Supongo que tú y yo podríamos llegar a un compromiso.

Ella comenzó a pestañear con rapidez, como si se le hubiera metido algo en el ojo.

—Yo no quiero tener hijos —me aseguró mientras apartaba la mirada.

—Sí que quieres.

Odiaba cuando le hacía eso, decirle que se equivocaba sobre sus propios pensamientos.

Me incorporé apoyándome sobre los codos y miré al agua para evitar la mirada envenenada que me estaba lanzando.

—No vas a cagarla con ellos —le aseguré—. Tú no vas a ser como tu padre, y tampoco vas a acabar siendo como tu madre porque yo no pienso dejarte nunca.

—Entonces, me moriré de cáncer.

—No, no lo harás. Te haremos pruebas con frecuencia.

—¿Cómo coño sabes siempre lo que estoy pensando?

Miré hacia ella. Estaba sentada con las rodillas contra el pecho y la barbilla descansando sobre ellas. Tenía el pelo recogido por encima de la cabeza, con un moño grande que casi resultaba cómico. Quería deshacérselo y dejar que el pelo volviera a caer, pero estaba tan mona así que no hice nada.

—Te veo incluso cuando piensas que no te estoy mirando. Probablemente esté más obsesionado contigo de lo que es sano.

Ella trató de tragarse su sonrisa, pero vi cómo le tiraba de las comisuras de los labios. La derribé para hacerla caer boca arriba y ella soltó una risita tonta. Rara vez se reía de esa manera…, lo más probable es que pudiera contar con las dos manos las veces que había oído ese sonido.

—Nunca cedes ni un centímetro. Por eso me gustas, Olivia sin segundo nombre Kaspen. Haces que tenga que trabajármelo para conseguir cada sonrisa que me dedicas, cada risita tonta que sueltas…

Ella negó con la cabeza.

—Yo no suelto risitas tontas.

—¿En serio?

Llevé los dedos hasta sus costillas para hacerle cosquillas. Sus risitas eran tan fuertes que yo también comencé a reír.

Cuando se tranquilizó, se quedó tumbada con la cabeza sobre mi pecho. Sus siguientes palabras me tomaron por sorpresa. Me quedé ahí tumbado, tan inmóvil como era capaz, sin respirar apenas, temeroso de que si me movía dejara de hablar con el corazón.

—Mi madre quería tener seis hijos. Solo me tuvo a mí, lo cual era un asco para ella, porque yo era muy rarita.

—No lo eras —repliqué.

Ella retorció la cabeza hacia arriba para mirarme.

—Solía perfilarme los labios con lápiz de ojos negro y sentarme con las piernas cruzadas en la mesa de la cocina… para meditar.

—No está tan mal —dije—. Gritabas en busca de atención.

—Vale, cuando tenía doce años comencé a escribir cartas a mi madre biológica porque quería que me adoptara.

Negué con la cabeza.

—Tu infancia era un asco, querías una nueva realidad.

57

Ella resopló por la nariz.

—Pensaba que una sirena vivía en el desagüe de mi ducha, y solía llamarla Sarah y hablar con ella.

—Una imaginación activa —contraataqué. Se estaba volviendo más insistente y meneaba su cuerpecito entre mis brazos.

—Solía hacer papel con pelusa de secadora.

—Qué friki.

—Quería ser una con la naturaleza, así que empecé a hervir hierba y a bebérmela con un poco de tierra en vez de azúcar.

Hice una pausa.

—Vale, eso sí que es raro.

—¡Gracias! —dijo. Después, se puso seria otra vez—. Pero mi madre no hacía más que quererme a pesar de todo.

Tensé los brazos alrededor de ella. Tenía miedo de que el viento, el agua…, de que la vida se la llevara lejos de mí. No quería que se me escapara volando.

—Cuando estuvo en el hospital hacia el final, sufría mucho, pero lo único que hacía era preocuparse por mí. —Hizo una pausa y se rio un poco—. No tenía pelo. Su cabeza parecía un huevo brillante y siempre estaba fría. Intenté hacerle un gorro de punto, pero me quedó fatal y lleno de agujeros, aunque, por supuesto, ella se lo puso de todos modos.

Podía oír sus lágrimas. Me dolía el corazón como si lo tuviera dentro del puño.

—Siempre me preguntaba si tenía hambre, si estaba cansada, si estaba triste. —Se le rompió la voz. Le pasé la mano por la espalda para tratar de reconfortarla, aunque sabía que no podía hacerlo——. Me habría cambiado por ella.

Su sollozo me desgarró por dentro, sacándolo todo fuera. La senté encima de mí y la abracé sobre mi regazo mientras lloraba.

Su dolor era tan afilado que no podías tocarla sin que también te atravesara a ti. Quería envolverla por completo y absorber el resto de golpes que pudiera darle la vida.

Ese fue el momento exacto en que mi corazón se entrelazó con el suyo. Fue como si alguien hubiera utilizado una aguja de coser para unir mi alma con la suya. ¿Cómo podía una mujer ser tan afilada y tan vulnerable al mismo tiempo? Cualquier cosa que le pasara me pasaría también a mí. Cualquier dolor que sintiera yo también lo sentía. Y quería sentirlo; esa era la parte sorprendente. El egoísta y egocéntrico Caleb Drake quería tanto a una chica que ya podía sentir cómo estaba cambiando para acomodar las necesidades que ella tenía.

Me enamoré.

Con fuerza.

Para el resto de mi vida, y probablemente también la siguiente.

La deseaba, hasta el último milímetro de su corazón tozudo, combativo y rencoroso.

* * *

Unos cuantos meses después de eso, le dije por primera vez que la quería. Ya hacía un tiempo que la quería, pero sabía que todavía no estaba preparada para escucharlo. En el momento en que las palabras salieron de mi boca, pareció que quisiera volver a meterlas dentro. Se le dilataron los orificios nasales y su piel se ruborizó. Ella no podía decirme lo mismo. Me sentía decepcionado, aunque no sorprendido. Ya sabía que me quería, pero necesitaba oírlo. Cuanto más me rechazaba, con más agresividad luchaba yo por derribar sus muros. A veces iba demasiado lejos…, como cuando fuimos de *camping*. Trataba de demostrarle que no era tan independiente como pensaba. Quería mostrarle que no pasaba nada por ser vulnerable y por desearme. Para alguien como Olivia, el sexo estaba directamente atado a sus emociones. Trataba de fingir que el sexo no era importante para ella, que podía tener una relación sana sin él. Pero su cuerpo era su as en la manga. Cuanto más tiempo se resistía sin sexo, más tiempo se aferraba a su poder.

Cuando entré en esa tienda, estaba decidido a arrebatarle ese poder.

—Eres la dueña de tu propio cuerpo, ¿verdad?

Ella levantó la barbilla con actitud desafiante.

—Sí.

—Entonces no tendrás ningún problema en controlarlo.

Podía ver la inseguridad en sus ojos mientras me movía hacia ella. Si quería jugar conmigo, yo iba a jugar con más ahínco aún. Se encontraba fuera de su liga. Durante el último año, había tenido que enfrentarme a cada deseo, a cada necesidad que sentía. Lo único que quería eran dos palabras. Dos palabras que no quería darme, y ahora me lo iba a pagar.

Trató de alejarse de allí, pero le sujeté la muñeca y la atraje hacia mí.

El autocontrol al que me había aferrado durante un año pendía precariamente de un hilo. Dejé que se balanceara durante un minuto antes de cortar el hilo y besarla. La besé como habría besado a una chica con experiencia. La besé como la había besado aquella primera vez, en la piscina, antes de saber que estaba tan rota. Respondió mejor de lo que pensaba; era casi como si hubiera estado esperando a que la besara de ese modo. Trató de apartarme un par de veces, pero tan solo lo intentó a medias. E, incluso entonces, nunca dejó de besarme.

Su mente estaba en guerra consigo misma, así que decidí ayudarla un poco. Me aparté de ella, agarré su delgada camiseta y se la rasgué por la costura desde el cuello. Se rompió como si fuera papel. Ella se quedó con la boca abierta mientras yo le quitaba el tejido restante de los brazos y lo tiraba a un lado. La acerqué a mí otra vez y la besé mientras mis dedos encontraban el cierre de su sujetador y lo abrían. Ahora estaba contra mí, piel contra piel. Le bajé los pantalones y ella gimoteó contra mi boca, como si fuera lo mejor y lo peor que le hubiera hecho jamás.

Jadeaba contra mi boca y, Dios, eso me ponía demasiado. Bajé el ritmo un poco. Quería tomarme mi tiempo besando todos los lugares que siempre había querido besar y nunca había podido: el espacio entre sus pechos, el interior de sus muslos, las líneas en la parte baja de su espalda.

Tenía un punto dulce por encima de la clavícula, donde su cuello se curvaba. La escuché tomar aire con satisfacción y comencé a bajar desde allí. Acababa de llegar hasta sus pezones perfectos cuando ella se inclinó hacia mí, como si su lujuria fuera demasiado fuerte y no fuera capaz de mantenerse en pie. La dejé en el suelo y descendí hasta colocarme encima de ella. Succioné sus pezones y dejé que mi mano subiera deslizándose por la parte interior de su muslo. Llevaba unas braguitas de encaje negro que destacaban contra su piel cremosa. Mi mano se detuvo cuando alcanzó la unión entre sus muslos. Quería que lo deseara. Dejé que mi pulgar acariciara el encaje y ella dio una sacudida por debajo de mí. Me pregunté si alguien más la habría tocado alguna vez en esa zona. Me estaba costando demasiado trabajo controlarme. Respiré contra su pelo, que olía a ropa recién lavada.

—¿Sigues teniendo el control? —le pregunté, y ella asintió con la cabeza. Podía sentir que estaba temblando, y quería decirle que era una mentirosa—. Párame —la reté—. Si tienes el control, entonces párame.

Le terminé de quitar los pantalones, que seguían enredados entre sus tobillos. Ella me miró con ojos vidriosos, como si pararme fuera lo último que quisiera hacer.

Entonces me recuperé. Mi juego se estaba volviendo tóxico. Respiré con fuerza a través de la nariz. Podía tomarla en ese momento, y ella me lo permitiría. Pero eso no sería justo. La estaba manipulando. Estaría enfadada conmigo después; se encerraría en sí misma y la perdería. Tan solo necesitaba que reconociera mi poder.

—¿De quién eres?

Ella se lamió los labios. Tenía las manos clavadas en mis brazos, y podía sentir una ligera presión mientras me empujaba hacia ella. Me lo estaba pidiendo en silencio, pero me contuve; ella me había enseñado cómo hacerlo. Negó con la cabeza, sin comprender.

Clavé los ojos en los suyos para obligarla a mirarme.

Le puse una mano sobre el pecho. Podía sentir su corazón…, que latía con fuerza por mí.

«La deseo. La deseo. La deseo. Por favor, Olivia. Por favor, déjame tenerte…»

—¿De quién eres? —repetí.

Sus ojos se humedecieron. Lo comprendía. Su cuerpo se aflojó.

—Tuya —dijo en voz baja.

Su vulnerabilidad, su cuerpo, su pelo…, todo me estaba poniendo cachondo. Nunca en la vida había deseado a una mujer más de lo que la deseaba a ella.

Eché la cabeza hacia atrás, cerré los ojos y me quité de encima de ella.

«No la mires. Como vuelvas a mirarla, vas a acabar dentro de ella.»

—Gracias.

Y después me marché lo más deprisa que pude para darme una ducha fría, muy fría.

Tras eso, se pasó una semana sin mirarme.

Capítulo siete

El presente

Suena mi teléfono móvil, así que entreabro uno de los ojos. No se filtra ni un poco de luz a través de la persiana, lo cual significa que o bien es tarde de cojones o bien temprano de cojones para que nadie me llame. Presiono el botón de responder y me aplasto el teléfono contra la oreja.

—'la.

—¿Caleb?

Me siento en la cama y echo un vistazo hacia Jessica para ver si la he despertado. Está durmiendo boca abajo, con la cara oculta por el pelo.

—¿Sí?

Me froto un ojo y subo las rodillas hasta el pecho.

—Soy yo.

Tardo unos pocos latidos en darme cuenta de quién es «yo».

Echo un vistazo al reloj y veo que son las 4:49. Paso las piernas por el lateral de la cama mientras sujeto el teléfono entre el hombro y la oreja. Antes de que pueda decir otra palabra, ya me he puesto los pantalones y estoy alcanzando los zapatos.

—Caleb, lo siento… No sabía a quién llamar.

—No digas que lo sientes, tan solo dime qué pasa.

—Es Dobson —contesta. Sus palabras suenan confusas y apresuradas—. Lleva un año mandándome cartas. Anoche se escapó de Selbet, y la policía piensa que está viniendo hacia aquí.

Me separo del teléfono para ponerme una camiseta.

—¿Dónde está Noah? —Hay silencio al otro lado de la línea, lo que me hace pensar que ha colgado el teléfono—. ¿Olivia?

—No está aquí.

—De acuerdo —le digo—. De acuerdo. Llegaré en treinta minutos.

Despierto a Jessica para contarle adónde voy.

—¿Quieres que vaya contigo? —me pregunta, apenas abriendo los ojos.

—No, no te preocupes.

Le doy un beso en la sien y ella se derrumba otra vez sobre la almohada, con alivio. Puedo oler la sal en el aire cuando salgo del ascensor y entro en el garaje. Siempre se huele mejor el océano durante las primeras horas de la mañana, cuando los tubos de escape de los coches y la contaminación de la población humana en general todavía no han empezado la jornada laboral.

Tardo treinta minutos en llegar a Sunny Isles Beach, donde su apartamento se eleva por encima de todos los demás, con un lado que da a la ciudad y el otro al océano. Es el único edificio residencial que tiene cristal reflectante en el exterior. Cuando entro en el vestíbulo, el vigilante nocturno me examina como si estuviera tratando de decidir si mi nombre es Dobson y acabo de escaparme del manicomio.

—La señora Kaspen nos ha dado órdenes estrictas de que no permitamos subir a nadie —me dice.

—Llámala —replico, y señalo el teléfono.

Justo entonces, oigo su voz detrás de mí.

—No pasa nada, Nick.

Me doy la vuelta y la veo caminando en mi dirección. Va vestida con pantalones blancos de yoga y una sudadera a juego. Lleva la capucha puesta, pero algunos mechones de pelo se han escapado y enmarcan su cara llena de ansiedad. Hago lo que me sale de forma natural: cruzo el vestíbulo en dos zancadas hasta donde está y la abrazo con fuerza. Ella entierra la cara en mi pecho de forma que apenas puede respirar y engancha los brazos hacia arriba en lugar de a mi alrededor. Así es como siempre nos hemos abrazado. Ella lo llamaba «el gancho». En la universidad, siempre me decía «hazme un gancho, Caleb». La gente nos miraba como si yo estuviera a punto de pegarle un puñetazo.

—¿Tienes miedo? —digo contra la parte superior de su cabeza.

Ella asiente con la cabeza contra mi pecho.

—Esto es lo que me merezco, joder.

Su voz suena amortiguada, así que le levanto la barbilla. Su boca se encuentra a solo unos pocos centímetros de la mía. Recuerdo lo suaves que son sus labios, y tengo que enfrentarme a la necesidad de saborearla. Lo cual me lleva a la siguiente pregunta más importante.

—¿Dónde está tu marido, Olivia?

Parece tan triste que casi me arrepiento de preguntárselo.

—No me preguntes eso esta noche, ¿vale?

—Vale —respondo mientras la miro a los ojos—. ¿Quieres ir a *dezayunar* algo?

Sus labios se curvan en una sonrisa al oír cómo he pronunciado la palabra «dezayunar». Siempre lo decíamos así.

«Lo decíamos.»

«Los dos.»

Mira con nerviosismo hacia la entrada del edificio.

—Reina —le digo mientras le aprieto los brazos—. Estoy contigo.

Le dirijo una sonrisita.

—Eso está bien. —Asiente con la cabeza—. Porque, como me encuentre, voy a tener la hostia de problemas.

Me río ante su ironía y la conduzco hasta la puerta.

Allí nos encontramos de frente con Cammie.

—¡Qué cojones! —dice, y lanza las manos al aire—. No sabía que esto fuera el reencuentro retorcido de vuestra relación.

Olivia se cubre los ojos.

—No me juzgues.

Cammie me da una palmada en el culo y después abraza a Olivia.

—Te dije que venía ya mismo, no hacía falta que lo llamaras.

—Lo llamé primero a él —le explica—. Me hace sentir más segura que tú.

—Es por su pene enorme, ¿verdad? Podría aporrear a Dobson con él y después...

—Vayamos en mi coche —digo mientras abro la puerta. Cammie se sube detrás de mí y se estira en el asiento trasero—. Hola, Cammie.

Ella me dirige una sonrisa y yo niego con la cabeza. La mejor amiga de Olivia es lo más opuesto a ella. Cuando estaban las dos juntas, siempre eran algo extraño de contemplar. Era como ver una tormenta sin que hubiera ni una sola nube en el cielo. Podían estar peleando en un minuto y al siguiente abrazarse con desesperación.

—Es para vernos —dice Cammie—. Los tres juntos otra vez, como si no hubieran pasado ocho putos años de mentiras y mierda.

Le echo un vistazo a través del retrovisor.

—¿Estás cabreada?

—No, no..., estoy bien. ¿Tú estás bien? Yo estoy bien.

Entonces, cruza los brazos por encima del pecho y mira por la ventana.

Le echo un vistazo a Olivia, que también está mirando por la ventana, demasiado distraída para prestar atención.

—¿Podríamos no pelearnos esta noche, Cam? —dice sin mucho entusiasmo—. Está aquí porque yo le he pedido que esté.

Frunzo el ceño. Soy lo bastante consciente como para saber que no debo preguntar qué es lo que está pasando entre las dos, porque podría acabar en un concurso de gritos. Entro en el aparcamiento de la Casa de los Gofres. Olivia observa mi mano mientras cambio la marcha.

—En fin, ¿le has contado lo de Noah, O?

—Cierra el pico, Cammie —le espeta ella. La miro por el rabillo del ojo y siento cómo aumenta mi curiosidad.

—¿Contarme qué?

Olivia se gira de repente en su asiento y señala a Cammie con un dedo.

—Te voy a destruir.

—¿Por qué ibas a hacer eso cuando se te da tan bien destruirte a ti misma?

Abro la puerta.

—Gofres. Mmmm. —Se intercambian unos cuantos comentarios maliciosos más hasta que las atajo—. Nadie va a decir ni una palabra más hasta que hayáis comido cinco bocados cada una.

Cuando tenían veinte años, comenzaban a pelear en cuanto les bajaba el azúcar en sangre, y diez años después la cosa no había cambiado demasiado. Si no están bien alimentadas, son capaces de acabar contigo. Como los gremlins.

Las dos tienen mala cara, pero son obedientes hasta que la camarera nos trae nuestra comida. Comienzo con mi tortilla y las observo mientras se les pasa el mal humor poco a poco. En tan solo unos minutos ya están riendo y tomando trozos de la comida de la otra.

—¿Qué dice la policía, Olivia?

Ella deja el tenedor sobre la mesa y se limpia la boca.

—Después de que ganara el caso, él estaba convencido de que lo había hecho porque estaba enamorada de él y teníamos que estar juntos. Así que supongo que se ha escapado y viene a buscar a su esposa.

—Parece que te pasa mucho últimamente —dice Cammie con la boca llena de gofre—. Tus antiguos clientes se obsesionan contigo y se vuelven autodestructivos. —Se lame el sirope de la punta de los dedos y me mira de forma

intencionada. Yo le doy una patada por debajo de la mesa——.
¡Au!

Olivia apoya la barbilla sobre las manos.

—¿No te gustaría que Dobson estuviera enamorado de
Leah mejor?

Intento no reírme…, de verdad que lo hago. Pero esas
ocurrencias suyas…, es que es tan…

Cammie me lanza una mirada envenenada.

—Deja de mirarla de ese modo.

No respondo, porque sé exactamente de qué está hablando. Le guiño un ojo a Olivia. Mi exmujer me había acu-
sado de hacer lo mismo. Cuando la miro, parece que no soy
capaz de apartar la mirada de ella. Ha sido así desde ese
primer día en que la vi debajo del árbol. Cualquier otra belleza desde entonces me ha recordado a ella. Sin importar
lo que sea, es todo simplemente un reflejo de Olivia. Esa
brujilla me tiene hechizado.

Capto la mirada de Olivia y nos quedamos así durante
unos buenos seis segundos, compartiendo una mirada tan
íntima que me duele el estómago cuando apartamos los
ojos. Veo cómo se mueve su garganta mientras trata de tragarse las emociones. Sé qué es lo que está pensando.

«¿Por qué?»

Pienso eso mismo todos los días.

Cuando terminamos, pago la cuenta y volvemos a subir
a mi coche. Sin embargo, las chicas no quieren volver a casa
de Olivia.

—Caleb, ese tío podría aplastarte —me asegura Cammie—. Lo he visto en persona. No te ofendas, pero no creo
que pudieras con él. Te. Va. A. Aplastar.

Olivia tiene la cabeza entre las rodillas. No quiere bromear sobre algo tan serio, pero es difícil cuando Cammie y yo nos lo tomamos todo a broma. Veo que su espalda tiembla con una risa silenciosa. Me acerco a ella y le doy un tirón del sujetador.

—¿Tú también, Reina? ¿No crees que sería capaz de encargarme de Dobbie?

—Dobbie torturaba animales pequeños cuando aprendió a caminar. Una vez lo vi arrancarle la cabeza a un ratón y comérsela.

Hago una mueca.

—¿De verdad?

—No. Pero se come la carne muy poco hecha.

Suelto una risita.

—¿Es verdad lo que decían sobre su madre? ¿Que acosaba a todos esos niños de la iglesia?

Olivia se quita una pelusa del pantalón y se encoge de hombros.

—Eso parece, así que sí. Habló muchas veces sobre las cosas que le hacía su madre. Tiene sentido que tenga esa... necesidad de, eh..., forzar a las mujeres a que lo amen, después de tener una madre así.

—Joder —dice Cammie desde el asiento trasero—. Y yo que pensaba que era tener problemas con tu padre lo que te dejaba jodido.

—¿Alguna vez fue agresivo contigo? —le pregunto, y le echo un vistazo por el rabillo del ojo.

—No, no; era muy tranquilo. Casi un caballero. Las chicas me dijeron que les pedía permiso antes de violarlas. Es enfermizo, ¿verdad? Deja que te viole..., primero te lo pegunto y, si me dices que no, te mato, pero te lo pregunto de todos modos. —Baja la comisura de la boca y niega con la cabeza—. La gente está muy jodida. Todos lo estamos. No hacemos más que hacernos daño.

—Algunos un poco más que otros, ¿no te parece? Por ejemplo, nuestro buen amigo Dobson podría haberse convertido en defensor de los niños que han sufrido abusos en lugar de convertirse en un violador en serie.

—Sí —responde—. Su mente estaba destrozada. No todas las víctimas de abusos tienen la fuerza de superar cosas como las que él pasó y salir con el cerebro de una sola pieza. —«La amo. Joder, la amo muchísimo»—. ¿Podemos no volver a mi casa? —me pide—. Me siento extraña cuando estoy ahí.

—¿Y si vamos a casa de Cammie? —sugiero.

Pero ella niega con la cabeza.

—Estoy viviendo en casa de mi novio hasta que cierre el acuerdo de mi nueva casa, y Olivia lo odia.

Echo un vistazo a mi reloj. Jessica estará en mi casa hasta que se marche a trabajar dentro de unas horas. Solo se queda en casa un par de noches por semana, pero, aun así, no me hace mucha gracia la idea de llevar a Olivia a un lugar donde he tenido sexo con otras mujeres.

—Podríamos buscar un hotel —propongo—. Escondernos ahí hasta que lo atrapen.

Olivia niega con la cabeza.

—No, vete a saber cuánto van a tardar en encontrarlo. Llévame a casa y ya está, no pasa nada.

Puedo ver el miedo en su rostro y quiero preguntarle otra vez dónde está Noah.

—Tengo una idea —digo. Me presionan para que hable, pero me niego a contarles lo que es. Se trata de una idea ridícula, pero me gusta. Doy media vuelta en la carretera y entro con el coche en el tráfico matutino para dirigirme de nuevo a su edificio—. ¿Quieres ir a buscar ropa?

Ella asiente con la cabeza.

Hacemos una breve parada en su edificio. Subo a su apartamento, por si acaso Dobson estuviera vigilando, y saco una bolsa de tela de su armario. Abro un par de cajones de su cómoda hasta encontrar la ropa interior y la meto dentro de la bolsa. Después, voy a su armario y escojo unas cuantas prendas al azar para ella y para Cammie. Antes de marcharme, me detengo frente al otro armario. El de Noah.

Abro la puerta sin saber muy bien qué esperar. Su ropa está toda allí, bien colgada en sus perchas. Cierro la puerta un poco más fuerte de lo que pretendía. A continuación, hago una parada más en la sala de estar. Ahí hay una mesa donde Noah tiene el *whisky* y un decantador, pero la botella está vacía. La abro y la pongo del revés.

«Vacía.»

«¿Cuánto tiempo hace que se marchó? ¿Y por qué? ¿Por qué no me lo ha contado Olivia?»

No digo nada cuando vuelvo a entrar en el coche. Cammie está roncando con suavidad en el asiento trasero. Le paso la bolsa a Olivia y ella forma la palabra «gracias» con la boca.

«Lo que necesites, Reina. Lo que necesites.»

Capítulo ocho

El pasado

El jabón chorreaba por el parabrisas y mi coche vibraba mientras los chorros de agua golpeaban las ventanas. Olivia se apartó de mi boca y echó un vistazo por encima del hombro. Le besé las elegantes líneas del cuello y después entrelacé mis dedos en la parte posterior de su cabeza y conduje su boca hasta la mía. Las cosas se estaban poniendo fuera de control… para Olivia. Para mí, aquello era lo normal. Una chica sentada a horcajadas sobre mi regazo, con una falda puesta… en un taller de lavado… Las cosas solo podían mejorar a partir de ahí. A pesar del hecho de que era mi novia… y de que la quería, y de que quería tenerla desnuda encima de mí, no quería arrebatarle algo que no estuviera preparada para darme.

La sujeté por la cintura y volví a colocarla sobre su asiento. Después sujeté el volante con fuerza y pensé en mi tía abuela Ina. La tía Ina tenía sesenta y siete años, y tenía verrugas…, unas verrugas grandes…, asquerosas… y desagradables. Pensé en su barbilla, y en sus tobillos de elefante, y en el pelo que le salía de la verruga de su brazo. La tía Ina pareció funcionar; sentía que había recuperado un poco el control.

Olivia resopló en el asiento junto a mí.

—¿Por qué siempre tienes que hacer eso? Me lo estaba pasando bien.

Mantuve los ojos cerrados y eché la cabeza hacia atrás.

—Reina, ¿tú quieres tener sexo?

—No —respondió ella con rapidez.

—Entonces, ¿qué sentido tendría hacer esto?

Ella hizo una pausa para pensar.

—No lo sé. Todo el mundo se lía y esas cosas. ¿Por qué no podemos simplemente…?, ya sabes…

—No, no lo sé —respondí, y me giré para mirarla—. ¿Por qué no me dices qué es exactamente lo que tienes en mente?

Ella se ruborizó.

—¿No podrías ceder un poco? —susurró sin dirigirme la mirada.

—Tengo veintitrés años. Llevo teniendo sexo desde los quince, así que creo que estoy cediendo. Si me estás pidiendo que te manosee un poco y ya está como si fuera un chaval de quince años, no voy a hacerlo.

—Lo sé —respondió débilmente—. Lo siento…, es que no puedo.

Su voz me arrancó de mi egoísmo. No era culpa suya. Yo ya llevaba un año esperando, y era capaz de esperar otro más. Quería esperar. Olivia merecía la pena.

La deseaba.

—La cosa de liarnos es que poco a poco vas abriéndote camino hacia el sexo. Así que, si en realidad no estás lista para tener sexo, no comiences a hacer las demás cosas. Eso es lo único que digo.

Abrí la botella de agua que había en el posavasos y tomé un sorbo. La máquina de lavado automático seguía traqueteando a nuestro alrededor y las tiras de goma jabonosa golpeaban el metal. Yo mismo estaba sintiendo esos golpes.

Volvió a subirse a mi regazo. «Dios, espero que no pueda notar mi erección.» Puso una mano a cada lado de mi cara y presionó su nariz contra la mía. La suya estaba fría. Aquel era el lado más suave de Olivia. Era el lado que me hacía querer ponerme encima de ella, como un macho alfa dominante, y enseñarle los dientes a cualquiera que se le acercara.

—Lo siento, Caleb. Siento estar tan jodida.

Mis manos volvieron a su cintura.

—No estás jodida, tan solo estás reprimida sexualmente.

Ella soltó una risita. Fue una risita muy femenina y suave. Cuando una mujer producía ese sonido, no podía evitar sonreír.

Bajé la mirada hasta sus piernas tonificadas. Lo único que tenía que hacer era bajarme la cremallera de los pantalones, ya estaba justo donde...

—Vas a tener que volver a tu asiento —dije con voz áspera.

Ella volvió adonde estaba con aspecto culpable.

Nos quedamos sentados en silencio mientras se encendían los secadores. Observé las gotas de agua que se meneaban por el parabrisas hasta que desaparecieron. ¿Dónde me había metido? Me había enamorado de alguien a quien no podía arreglar. Mi entrenador decía que me encanta arreglar a la gente. Comenzó en mi segundo año, cuando vi a un par de los novatos del equipo que tenían problemas con su juego y trabajé con ellos al lado hasta que su defensa mejoró. El entrenador siempre me utilizaba con los que estaban empezando. En mi tercer año, hubo tres chicos que acudieron a mí para pedirme entrenamientos privados. No sé por qué, pero se me daba bien. Ahora, mi necesidad de arreglar las cosas se había transferido a la mujer que me atraía. Pensé en mi exnovia, Jessica. Había sido perfecta, hasta que...

Apreté los dientes. Tal vez por eso no habían funcionado las cosas entre nosotros. Era demasiado perfecta, mientras que Olivia estaba hermosamente rota. Las finas grietas en su personalidad eran más obras de arte que fallos. Me encantaban las obras de arte imperfectas. La estatua de Lorenzo hecha por Miguel Ángel, con la base torcida que se eleva para acomodar sus pies, las cejas desaparecidas de la Mona Lisa. Los fallos estaban gravemente infravalorados. Eran hermosos si los mirabas de la forma adecuada.

Sabía que me estaba mintiendo a mí mismo al pensar que podía arreglarla, pero ya era demasiado tarde. No sabía cómo dejarlo correr. Ella fue la primera en romper el silencio.

—Ojalá supiera lo que estabas pensando —me dijo.

—Siempre tienes la opción de preguntármelo.

Puse el coche en marcha y comencé a avanzar. Ella observó mi mano sobre la palanca de cambios; siempre lo hacía.

«Lavar el coche..., hecho. Necesidad apremiante de estar dentro de ella..., no hecho.»

—Me siento como si siempre estuvieras intentando colarte en mi cabeza. Eres como Peter Pan, siempre subiendo por las ventanas y causando problemas.

Ella arrugó la nariz.

—¿De verdad acabas de llamarme Peter Pan?

—Te he llamado cosas peores —le recordé.

—Como una llama —dijo—. Eso me encantaba.

Me reí ante su evidente sarcasmo, y el hechizo de lujuria quedó roto. Había vuelto a la necesidad de simplemente estar con ella.

—Peter Pan quiere colarse en tu mente y saber lo que estás pensando —volvió a probar. Me estaba mirando con tanta seriedad que acabé cediendo.

Me detuve frente a un semáforo en rojo. Llevé la mano hasta la suya para tomársela. De acuerdo: si quería conocer mis pensamientos, iba a dárselo. A lo mejor le haría bien estar dentro de la mente de un hombre adulto normal. A lo mejor aprendía a jugar con más cuidado con los «hombres adultos y normales». Levanté sus dedos hasta mis labios para besárselos. A mi mente volvió la imagen de ella sobre mi regazo, y hablé en voz baja para que supiera que lo estaba diciendo en serio.

—Si vuelves a subirte encima de mí con una falda y me besas de ese modo otra vez, voy a tener que quitarte las bragas y follarte.

Su cara se quedó pálida. Bien. Necesitaba que estuviera lo bastante asustada como para no volver a hacerlo. Yo no era supermán, no era un superhombre, sino un hombre normal. Un hombre que tenía muchas ganas de hacer el amor con su novia.

Ella no me soltó la mano; si acaso, la apretó con más fuerza. La miré por el rabillo del ojo. Se estaba mordiendo el labio inferior y miraba fijamente por el parabrisas con los ojos vidriosos.

Me aguanté una risita. «Por el amor de Dios, creo que realmente la he puesto cachonda.» Mi pequeña Reina…, siempre era una caja de sorpresas.

Desde ese día en adelante, «Peter Pan» fue nuestro código en clave para decir: «¿Qué estás pensando?».

* * *

—Peter Pan.

—Déjame en paz.

—Tú inventaste este juego.

Estábamos tumbados en el suelo de su habitación, supuestamente haciendo una sesión de estudio. Pero sus labios todavía estaban un poco hinchados de nuestra sesión de besos.

—Estoy cubierta de polvo de Cheetos y tratando de estudiar. Y tú me estás fastidiando, porque te has pasado los últimos cuarenta minutos mirándome fijamente, y eso está rompiendo mi concentración.

Se metió otro de los Cheetos en la boca y dejó que se fundiera. Yo le tomé la mano y metí uno de sus dedos entre mis labios para lamerle el «polvo de Cheetos». Aquella era una nueva *oliviada*.

Sus ojos se vidriaron durante un segundo, y entonces le solté la mano.

—¿Desde cuándo lees el periódico? —le pregunté.

Este se encontraba medio enterrado bajo su cuerpo. Levantó la caja torácica para permitirme que lo sacara y después me tumbé boca arriba.

—Lo vi cuando estaba pagando en el supermercado.

Parecía un tanto culpable. Lo desdoblé y miré la primera plana.

—Laura —dije. No pretendía pronunciar su nombre en voz alta, pero ver la foto me tomó por sorpresa. Notaba una sensación enfermiza en el estómago cada vez que pensaba en ello—. Nuevas pistas en el caso de Laura Hilberson —leí.

El periódico decía que una de sus tarjetas de crédito había sido utilizada en una gasolinera de Misisipi. Dado que la gasolinera no tenía cámaras de seguridad, no habían podido grabar al que la había utilizado. El adolescente que había tras el mostrador estaba colocado en ese momento, así que no recordaba nada en absoluto.

—Tú salías con ella —señaló Olivia, y yo asentí con la cabeza. Apartó el libro de texto a un lado y apoyó la cabeza sobre el puño—. ¿Y cómo era? ¿Alguna vez pensaste que iba a desaparecer? ¿Crees que alguien la habrá secuestrado?

Me rasqué el estómago.

—Fue como una semana. Tampoco la conocía demasiado bien.

«Eso no es cierto. ¿Por qué estoy mintiendo?»

Olivia sabía que estaba mintiéndole.

—Cuéntamelo —me pidió.

—No hay nada que contar, Reina.

—Caleb, eres uno de los seres humanos más perceptivos que he conocido jamás. ¿De verdad me estás diciendo que no tienes ningún pensamiento sobre esta situación?

Se me bloqueó el cerebro, y no sabía en qué dirección mover la lengua. Aquel era un asunto delicado. Estaba a punto de contarle otra mentira, o tal vez fuera la verdad, cuando Cammie entró como un bólido en la habitación y me salvó.

—¡Ay, Dios mío! ¿Os habéis acostado?

Me puse las manos por detrás de la cabeza para observarlas mientras comenzaban con su habitual discusión juguetona.

¿Dónde estaba Laura? Aquello era una locura.

* * *

Laura Hilberson era una mentirosa compulsiva. Me bastaron tres citas para saberlo. Era una chica guapa, tímida en su mayor parte, pero todo el mundo parecía saber quién era. Tal vez fuera porque sus padres tenían un yate y siempre invitaba a todo el mundo los fines de semana. Nuestra universidad era de las privadas. Olivia era de las pocas estudiantes que asistían gracias a una beca completa.

Invité a Laura a salir después de que nos asignaran a un proyecto en grupo en clase de Discurso. En la primera cita, me contó que su mejor amiga había muerto tres años antes en un accidente con una moto de cuatro ruedas. Estuvo llorando mientras me lo contaba y me dijo que estaba más unida a esa chica de lo que lo estaba con sus hermanos. Cuando le pregunté cuántos hermanos tenía, hizo una breve pausa antes de decirme que tenía... ocho. Ocho hermanos. «¡Madre mía!», pensé. Sus padres no debían de dar abasto. ¿Cómo se las arreglaban siquiera para abrazar a todos en el mismo día?

La segunda cita la pasamos en el yate de sus padres. A pesar de todo el dinero que tenían, eran gente sencilla.

Su madre nos hizo sándwiches para comer, con una loncha de pavo, pan blanco y un tomate. Hablaron sobre su iglesia y las misiones a las que había ido Laura cuando estaba en el instituto. Cuando pregunté si alguno de sus hermanos había ido con ella, se me quedaron mirando con rostros inexpresivos. Justo en ese momento, Laura vio un grupo de delfines y todos nos distrajimos viéndolos jugar en el agua. Más tarde volvimos a su casa para recoger mi coche. Vivían en una modesta casa de dos plantas, y la única indicación del dinero que tenían era el yate, que consideraban su capricho.

Laura me enseñó la casa mientras su madre iba a buscarnos unas Coca-Colas del frigorífico del garaje. Conté las habitaciones que había: una, dos, tres y cuatro. En cada una de ellas había una cama de matrimonio, a excepción de la de Laura, que me dijo que prefería dormir en una cama individual. Cuando le pregunté dónde dormía todo el mundo, me contó que la mayoría de sus hermanos eran mayores que ella y ya se habían ido de casa.

Mi alarma interna comenzó a sonar de verdad cuando me despedí de su familia en el vestíbulo. En la pared a la derecha de la puerta principal había una enorme colección de fotografías familiares: abuelos, Navidades, fiestas de cumpleaños... Mis ojos examinaron cada una de ellas mientras charlábamos sobre la universidad y los exámenes finales que estaban a punto de llegar. Cuando por fin les dije adiós, caminé hasta su coche sabiendo dos cosas: que Laura era hija única y que Laura era una mentirosa compulsiva.

La tercera cita nunca debería haber ocurrido; se me habían quitado las ganas por completo después de descubrirlo todo. Pero fue una cita en grupo y acabé emparejado con Laura. Fuimos a un viaje por carretera para ver a los Yankees enfrentarse a los Rays. Todo el mundo sabía que sería un partido vergonzoso para los Rays, pero queríamos salir de la ciudad y pasarlo bien antes de que los finales nos mataran. Laura iba en el coche conmigo y otra pareja. Sentada en el asiento delantero, hablaba de su último viaje a Tampa, cuando su hermana se había perdido en la playa y habían tenido que llamar a la policía.

—Pensaba que eras la más joven —señalé.

—Fue hace mucho tiempo —explicó—. Creo que solo tenía cinco años.

—Entonces, ¿tú cuántos tenías?

—Tres —respondió con rapidez.

—¿Tienes recuerdos de cuando ocurrió eso?

Hizo una pausa.

—No, pero mis padres cuentan la historia todo el tiempo.

—¿Tu hermana está ahora en la universidad?

—No. Es militar.

—¿En qué rama?

—En las Especiales de la Marina.

Alcé las cejas y miré por el retrovisor para ver si John y Amy la habían oído desde el asiento trasero.

Los dos estaban despatarrados, durmiendo.

«Joder.»

Estaba oscuro, y me alegraba que Laura no pudiera ver por completo la expresión de mi cara. No había ninguna mujer en las Fuerzas Especiales de la marina. Puede que yo no sea norteamericano del todo, pero es un hecho bastante conocido. O al menos eso era lo que yo pensaba.

—Vaya, eso es impresionante —dije, a falta de algo mejor—. Debes de estar orgullosa.

«O mintiendo.»

Durante el resto del viaje, le pregunté lo que hacía cada uno de sus hermanos, y ella tenía una respuesta todas las veces.

En ese punto, ya lo estaba haciendo simplemente por diversión. En el partido de béisbol del día siguiente, me senté entre dos de mis amigos para no tener que sentarme junto a ella. Las mentiras me resultaban agotadoras. Pero esa noche fui en busca de más.

Le pregunté por sus misiones de la Iglesia para tratar de descifrar parte de su psicología. Se suponía que los cristianos no mentían; al menos, no tanto. Aquello era un delirio. A lo mejor no estaba bien de la cabeza. Actuaba con normalidad socialmente. «Dios.» Aquello me estaba volando la cabeza. Me hacía desear haber escogido lo que quería y estar estudiando Psicología en lugar de Dirección de Empresas. Esa misma semana, más adelante, le pregunté por ella a una de las chicas de nuestro grupo.

—Es maja —dijo—. Un poco callada.

—Sí. Probablemente sea por ser la más joven de todos esos hermanos —repliqué.

Tori arrugó la cara.

—Solo tiene dos…, un hermano y una hermana. Los dos están estudiando en el extranjero.

«Oh, joder, no.»

Después de eso, ya no volví a hablar con Laura. No era capaz de averiguar si sabía que estaba mintiendo o si lo hacía porque le pasaba algo en el cerebro. O a lo mejor le parecía divertido. ¿Quién diablos sabía? No pensaba quedarme cerca para averiguarlo. Cuando dijeron que había desaparecido, pensé de inmediato que habría desaparecido a propósito. Más tarde, me sentí culpable por pensar eso.

Probablemente la habrían secuestrado, y yo estaba inventándome historias que encajaran con mi interpretación de ella.

La encontraron en el aeropuerto de Miami. Cuando los periódicos comenzaron a informar de que había sido secuestrada por un hombre llamado Devon, intenté no cuestionarlo. Lo intenté. Olivia se sentía fascinada por el caso; leía todo lo que podía al respecto. No sé si era porque estaba estudiando Derecho o porque sentía una conexión emocional con Laura. Yo me guardé mis opiniones para mí mismo con la esperanza de que estuviera bien.

Entonces, una noche, después de que naciera Estella, yo estaba preparando la cena y las noticias estaban puestas con el volumen bajo en la televisión cuando oí el nombre de Olivia. Aunque el volumen estaba bajo, mis oídos estaban sintonizados con ese nombre. Salí de la cocina y me encontré con Leah tratando de cambiar de canal.

—No —le dije.

Olivia estaba en la pantalla plana y caminaba junto a un hombre que supuse que sería Dobson Orchard. Se alejó de los medios y entró en un coche con él.

«Olivia, no.»

Quería decirle que se mantuviera alejada del caso. Que se mantuviera alejada de él. Quería tocar su pelo negro y sedoso y rodearla con mis brazos protectores. Mi boca ya estaba seca cuando los informativos dieron paso a los anuncios.

Entonces me di cuenta de que habían mostrado la fotografía de Laura, y que la describían como una de las primeras víctimas. Dobson/Devon...

«Olvídalo», pensé. La habían drogado. A lo mejor se equivocó con el nombre, o a lo mejor lo hicieron las noticias. A lo mejor se había subido al vagón de Dobson porque le interesaba. Cuando iba a la universidad, siempre intentaba ser parte de algo, de una familia de ocho hermanos. A lo mejor, solo a lo mejor, la había encontrado en los rostros de las víctimas secuestradas y atacadas por Dobson. Joder, había escogido a la mujer más extraña del mundo con la que pasar el tiempo.

Capítulo nueve

El presente

—¿Dónde estamos? —pregunta Olivia mientras se endereza en su asiento y se frota los ojos.

—En Naples.

Bajo por una calle rodeada de árboles y ella mira a su alrededor, alarmada.

—¿Qué cojones, Drake?

Olivia, que ha permanecido en silencio todo el trayecto, mira impasible por la ventana. Estoy preocupado por ella. No ha preguntado ni una vez adónde vamos, así que o bien confía en mí o bien no le importa. Me parece bien cualquiera de las dos opciones.

La carretera se curva, y entro en una calle mucho más pequeña. Las casas de ahí están muy espaciadas. Hay diez en total, todas alrededor de un lago y rodeadas por su propio terreno. Los vecinos más cercanos tienen caballos; puedo verlos pastando tras las vallas blancas. Mientras el coche pasa junto a ellos, Olivia estira el cuello para verlos mejor.

Sonrío para mí mismo. No está desconectada del todo al fin y al cabo.

Detengo el coche al otro lado de una ornamentada verja blanca y llevo la mano a la guantera para buscar el mando automático. Le rozo la rodilla a Olivia, que da un respingo.

—Está bien saber que todavía tengo ese efecto sobre ti —le digo mientras señalo la verja con el dispositivo. Esta se abre justo mientras Olivia lanza la mano hacia mí para darme una palmada en el pecho.

Le sujeto la mano antes de que pueda apartarla y la mantengo justo encima de mi corazón. Ella no opone ninguna resistencia.

Cammie resopla en el asiento trasero, y entonces la suelto.

El camino de entrada está pavimentado con ladrillos de un marrón cremoso. Lo seguimos durante unos ciento ochenta metros hasta que llegamos a la casa. Aparco el coche mientras Olivia observa mi mano.

Yo la contemplo mientras me observa la mano. Cuando levanta la mirada, le dirijo una sonrisa.

—¿Dónde estamos?

—Naples —repito, y abro la puerta. Inclino el asiento hacia delante para dejar salir a Cammie y rodeo el coche para abrirle la puerta a Olivia.

Ella sale al exterior y estira los brazos por encima de la cabeza mientras mira a la casa.

Espero a ver su reacción.

—Es preciosa —dice. Le dirijo una sonrisa, y el martilleo de mi corazón se calma—. ¿De quién es esta casa?

—Mía.

Olivia levanta las cejas y me sigue mientras subo la escalera. La casa tiene tres pisos y la fachada es de ladrillos, y también tiene una torreta y un balcón mirador con unas vistas impresionantes del lago. Cuando nos acercamos a la puerta principal, ahoga un grito.

La puerta es de madera maciza y la aldaba tiene la forma de una corona. Me detengo junto a ella para mirar a Olivia.

—Y tuya.

Ella hincha las fosas nasales, pestañea, y su boca se arruga un poco.

Hago girar la llave en la cerradura y entramos en nuestra casa.

Hace un calor insoportable en el interior, así que me dirijo directamente hacia el termostato. Cammie suelta un peculiar improperio, y me alegra que no puedan verme la cara.

La casa está amueblada por completo. Tengo a una persona que viene una vez al mes para limpiar el polvo y la piscina, que nunca ha sido utilizada. Voy de habitación en habitación para subir las persianas, y las chicas me siguen.

Cuando llegamos a la cocina, Olivia se rodea el cuerpo con los brazos y mira a su alrededor.

—¿Te gusta? —le pregunto mientras observo su cara.

—La has diseñado tú, ¿verdad?

Me gusta que me conozca tan bien. A mi exmujer le gustaba que todo fuera moderno: acero inoxidable, blancos y baldosas estériles. Todo lo que hay en mi casa es cálido. La cocina es de estilo rústico, y hay mucha piedra, cobre y madera maciza. Hice que el decorador utilizara mucho el rojo, porque es un color que me recuerda a Olivia. Puede que Leah tenga el pelo rojo, pero Olivia tiene una personalidad roja. Y, por lo que a mí respecta, el rojo pertenece al amor de mi vida.

Cammie se pasea por la sala de estar y acaba desplomándose en el sofá y encendiendo la tele. Olivia y yo nos quedamos uno al lado del otro observándola. No era así como pretendía que viera este lugar.

—¿Quieres que te enseñe el resto de tu casa?

Ella asiente con la cabeza y yo la conduzco fuera de la cocina y en dirección a la escalera curvada.

—Leah…

—No —le digo—. No quiero hablar sobre Leah.

—Vale —responde.

—¿Dónde está Noah?

Ella aparta la mirada.

—Deja de preguntarme eso, por favor.

—¿Por qué?

—Porque me duele responder.

La contemplo durante un momento y después asiento con la cabeza.

—Vas a tener que contármelo en algún momento.

—En algún momento —repite, y suelta un suspiro—. Eso es como muy de nosotros, ¿no te parece? En algún momento me contarás que estás fingiendo la amnesia. En algún momento te contaré que estoy fingiendo no conocerte. En algún momento volveremos a estar juntos, a separarnos, a volver a estar juntos.

La observo mientras examina las obras de arte de mis paredes, cautivado por sus palabras. Dice cosas que me conmueven de forma genuina. Deja que su alma se deslice entre sus labios, y siempre parece cruda e increíblemente triste.

—Caleb, ¿qué es esta casa?

Me coloco detrás de ella mientras se queda en el umbral de la puerta de la habitación principal y le tiro de los extremos del pelo.

—La estaba construyendo para ti. Iba a traerte aquí la noche en que te pidiera que te casaras conmigo. Entonces solo era un solar vacío, pero quería mostrarte lo que podíamos construir juntos.

Ella suelta aire por la nariz y niega con la cabeza. Es su forma de contener las lágrimas.

—¿Ibas a pedirme que me casara contigo?

Me planteo brevemente la posibilidad de contarle lo de la noche en que me pilló en el despacho, pero no quiero sobrecargarla emocionalmente.

—¿Por qué seguiste construyéndola? ¿Por qué la amueblaste?

—Era un proyecto, Reina —respondo con suavidad—. Necesitaba algo que arreglar.

Ella se ríe.

—No podías arreglarme a mí... ni tampoco a esa sucia pelirroja. ¿Así que te decidiste por una casa?

—Es mucho más gratificante.

Ella resopla. Habría preferido una risita.

Presiona el interruptor para encender las luces y entra con cuidado en la habitación, como si el suelo pudiera ceder bajo sus pies en cualquier momento.

—¿Alguna vez has dormido aquí?

La observo mientras pasa un dedo por el edredón blanco y afelpado y se sienta en el borde de la cama. Rebota un par de veces, y yo sonrío.

—No.

Se tumba boca arriba y luego de repente da dos vueltas a lo largo de la cama, hasta que acaba con los pies al otro lado. Es algo que haría una niña pequeña. Como siempre, cuando la palabra «niña» aparece en mi cabeza, se me contrae el estómago de forma dolorosa.

«Estella.»

El corazón me da un vuelco y después se acelera un poco cuando me devuelve la sonrisa.

—Esta habitación es como un poco de chica —señala.

Una de las comisuras de mi boca se eleva.

—Bueno, es que pretendía compartirla con una mujer.

Ella frunce los labios y asiente con la cabeza.

—Pavo real azul…, pega mucho.

Sobre la cómoda hay un jarrón de plumas de pavo real. Las comisuras de su boca se elevan como si recordara algo de hace mucho tiempo.

Le muestro el resto de las habitaciones y después la llevo por el estrecho tramo de escaleras hasta el ático, que he convertido en una biblioteca. Ella grita con emoción al ver todos los libros, y prácticamente tengo que arrastrarla por otro estrecho tramo de escalera hasta el balcón mirador. Lleva dos libros en las manos, pero, cuando sale a la luz del sol, los deja sobre una de las sillas de jardín, con los ojos muy abiertos.

—Ay, Dios mío —dice. Levanta las manos en el aire y gira a su alrededor—. Es tan bonito. Me pasaría todo el día aquí arriba si…

Los dos nos damos la vuelta al mismo tiempo. Yo camino hacia un lado para mirar a los árboles, mientras que ella permanece cerca del lago.

«Si…»

—Si no me hubieras mentido —termina, y suelta un suspiro.

¿De verdad no me esperaba eso? Es la reina de las pullas. Me río con fuerza. Me río tan fuerte que Cammie abre la puerta corredera y asoma la cabeza. Cuando nos ve, niega con la cabeza y vuelve a meterse dentro. Me siento como si acabaran de darme una reprimenda.

Le echo un vistazo a Olivia. Está recuperando uno de los libros y sentándose en una de las sillas de jardín.

—Estaré aquí arriba si me necesitas, Drake.

Camino hacia ella y le doy un beso en la parte superior de la cabeza.

—Vale, Reina. Yo iré a preparar la comida. No dejes que nadie te robe.

* * *

Atrapan a Dobson en el edificio de Olivia dos días más tarde. Estaba yendo a por ella. Me entran ganas de matar a Noah. ¿Y si no me hubiera llamado? Dobson se pasó casi una década evadiendo a la policía. ¿Podría haberlos evitado y llegar a Olivia? No quiero ni planteármelo siquiera. Cuando recibimos la llamada, sé que es hora de que vuelva a llevarla a su casa, pero nos quedamos allí un día más. Ni siquiera Cammie parece tener ganas de marcharse. Al cuarto día, saco el tema de marcharnos justo cuando nos estamos terminando nuestra cena de salmón a la parrilla y espárragos. Cammie se excusa de forma educada de la mesa de pícnic y vuelve al interior de la casa. Olivia juguetea con la lechuga de su plato y trata de esquivar mi mirada.

—¿No te sientes preparada? —le pregunto.

—No es eso —responde—. Es solo que ha estado…

—Bien —termino por ella, que asiente con la cabeza—. Puedes venir a quedarte en mi casa unos días —le ofrezco.

Ella me fulmina con la mirada.

—¿Y voy a dormir entre Jessica y tú?

Le dirijo una sonrisita de suficiencia.

—¿Cómo sabes que todavía estoy saliendo con Jessica?

Ella suelta un suspiro.

—Te he seguido la pista.

—Me estás acosando —le digo. Cuando no responde, le toco la parte superior de la mano con el dedo y recorro una vena—. No pasa nada. Yo también te acoso a ti.

—¿Siguen las cosas igual con Jessica? ¿Como solían estar en la universidad?

—¿Me estás preguntando si estoy enamorado de ella?

—¿Suena como si te estuviera preguntando eso?

Me cubro la cara con las manos y suelto un suspiro dramático.

—Si quieres hacerme preguntas personales y extremadamente incómodas, adelante. Te contaré todo lo que quieras saber. Pero, por el amor de Dios…, hazme alguna pregunta directa.

—Está bien —replica—. ¿Estás enamorado de Jessica?

—No.

Parece sorprendida.

—¿Y antes lo estabas? En la universidad, digo.

—No.

—¿Te habrías casado con ella si hubiera seguido adelante con el embarazo?

—Sí. —Ella se muerde el labio inferior, y sus ojos se humedecen—. Tú no obligaste a Jessica a abortar, Olivia.

Las lágrimas se derraman.

—Sí que lo hice. Yo la llevé en coche hasta la clínica. Podría haberla convencido de que no lo hiciera, pero no lo hice. En lo más hondo, sabía que te casarías con ella si descubrías que se había quedado embarazada. Podría habérselo dicho, y tal vez no hubiera seguido adelante con el aborto.

—Jessica no quiere tener hijos —le aseguro—. Nunca ha querido. Es como un factor no negociable entre nosotros.

Ella se frota la cara con la manga y sorbe por la nariz. Está patética y mona al mismo tiempo.

—Pero estáis juntos. ¿Qué sentido tiene vuestra relación si no va a ir a ninguna parte?

Me río y le quito una lágrima de la barbilla con la punta del dedo.

—Eso es tan tuyo. Nunca haces nada sin ningún propósito. Por eso no querías darme una oportunidad al principio. No te veías casándote conmigo, así que ni siquiera querías mantener una conversación conmigo.

Ella se encoge de hombros y me dirige una media sonrisa.

—Tú no me conoces, tonto.

—Ah, pues claro que sí. Tenías que verme haciendo el gilipollas antes de plantearte siquiera la posibilidad de salir conmigo.

—¿Adónde quieres ir a parar, Drake?

—Jessica rompió con alguien antes de mudarse otra vez aquí. Yo me había divorciado. Los dos estamos un poco jodidos de la cabeza, y nos gusta estar juntos.

—Y os gusta follar —añadió ella.

—Sí. Nos gusta follar. ¿Estás celosa?

Ella pone los ojos en blanco, pero sé que es cierto.

Está empezando a oscurecer. El sol está abriendo un agujero ardiente en el cielo y lo vuelve naranja y amarillo mientras se hunde detrás de los árboles.

—¿Sabes? —le digo mientras me inclino por encima de la mesa para tomarle la mano—. Podría acostarme con mil mujeres y no me sentiría como esa noche en el bosquecillo de naranjos.

Ella aparta la mano de golpe y gira el cuerpo entero para poder ver cómo se pone el sol. Miro con una sonrisa la parte posterior de su cabeza y comienzo a recoger los platos.

—La negación es algo muy feo, Reina.

MONTESSORI

Montessori en casa
El cambio empieza en tu familia
Cristina Tébar

Plataforma Actual

8ª edición

Cómo educar niños autónomos
y felices con el enfoque Montessori

PRECIO
14,00 €

ISBN
978-84-16820-10-8

Montessori
explicado a los padres
Charlotte Poussin

Plataforma Actual

3ª edición

Teoría y práctica de la pedagogía Montessori
en la escuela y en casa

PRECIO
18,00 €

ISBN
978-84-16820-69-6

El huerto en casa
al estilo
Montessori
Cristina Tébar

Plataforma Actual

Actividades paso a paso para cultivar y
aprender con tus hijos al estilo Montessori

PRECIO
19,50 €

ISBN
978-84-17002-36-7

Montessori
para bebés
Charlotte Poussin
Autora de Montessori explicado a los padres

Plataforma Actual

Más de 100
actividades
fáciles
para hacer
en casa

4ª edición

El enfoque Montessori desde
el nacimiento hasta los 3 años

PRECIO
17,00 €

ISBN
978-84-17002-83-1

STEFAN ZWEIG

La desintoxicación

moral

de Europa

y otros escritos políticos

2ª
edición

PRECIO
14,00 €

ISBN
978-84-17114-14-5

PATRICK POIVRE D'ARVOR

Saint-Exupéry

MALETÍN
DE LOS
CUERDOS

Incluye
numerosas
fotografías de
inestimable valor
documental

PRECIO
25,00 €

ISBN
978-84-17002-99-2

Camus
Virgil Tanase

PRECIO
22,00 €

ISBN
978-84-17114-22-0

PREFACIO DE *Jean Verne*

JULIO
VERNE

Testamento de un excéntrico

Libro
ilustrado
de gran
formato

PRECIO
45,00 €

ISBN
978-84-17376-35-2

Encuentre en su **librería** habitual
cualquier título de nuestro catálogo

Capítulo diez
El pasado

—Déjame ver ese.

Metió la mano en la inmaculada vitrina de cristal y sacó algo un poco más impresionante que el anterior. Los anillos de compromiso empezaban a parecer todos iguales después de un tiempo. Recuerdo cuando era niño y decía mi nombre una y otra vez, hasta que me sonaba más a un ruido confuso que a un nombre. Dejó otro anillo sobre el mostrador, esta vez más grande que el anterior. Estaba expuesto sobre un cuadrado de terciopelo negro. Lo recogí y me lo puse en el dedo meñique para echarle un buen vistazo.

—Es un diamante de tres quilates, incoloro y con calificación VVS2 —dijo Thomas. «Samoht.»

—Es precioso, de verdad que lo es. Es solo que creo que estoy buscando algo un poco más... único.

Le devolví el anillo.

—Háblame de ella —me pidió—. A lo mejor así me sería más fácil encontrar el anillo adecuado.

Sonreí.

—Es ferozmente independiente. Nunca quiere ayuda de nadie, ni siquiera de mi parte. Le gustan las cosas bonitas, pero se siente avergonzada por ello. No quiere parecer superficial. Y no lo es. Dios, es perceptiva… y se conoce muy bien a sí misma. Y es una persona amable, solo que no sabe que es alguien amable. Se percibe a sí misma como alguien fría, pero tiene muy buen corazón.

Cuando lo miré, tenía las cejas ligeramente elevadas. Nos reímos al mismo tiempo. Me incliné por encima del mostrador y me cubrí la cara con ambas manos.

—Bueno, sin duda estás enamorado —dijo.

—Sí, lo estoy.

Se alejó unos pocos pasos y regresó con otro anillo.

—Este es de nuestra colección más cara. Sigue siendo un anillo solitario, pero, como puedes ver, la banda es bastante única.

Tomé el anillo. La piedra del centro era de forma ovalada, con el diamante en configuración este-oeste. Era una desviación de la norma, así que ya por eso pensaba que le iba a gustar. Cuando lo miré con más atención, me di cuenta de que la banda tenía ramitas y unas pequeñas hojas grabadas en el oro blanco. El anillo tenía un estilo común a los que se llevaban hace un siglo. Moderno y antiguo al mismo tiempo, al igual que Olivia.

—Este es —dije—. Es perfecto, porque nos conocimos debajo de un árbol.

Salí de la tienda y caminé entre la humedad demasiado cálida. Vivir en Florida se parecía a existir de forma perpetua dentro de un cuenco de sopa de guisantes. Sin embargo, ese día no me importaba. Estaba sonriendo. Tenía un anillo en el bolsillo; el anillo de Olivia. Cualquiera pensaría que estaba loco por querer pedirle a una chica que se casara conmigo cuando ni siquiera me había acostado con ella. Por eso no le había contado a nadie los planes que tenía. Si mi familia y mis amigos no podían apoyarme, entonces no estarían incluidos. No necesitaba tener sexo con ella para saber lo que sentía. Podía negarse a tener sexo conmigo todos los días durante el resto de nuestras vidas, y seguiría eligiéndola a ella. Así de profundo era lo que sentía por ella.

Los planes ya estaban en marcha. Dentro de seis semanas, le pediría a Olivia…, no, le diría a Olivia que se casara conmigo. Lo más probable era que dijera que no, pero yo me limitaría a seguir pidiéndoselo… o diciéndoselo. Eso es lo que pasaba cuando estabas poseído por una mujer. De repente, dejas de huir del amor y empiezas a romper tus propias reglas…, a ponerte a ti mismo en ridículo. Y aquello me parecía bien.

La llamé al móvil y traté de mantener la voz calmada.

—Hola —jadeó.

—Hola, cariño.

Siempre había una breve pausa después de que nos saludáramos. Me gustaba pensar en eso como la saturación. Una vez me dijo que, cada vez que veía mi nombre en la pantalla de su teléfono, sentía mariposas en el estómago. Sentí un dolor que se hinchaba en mi pecho, pero era un dolor bueno, como un orgasmo de corazón.

—Estoy haciendo planes para dentro de unas semanas. He pensado que podíamos irnos unos días, tal vez a Daytona.

—Nunca he estado allí —respondió ella, y su voz sonaba emocionaba.

—No es más que playa. Otra parte de la misma Florida de siempre. Quiero llevarte a Europa, pero, de momento, Daytona.

—Caleb, sí, me gustaría eso. Daytona y Europa.

—Vale —dije con una sonrisa.

—Vale —repitió ella—. Oye —añadió tras unos segundos—. No reserves habitaciones separadas.

Creo que me tropecé en la acera.

—¿Qué?

Ella se rio.

—Adióóós, Caleb.

—Adiós, Reina.

Me quedé sonriendo de oreja a oreja.

Después de colgar, me paré a tomar un expreso en una cafetería con terraza. Me sequé el sudor de la frente mientras llamaba a un hotel para hacer la reserva. Una habitación con cama de matrimonio, un *jacuzzi* y vistas al mar. A continuación, llamé a una floristería para encargar tres docenas de gardenias. Me pidieron la dirección del hotel para entregarlas, así que tuve que colgar para buscarla y después volver a llamarlos. Me puse a reír entre una llamada y otra, en voz baja. La gente no dejaba de mirarme, pero no podía evitarlo. Aquello era una locura, y me hacía muy feliz. Llamé a Cammie, y después, tras pensarlo mejor, colgué la llamada. Cammie era lo más cercano que tenía Olivia a una familia, pero su idea de guardar un secreto era… no guardar un secreto. Deseé que hubiera un padre a quien pedirle su mano…, no, en realidad no. Le habría dado un puñetazo a su padre, y lo más probable es que lo hubiera hecho en numerosas ocasiones. Mi única opción era llamar a un viejo amigo para que me ayudara con la última parte de mi plan. La mejor parte. No solo iba a darle un anillo; Olivia necesitaba más que eso para ver lo en serio que iba.

Me puse en pie y dejé dinero sobre la mesa. Después, me dirigí a la casa de mi madre. Esperaba que hubiera bastantes sedantes en la mansión Drake. Iba a necesitarlos.

* * *

—Caleb, es un error.

El rostro de mi madre se había vuelto grisáceo, y se estaba tirando del guardapelo que llevaba colgado al cuello. Una clara señal de que estaba a punto de derrumbarse emocionalmente.

Me reí de ella. No quería ser irrespetuoso, pero tampoco me gustaba que nadie me dijera que Olivia era un error. Le quité la caja del anillo de entre los dedos y la cerré.

—No he venido aquí a pedirte tu opinión. He venido porque eres mi madre y quiero que sigas involucrada en mi vida. Sin embargo, eso está sujeto a cambiar si insistes en tratar a Olivia como si no fuera lo bastante buena para mí.

—No...

—Sí que lo es —dije con firmeza—. En la universidad yo era el gilipollas que se acostaba con todas porque podía. He estado con muchas mujeres, y ella es la única que me hace querer ser mejor persona... y ser mejor persona para ella. Ni siquiera necesito ser bueno, tan solo necesito ser bueno para ella. —Mi madre se me quedó mirando con rostro inexpresivo—. Olvídalo —añadí mientras me ponía en pie.

101

Ella me agarró del brazo.

—¿Se lo has contado a tu padre?

Noté que me encogía.

—No, ¿por qué iba a hacer eso?

—¿Y a tu hermano? —me preguntó, y yo negué con la cabeza—. Ellos te confirmarán lo que te estoy diciendo yo. Eres joven.

—No sería tan joven si le hubiera comprado este anillo a Sidney, ¿verdad? —Ella se mordió el labio inferior, y yo aparté el brazo de su agarre—. Mi padre está tan en contra del compromiso que se las ha arreglado para salir con una mujer nueva cada mes durante los últimos diez años. Seth es tan reclusivo y neurótico que preferiría estar solo el resto de su vida antes que permitir que nadie le deje un plato en el fregadero. No creo que vaya a pedirle consejo sobre relaciones a ninguno de los dos. Y, para que conste, tu trabajo es apoyarme. A ti todo el mundo te dijo que no te divorciaras de mi padre y te casaras con Steve. Si les hubieras hecho caso, ¿dónde estarías ahora?

Estaba respirando fuerte cuando terminé de decir eso. Eché un vistazo a la puerta. Necesitaba salir de allí, y rápido. Quería estar con Olivia. Ver su cara, besarla.

—Caleb.

Bajé la mirada hasta mi madre. Había sido una buena madre con mi hermano y conmigo. Lo bastante buena para abandonar a mi padre cuando vio lo dañina que había sido su influencia sobre nosotros. Con otros no era una mujer particularmente amable, pero lo comprendía. Era cortante verbalmente, y crítica. Se trataba de algo común entre la gente acaudalada. Nunca esperé que aceptara a Olivia con

102

los brazos abiertos, pero había esperado una reacción menos trillada. A lo mejor incluso que fingiera felicidad por mi bien. Estaba comenzando a cansarme de su pronunciada malicia.

Ella volvió a colocarme la mano sobre el brazo y me dio un ligero apretón.

—Sé que piensas que soy superficial. Probablemente lo sea. A las mujeres de mi generación se nos enseñó a no ahondar demasiado en nuestros sentimientos y a hacer lo que había que hacer sin diseccionarlo en el plano emocional. Pero soy más perceptiva de lo que piensas. Esa chica va a ser tu destrucción. No es sana para ti.

Le quité la mano con suavidad de encima de mi brazo.

—Entonces, deja que me destruya.

Capítulo once

El presente

Primero llevo a Cammie a su casa. Cuando sale del coche, me da un beso en la mejilla y clava los ojos en los míos durante un segundo más de lo normal. Sé que está arrepentida. Después de todos estos años de Olivia y yo, ¿cómo podría no sentirse de este modo? Asiento con la cabeza y ella mete los labios hacia dentro y me sonríe. Cuando vuelvo a entrar en el coche, Olivia me está observando.

—A veces me da la sensación de que Cammie y tú habláis sin hablar —me dice.

—A lo mejor es cierto.

El resto del trayecto transcurre en silencio. Me recuerda al viaje de vuelta del *camping*, cuando había tantas cosas que decir y tan poco valor para hacerlo. Ahora somos mucho mayores y han pasado muchas cosas. No debería ser tan difícil.

Llevo su bolsa de viaje hasta su apartamento. Ella me abre la puerta de entrada cuando llegamos a su planta, así que paso junto a ella y entro al recibidor. Una vez más, siento la ausencia de Noah. Parece como si Olivia estuviera viviendo ahí sola. El aire es cálido y puedo oler restos de su perfume en algunos lugares. Ella pone en marcha el aire acondicionado y nos dirigimos a la cocina.

—¿Quieres un té? —me pregunta.

—Sí, por favor.

Puedo fingir durante unos minutos que esta es nuestra casa y que me está preparando el té como hace todas las mañanas. La observo mientras pone la tetera sobre el fuego y saca las bolsitas de té. Se frota la nuca y se sienta con un pie por debajo de la rodilla mientras espera a que el agua rompa a hervir. Después, lleva un tarro de cristal lleno de terrones de azúcar y una jarrita de leche a la mesa y los deja delante de mí. Aparto la mirada y finjo que no la estoy observando. Eso es como una pequeña punzada en el corazón. Siempre decíamos que usaríamos terrones de azúcar en lugar de azúcar corriente.

Olivia saca dos tazas de té del armario, se pone de puntillas y se estira para alcanzarlas. Observo su rostro mientras ella pone cuatro terrones de azúcar dentro de mi taza. Después, remueve el té y vierte la leche. Llevo la mano hasta la taza antes de que ella aparte la suya y nuestros dedos se tocan. Sus ojos salen disparados hacia los míos, y entonces se vuelven a alejar. Se toma el té con un solo terrón de azúcar.

La superficie de la mesa nos resulta cada vez más interesante según van transcurriendo los minutos. Finalmente, bajo la taza, que tintinea al chocar contra el platillo. Una tormenta se está formando entre nosotros. A lo mejor por eso estamos saboreando la calma. Me pongo en pie y llevo las dos tazas al fregadero. Después, las lavo y las dejo en el estante para que se sequen.

—Todavía te quiero —digo, y me sorprendo a mí mismo al decirlo en voz alta. No sé si ella está teniendo la misma reacción, porque estoy de espaldas a ella.

—Que te jodan.

«Sorpresa, sorpresa.»

No puede esconderse de mí con esa boca sucia. Veo cómo me mira. Siento la punzada de arrepentimiento cuando nuestra piel se toca por accidente.

—Te he construido esa casa —le recuerdo mientras me doy la vuelta—. La mantuve en buen estado incluso después de casarme. Contraté a un paisajista y a un chico que se encargara de la piscina. Un servicio de limpieza ha ido allí cada dos meses. ¿Por qué iba a hacer eso si no?

—Porque eres un idiota nostálgico que solo deja atrás el pasado el tiempo suficiente para casarse con otra mujer.

—Tienes razón. Soy un idiota. Pero, como puedes ver, soy un idiota que nunca es capaz de dejar atrás el pasado.

—Pues hazlo.

Niego con la cabeza.

—Ah, ah. Esta vez fuiste tú la que me encontró a mí, ¿recuerdas? —Se sonroja un poco—. Cuéntame por qué me llamaste.

—¿A quién más conozco?

—A tu marido, por ejemplo.

Olivia aparta la mirada.

—Vale —dice al fin—. Tenía miedo. Fuiste el primero a quien se me ocurrió llamar.

—Y la razón es que…

—¡Joder, Caleb!

Golpea la mesa con el puño, lo que hace que se tambalee el frutero.

—Y la razón es que… —digo una vez más.

¿Se cree que me va a asustar con sus pequeños arrebatos de furia? Aunque un poco sí que lo hace.

—Siempre quieres hablar de las cosas más de la cuenta.

—No se puede hablar de las cosas más de la cuenta. La falta de comunicación es el problema.

—Deberías haber sido loquero.

—Ya lo sé. Pero no cambies de tema.

Ella se muerde la uña del pulgar.

—Porque tú eres mi escondite. Acudo a ti cuando estoy jodida.

Mi lengua se retuerce, se hace un nudo, se queda paralizada. ¿Qué se supone que tengo que decir ante eso? Nunca me lo habría esperado. Más bien me esperaba más improperios, más negaciones.

A continuación, me vuelvo loco. Loco de verdad. Es la tensión de desearla a ella, y de desear que admita que ella también me desea a mí.

Tengo las manos por detrás del cuello mientras me paseo por su pequeña cocina. Quiero darle un golpe a algo. Tirar una silla a través de esa caja de cristal que es su apartamento. Me detengo de golpe y me giro para mirarla.

—Deja a Noah, Olivia. Déjalo o esto se acabó.

—¿Que se acabó el QUÉ? —Se apoya sobre la encimera con los dedos extendidos como su furia. Sus palabras son como un puñetazo—. Nunca hemos tenido un comienzo, ni un medio ni un puto minuto para estar enamorados. ¿Te crees que yo quiero esto? ¡Él no ha hecho nada mal!

—¡Y una mierda! Se casó contigo aunque sabía que estabas enamorada de mí.

Ella retrocede, con aspecto inseguro. La observo mientras recorre la cocina con una mano encima de la cabeza y la otra sobre su cadera. Cuando se detiene para mirarme, tiene la cara retorcida.

—Yo le quiero.

Cruzo la cocina en dos segundos. Le agarro el antebrazo para que no pueda alejarse de mí y me inclino hasta quedar cara a cara con ella. Mi voz suena más animal que humana, como un gruñido.

—¿Más que a mí? —La luz desaparece de sus ojos, y entonces trato de apartar la mirada. La zarandeo—. ¿Más que a mí?

—No quiero a nada más de lo que te quiero a ti.

Mis dedos se tensan sobre su brazo.

—Entonces, ¿por qué estamos jugando a estos juegos estúpidos?

Ella libera el brazo de mí, con un destello en los ojos.

—¡Me dejaste en Roma! —Me da un empujón que me hace retroceder—. Me dejaste por esa zorra pelirroja. ¿Sabes cuánto me dolió eso? Fui a decirte lo que sentía, y tú te marchaste.

Olivia rara vez mostraba su dolor. Es tan poco habitual en ella que no sé muy bien cómo reaccionar al respecto.

—Leah estaba inestable. Su hermana se había pegado un tiro. ¡Se tragó un bote de pastillas para dormir, por el amor de Dios! Estaba tratando de salvarla. Tú no me necesitabas. Nunca. Te aseguraste de dejarme bien claro que no me necesitabas.

Ella camina hasta el fregadero, toma un vaso, lo llena de agua, da un sorbo y me lo tira a la cabeza. Me agacho y el vaso golpea la pared y queda destrozado en mil pedazos. Echo un vistazo a la pared, donde se ha estrellado el vaso, y después otra vez a Olivia.

—Provocarme una contusión no va a resolver nuestros problemas.

—Fuiste un puto cobarde. Si tan solo hubieras hablado conmigo ese día en la tienda de discos, sin las mentiras, ahora no estaríamos aquí. —Sus hombros, que hasta hace un segundo habían estado tensos en posición de batalla, se quedan flojos. Un único sollozo se escapa de entre sus labios. Levanta una mano para atraparlo, pero ya es demasiado tarde—. Te casaste..., tuviste un bebé... —Sus lágrimas fluyen ahora libremente y se mezclan con su rímel y dejan surcos negros por sus mejillas—. Se suponía que ibas a casarte conmigo. Que ibas a tener al bebé conmigo.

Se desploma en el sofá que hay tras ella y se rodea el cuerpo con los brazos. Su pequeña figura se retuerce a causa de los sollozos. Su pelo ha caído en cascada sobre su cara y ha agachado la cabeza con la intención de ocultar su expresión.

Voy hacia ella. La tomo en brazos y la llevo hasta la encimera, donde la dejo sentada de modo que nuestros ojos queden a la misma altura. Está tratando de esconderse detrás de su pelo. Otra vez le vuelve a llegar casi hasta la cintura, como lo tenía cuando la conocí. Tomo el coletero que lleva en la muñeca y le divido el pelo en tres secciones.

—¿No es extraño que sepa hacer una trenza?

Ella se ríe entre los sollozos y me observa. Le ato la trenza con el coletero y se la paso por detrás del hombro. Ahora puedo verle la cara.

Su voz suena áspera cuando habla.

—Odio que siempre estés bromeando cuando intento sentir lástima de mí misma.

—Yo odio hacerte llorar siempre. —Trazo unos circulitos en su muñeca con el pulgar. Quiero tocarla más, pero sé que no debería—. Reina, no fue culpa tuya. Fue mía. Pensaba que si éramos capaces de empezar de cero... —Dejo la frase inconclusa, porque sé que eso de empezar de cero no existe. Ahora lo sé. Lo único que tienes que hacer es continuar por donde estabas, abrazarlo y construir encima de ello. Le beso la muñeca—. Deja que cargue contigo. No voy a dejar que toques el suelo jamás. Yo nací para cargar contigo, Olivia. Pesas la hostia con toda la culpa y el odio hacia ti misma, pero puedo hacerlo. Porque te quiero.

Tiene el dedo meñique apretado contra los labios, como si estuviera tratando de contenerlo todo. Esta es una nueva *oliviada*, y me gusta. Le aparto el meñique de los labios y, en lugar de soltar su mano, entrelazo los dedos con los suyos. «Dios, ¿cuánto tiempo ha pasado desde la última vez que tuvimos las manos unidas?» Me siento como un niño pequeño. Trato de contener la sonrisa que está intentando extenderse por mi rostro.

—Cuéntame —le digo—. Peter Pan...

—Noah —responde sin aliento.

—¿Dónde está, Reina?

—Está en Múnich ahora mismo. La semana pasada, en Estocolmo, y la anterior a esa, en Ámsterdam. —Aparta la mirada—. Ya no estamos... Nos estamos tomando un descanso.

Niego con la cabeza.

—¿Un descanso de qué? ¿Del matrimonio o el uno del otro?

—Nos seguimos gustando. Del matrimonio, supongo.

—Joder, eso ni siquiera tiene sentido —replico—. Si tú y yo estuviéramos casados, no te dejaría salir de la cama, ni mucho menos te perdería de vista.

Ella hace una mueca.

—¿Qué se supone que significa eso?

—Ahí fuera hay tíos como yo, y no permitiría que se acercaran a ti. ¿A qué está jugando?

Ella permanece en silencio durante un largo rato. Después, suelta abruptamente:

—No quiere tener hijos.

La cara de Estella me emborrona la visión antes de que le pregunte:

—¿Por qué no?

Ella se encoge de hombros para tratar de fingir que no es nada.

—Su hermana tiene fibrosis quística, y él es portador del gen. Ha visto cuánto ha sufrido ella y no quiere traer hijos al mundo con el riesgo de que también la tengan.

Puedo ver cuánto le duele eso. Tiene la boca fruncida, y sus ojos están recorriendo la superficie de la mesa como si estuviera buscando una miguita de pan.

Trago saliva. También es un tema delicado para mí.

—¿Tú lo sabías antes de casarte con él?

Olivia asiente con la cabeza.

—No quería tener hijos antes de casarme con él. —Me pongo en pie. No quiero oírla decir cómo Noah le ha hecho desear cosas que ni siquiera yo era capaz de hacerle desear.

Debo de parecer malhumorado, porque ella pone los ojos en blanco—. Siéntate —me espeta—. Veo que todavía estás haciendo piececitos con tu niño interior.

Camino hasta el ventanal que va desde el suelo hasta el techo y que rodea su sala de estar y miro hacia el exterior. Le hago la pregunta que no quiero tener que hacerle, pero no puedo no saberlo. Estoy celoso.

—¿Por qué has cambiado de idea?

—Yo he cambiado, Caleb.

Se pone en pie y se acerca para colocarse junto a mí. Le echo un vistazo y veo que tiene los brazos cruzados por encima del pecho. Lleva puesta una camiseta de algodón gris de manga larga y unos pantalones negros que lleva caídos en las caderas, de modo que unos pocos centímetros de su piel quedan expuestos. Su pelo trenzado está por encima del hombro. Mira fijamente al tráfico que zumba bajo nosotros. Está tremenda. Hago una mueca y niego con la cabeza.

—Nunca me he sentido lo suficientemente válida como para tener hijos. Qué sorpresa…, ¿verdad? Tengo todos esos problemas tan guais derivados de mi relación con mi padre.

—Madre mía. ¿Todavía sigues tratando de solucionar eso?

Olivia sonríe.

—Alguna cosa, de vez en cuando. Ahora puedo tener sexo.

Elevo una de las comisuras de la boca y entrecierro los ojos.

—Estoy bastante seguro de que yo te curé de eso.

Ella parpadea con tanta rapidez que podría apagar una cerilla. Se muerde el labio para evitar sonreír. Yo echo la cabeza atrás y me río. A los dos nos encanta incomodarnos mutuamente. «Dios, amo a esta mujer.»

—Pues sí, la verdad —responde—. Pero, a pesar de lo que pienses, no fue por tus habilidades en la cama. Fue por lo que hiciste para recuperarme.

Levanto las cejas.

—¿La amnesia?

Estoy sorprendido. Ella asiente lentamente con la cabeza. Sigue mirando por la ventana, pero ahora tengo el cuerpo girado hacia ella.

—Tú no eres esa persona..., el que miente y hace locuras. Esa soy yo. No podía creerme que hubieras hecho eso.

—Estás loca.

Me lanza una mirada irritada.

—Rompiste tu propio código moral. Supuse que, si alguien como tú luchaba por mí, tal vez sí que valiera algo en realidad.

La miro con seriedad. No quiero decir demasiado, ni tampoco demasiado poco.

—Vale la pena luchar por ti. Todavía no me he rendido contigo.

Ella levanta la cabeza de golpe. Parece alarmada.

—Bueno, pues deberías hacerlo. Estoy casada.

—Sí, te casaste, ¿verdad? Pero solo lo hiciste porque pensabas que lo nuestro se había acabado... y no se ha acabado. No se va a acabar nunca. Si te crees que ese trocito de metal en tu dedo puede ocultar tus sentimientos por mí, te equivocas. Yo también llevé un anillo durante cinco años, y no hubo ni un solo día en el que no deseara que fuera tuyo.

Le miro los labios, esos labios que quiero besar. Me doy

la vuelta y tomo las llaves para marcharme antes de que nos dé tiempo a comenzar a pelear… o a besarnos. Ella permanece junto a la ventana. Antes de marcharme de la sala de estar, pronuncio su nombre.

—Olivia. —Ella me mira por encima del hombro. Su trenza se balancea sobre su espalda, como si fuera un péndulo—. Tu matrimonio no va a durar. Cuéntale la verdad a Noah; sé justa. Cuando lo hagas, ven a buscarme y yo te daré ese bebé.

No me quedo allí para ver su reacción.

* * *

Me siento culpable por ofrecerle un bebé a mi exnovia cuando mi actual novia probablemente esté en mi casa esperándome; esperando a que le ofrezca un matrimonio conmigo. Veo mi vida con nitidez cuando entro por la puerta principal de mi apartamento. La música suena con fuerza en el estéreo. Camino hasta allí y bajo el volumen. Jessica se encuentra junto al fogón y le da la vuelta a algo en una sartén. Me impresiona que tenga ganas de cocinar incluso cuando no está trabajando. Cualquiera pensaría que ya estaría harta de ello. Me siento en un taburete y la observo hasta que se da la vuelta.

Debe de ver algo en mi cara. Deja sobre la encimera la cuchara de madera que sujetaba y se seca las manos con un trapo antes de caminar hacia donde yo estoy. Puedo ver cómo la salsa de lo que quiera que esté cocinando está manchando la encimera bajo la cuchara. No sé por qué, pero no soy capaz de dejar de mirar esa cuchara.

Aprieto los dientes mientras camina hacia mí. No quiero hacerle daño, pero, si hago lo mismo que hice con Leah, me acabaré quedando solo para proteger su corazón. Y sería un intento poco entusiasta, porque lo único que quiero en la vida es proteger el corazón de Olivia.

Entonces lleva las manos hacia mí, pero yo se las sujeto y las sostengo entre las mías. Puede ver la ruptura en mis ojos; niega con la cabeza antes de que yo pueda abrir la boca.

—Todavía estoy enamorado de Olivia —le digo—. Nunca va a ser justo para nadie con quien esté. No quiero darte solo unos pedazos de mí.

Las lágrimas se le acumulan en los ojos y después se derraman.

—Creo que ya lo sabía —replica mientras asiente con la cabeza—. No la causa, pero estás diferente. Pensaba que era por lo que ocurrió con Leah y Estella.

Me encojo un poco.

—Lo siento mucho, Jessica.

—Es una zorra, Caleb. Tú lo sabes, ¿verdad?

—Jess...

—No, escúchame. Es una mala persona. Defiende a gente mala. Y, después, te llama de repente en mitad de la noche y te pide que vayas a rescatarla. Es muy astuta.

Me froto la frente.

—No es así. Olivia no es así. Está casada, Jessica. No voy a poder estar con ella, es solo que no quiero estar con nadie más. —Miro la cuchara y después me obligo a mirar a Jessica—. Me gustaría tener hijos.

Ella retrocede un paso.

—Me dijiste que no querías tenerlos.

Asiento con la cabeza.

—Sí, pero hablaba con dolor. Por lo que ocurrió con… Estella. —Es la primera vez que pronuncio su nombre desde hace mucho tiempo. Me duele—. Siempre he querido tener una familia. Pero no quiero estar casado con alguien y fingir que no quiero tener hijos.

Ella niega con la cabeza; empieza con lentitud y después se acelera.

—Tengo que irme —dice.

Va corriendo hasta la habitación para recoger sus cosas. No la detengo; no tendría ningún sentido. Una vez más, he hecho daño a alguien por culpa de mis sentimientos hacia Olivia. «¿Cuándo se va a terminar? ¿Se va a terminar alguna vez?» No puedo volver a hacerle esto a nadie. Tiene que ser Olivia o no habrá nadie para mí.

Capítulo doce

El pasado

Cuatro en punto, cinco en punto, seis en punto, siete. Todavía no he salido del edificio. Llevaba cuatro horas esperando unos papeles. ¡Unos papeles! Como si el resto de mi vida dependiera de que firmara una hoja de papel con mi nombre. Eché un vistazo al reloj. Se suponía que tenía que estar en casa de Olivia hacía una hora. Comprobé el teléfono y vi que no me había llamado. A lo mejor estaba ocupada haciendo las maletas.

—Caleb. —Mi compañero de trabajo, Neal, asomó la cabeza por la puerta—. ¿Vas a quedarte a la fiesta?

Sonreí.

—No, tengo que estar en un sitio esta noche.

Él levantó las cejas.

—¿Tienes algo mejor que hacer que una cena que ha organizado tu jefe para clientes potenciales?

—Mi jefe también es mi padre —repliqué mientras escribía con el teclado—. Estoy seguro de que puedo saltármela.

Mi secretaria asomó la cabeza junto a la de Neal.

—Caleb, ha venido Sidney Orrico. Dice que tiene unas cuantas cosas para que las firmes.

Me levanté de mi asiento de un salto.

—Hazla pasar.

Neal levantó las cejas, pero su cabeza desapareció y quedó reemplazada por la de Sidney.

—Eh, tú —me dijo.

Yo me puse en pie y rodeé el escritorio para recibirla.

* * *

Sidney Orrico: rizos castaños, hoyuelos, ojos azules, piernas largas. Éramos vecinos, fuimos al mismo colegio, y nuestras madres nos arrastraban a eventos sociales y después nos obligaban a interactuar. Nos veíamos con regularidad y, por fuerza de la naturaleza, nos hicimos amigos. Y después nos convertimos en algo más. Comenzó con un beso el Cuatro de Julio, el Día de la Independencia. Después del primer beso, nos escondíamos en la sala de juegos de mi casa y nos enrollábamos sobre la mesa de billar a cada oportunidad que teníamos. Después de unas pocas semanas, me abrí camino hasta llegar a la segunda base. Para cuando terminó nuestro primer verano juntos, ya había reclamado su virginidad. Cuando comenzamos las clases en otoño, las cosas se volvieron incómodas…, muy muy incómodas.

Sidney quería un novio, pero yo quería una amiga con beneficios. Mi yo de quince años había tratado de explicárselo, pero ella comenzó a llorar y entonces yo me enrollé con ella solo para sofocar las lágrimas. Después tuvimos sexo, y después tuve que volver a explicarle lo de no salir en serio. Ella me dio un bofetón y me juró que no iba a volver a hablarme en la vida.

Pero no era cierto; no dejó de hablarme. Las chicas de quince años son intensas, sobre todo cuando están enamoradas. Cuando me pilló en una popular heladería en medio de una cita con otra chica, se volvió loca y me vació un cuenco entero de helado de chocolate derretido sobre el regazo.

Sidney Orrico.

Por suerte para mí, me dejó tranquilo después del incidente de la heladería. Salió con mi hermano durante un tiempo y después rompió con él para salir con un *quarterback*. Tras eso nos vimos algunas veces al azar: fiestas en vacaciones, la graduación, el centro comercial. Para cuando empecé a salir con Olivia, llevaba al menos un año sin verla. En lugar de ir a la universidad, había asistido a la escuela de negocios inmobiliarios. Mi madre me contó que estaba trabajando en la empresa de desarrollo de su padre. Entonces las cosas se pusieron pegajosas.

Le estaba construyendo una casa a Olivia. Nuestra casa. Era una decisión que había tomado en cuanto me di cuenta de que quería casarme con ella. Contraté a un arquitecto para que dibujara los planos semanas antes de comprar el anillo y contacté con Greg Orrico, el padre de Sidney.

—El proyecto tardará alrededor de un año, Caleb. Sobre todo con todas las inspecciones iniciales que vamos a necesitar para aprobar el balcón mirador.

Tamborileé con el bolígrafo sobre el escritorio. No pasaba nada, siempre y cuando los cimientos estuvieran hechos para cuando le pidiera a Olivia que se casara conmigo. Quería poder llevarla a ver algo. Los cimientos del lugar donde íbamos a estar.

Hicimos planes para reunirnos y firmar todo el papeleo que era necesario. Antes de que colgara el teléfono, Greg me dijo que Sidney iba a ser la agente encargada de mi proyecto.

—Mierda —dije mientras colgaba el teléfono. Si Sidney se parecía en algo a lo que recordaba…

* * *

Sidney me dio un abrazo y sacó un fajo de papeles de su bolso.

—¿Estás nervioso? —me preguntó.

—Para nada, le pido matrimonio al amor de mi vida todos los días.

Ella me dirigió una sonrisita sarcástica y me golpeó la cabeza con los papeles.

—Bueno, pues entonces vamos a ello.

Lo esparcimos todo por encima de mi escritorio y Sidney me explicó cada uno de los formularios. Acababa de firmar alrededor de la mitad cuando Steve entró en mi despacho con su esmoquin puesto.

—¡Sidney! —Lo observé mientras la abrazaba—. Has perdido todas las pecas, ¿y qué ha pasado con todo el metal que llevabas en los dientes?

Sidney y Steve se veían con regularidad, pero siempre tenían el mismo juego. Me puse a leer mis papeles y esperé a que acabaran con eso.

—¿Esa es tu forma de decirme que soy guapa?

Steve se rio.

—¿Vas a quedarte a la fiesta?

Por primera vez, me di cuenta de que Sidney llevaba puesto un vestido. Me pareció que tenía toda la intención del mundo de quedarse para la fiesta. Mi madre debía de haberla puesto al tanto.

—Sí, me quedo —respondió ella—. Esperaba poder convencer a Caleb para que se tomara una copa conmigo antes de salir corriendo sobre su corcel.

—No puedo —dije sin levantar la mirada—. Olivia me está esperando.

—Caleb —me llamó Steve—. Necesito que hagas unas rondas antes de marcharte. Algunas de estas personas son clientes tuyos.

—¡Steve! —Cerré de golpe mi portátil y clavé los ojos en él—. Voy a pedirle matrimonio a mi novia esta noche. No puedes decirlo en serio.

—Lo único que necesito son unos cuantos minutos. Tan solo llama a Olivia y dile que vas a llegar tarde.

—No.

Me puse en pie y tomé las llaves.

Sidney levantó la cabeza de los papeles que estaba revisando.

—Vas a odiarme.

Solté un suspiro.

—¿Qué se te ha olvidado?

Ella se ruborizó.

—Puedo ir corriendo a mi despacho y volver. Tardaré solo quince minutos.

—¿Qué es, Sidney? ¿De verdad no puede esperar hasta el martes?

Ella se aclaró la garganta.

—Las llaves de entrada a la propiedad. No vas a poder entrar.

Fruncí ambos labios y la miré mientras pestañeaba con frustración. «Cálmate, mantén la calma.»

—Está bien. ¡Ve! ¡Date prisa! —Ella asintió con la cabeza y se levantó de un salto. Yo me giré hacia Steve—. Treinta minutos, mientras Sidney no está. Nada más. —Él me dio una palmada en la espalda. Después, llamé a mi secretaria, que ya se había puesto el vestido para la noche—. ¿Puedes llamar a Olivia y decirle que me he entretenido aquí, pero que llegaré tan pronto como pueda?

Asintió con la cabeza, y entonces fui hasta el pequeño armario de mi despacho, donde guardaba la chaqueta de mi traje. Pasé los brazos por las mangas mientras maldecía entre dientes. Era un mal comienzo para lo que supuestamente iba a ser una gran noche. Treinta minutos, nada más. Después, me largaría de allí.

Para cuando regresó Sidney, había transcurrido otra hora y media. Me había cansado de socializar, así que me había retirado a mi despacho para esperar. Llamé a Olivia dos veces, sin recibir respuesta. Lo más probable era que estuviera furiosa conmigo.

Sidney entró con rapidez por la puerta, se sostenía la falda en alto y con aspecto pesaroso.

—El tráfico, Caleb. Lo siento mucho.

Asentí con la cabeza y le tendí la mano para que me diera la llave. Sidney parecía tan desolada que, cuando la soltó sobre mi palma, le sujeté la muñeca antes de que pudiera apartarla.

—¿Sidney? ¿Qué te pasa?

Le tembló el labio inferior. Después, se apartó de mí y caminó hasta mi escritorio para apoyarse contra un lateral.

—¿Puedo ver el anillo? —Incliné la cabeza hacia un lado y resistí la necesidad de echar un vistazo a mi reloj. Al final, asentí con la cabeza y fui a sacarlo del cajón. Abrí la caja y se lo mostré, y ella abrió mucho los ojos—. Es precioso —dijo.

Y, después, comenzó a llorar. Cerré la caja del anillo y me la guardé en el bolsillo.

—¿Sidney? ¿Qué te pasa? ¿Estás bien?

Le sujeté los hombros y ella me miró con el rímel corriendo por su cara.

—Estoy enamorada de ti.

Sus palabras me sacudieron. Levanté el dedo índice y el pulgar hasta mi frente. Aquello no podía estar pasando en ese momento. Necesitaba encontrar a Olivia. No podía ocuparme de eso. No quería hacerlo.

—Sidney, eh...

Ella negó con la cabeza.

—No pasa nada. Llevo mucho tiempo viviendo con esto. Es solo que me pongo emocional, porque te estás preparando para pedir matrimonio y todo eso...

Apreté los dientes y me pregunté cómo proceder. Lo único que podía ver era a Olivia, pero Sidney era mi amiga. No tenía el hábito de mandar a la mierda a las mujeres que lloraban. Vale, podía hacerlo rápido. Le tendí un pañuelo y ella procedió a limpiarse la cara.

—Sidney, mírame. —Ella lo hizo—. He estado solo. Toda mi vida. Yo era el chico popular y siempre he estado rodeado de un montón de gente, pero me sentía increíble-

123

mente solo. No sabía cómo curar eso hasta el día en que vi a Olivia. La vi por primera vez debajo de ese árbol. —Me reí y me froté la mandíbula mientras lo recordaba. No me había afeitado; debería haberme afeitado—. Cuando la vi, supe qué era lo que me faltaba. Es una locura, pero es cierto. Fue como un destello en mi mente, la vi sentada en la mesa de mi cocina conmigo, con el pelo recogido en un moño desordenado, bebiendo café y riéndose. Justo en ese momento supe que iba a casarme con ella.

Sidney me estaba mirando con tanto asombro que no sabía si le estaba haciendo más daño que bien. Durante un breve momento deseé que Olivia me mirara de ese modo. Tenía que luchar con ella para que me amara. Era un combate emocional constante con ella. Podía estar con una mujer como aquella, que me adoraba. Podía reunir mis antiguos sentimientos por Sidney. Era hermosa y amable. Negué con la cabeza. «Termina ya, Caleb.» Le dije lo que sabía que era cierto.

—Cuando lo encuentres, su nombre correrá por tus venas. Olivia corre por las mías. Corre por mi corazón, y por mi cerebro, y por mis lágrimas, y por mi pene. —Sidney se rio a través de las lágrimas, y yo sonreí—. Lo encontrarás, Sidney. Pero no soy yo. Yo pertenezco a otra. —Le di un abrazo. Estaba sentada sobre mi escritorio, y le di una palmada en la pierna—. Vuelve a la fiesta. Tengo que irme.

Cuando levanté la mirada, Olivia se encontraba en el umbral de mi puerta. Sentí una ráfaga de sangre en la cabeza. ¿Había oído lo que le había dicho a Sidney? ¿Había visto la caja del anillo? Tuve un momento de pánico en el que no supe qué hacer.

Olivia pronunció mi nombre. Observé a Sidney mientras bajaba de un salto de la mesa y salía del despacho con rapidez. Le lanzó una mirada a Olivia por encima del hombro antes de cerrar la puerta.

La emoción de Olivia estaba congelada en su rostro. Con lentitud, me di cuenta de lo que había visto al atravesar la puerta. Lo que debía de haber parecido. Luché contra mí mismo para saber qué decirle. Si le explicaba quién era Sidney, tendría que contarle lo del anillo y la casa. Estaba a punto de explicárselo todo, cualquier cosa con tal de borrar esa expresión de su rostro, cuando me dijo que me quería por primera vez.

—Yo te quería.

Me dolía el corazón. Aquel debería haber sido uno de los momentos más felices de mi vida, pero no me lo estaba diciendo porque quisiera hacerlo. Me lo estaba diciendo para hacerme daño. Porque pensaba que había hecho algo para hacerle daño.

Oí las palabras de mi madre sobre que ella estaba demasiado rota. Todo cambió en ese momento. Deseé que no lo hubiera hecho, pero lo hizo. No podía arreglarla. No podía amarla lo suficiente para eliminar todo el dolor endurecido que estaba afectando a todo lo que hacía. Mis pensamientos sobre nuestra vida juntos fueron de una casa bajo la luz del sol y un jardín lleno de niños a Olivia llorando en una esquina, culpándome por apresurarla para meterla en algo para lo que no estaba preparada.

Entonces me acusó de ser como su padre.

El dolor era profundo, sobre todo porque me había pasado el último año y medio tratando de demostrarle que no me parecía en nada a él. Cuando salió corriendo de mi despacho, pensando que le había puesto los cuernos, no la detuve.

Me quedé paralizado, con la caja del anillo apretada contra mi muslo y la habitación balanceándose a mi alrededor.

Apoyé ambas manos sobre mi escritorio, cerré los ojos con fuerza y respiré a través de la boca. Cinco minutos. Mi vida entera había cambiado en solo cinco minutos. Olivia tan solo quería ver la parte mala, pero tal vez fuera lo mejor. Tal vez lo único que había visto yo era mi amor, y no había sopesado las consecuencias de ese amor.

Steve entró en mi despacho y se detuvo en seco.

—¿Acabo de ver a Olivia? —Levanté la mirada hacia él, con los ojos ardiendo. Debía de haber visto algo en mi rostro—. ¿Qué ha pasado?

Cerró la puerta y dio un paso en mi dirección. Yo levanté una mano para detenerlo y bajé la cabeza.

—Me ha visto aquí dentro con Sidney. Ha supuesto que...

—Caleb —dijo Steve—. Ve tras ella.

Levanté la cabeza de golpe. Aquello era lo último que esperaba oír; sobre todo porque no estaba seguro de cuánto lo habría cambiado mi madre.

—Quiere escapar —dije—. Desde la primera vez que estuvimos juntos. Siempre encuentra una razón para que no estemos juntos. ¿Qué clase de vida podríamos tener si hace eso?

Steve negó con la cabeza.

—Algunas personas necesitan más trabajo que otras. Te enamoraste de una mujer muy complicada. Puedes sopesar lo difíciles que pueden y van a ser las cosas para vosotros dos, pero lo que necesitas hacer en realidad es plantearte si puedes vivir sin ella.

Salí por la puerta un segundo más tarde. «No.» No, no podía vivir sin ella.

Tomé la escalera. Había girado a la izquierda al salir de mi despacho en lugar de ir hacia los ascensores. Bajé los escalones de dos en dos. Para cuando salí corriendo por las puertas de entrada, ya estaba oscuro fuera. Dios, ¿cómo había permitido que se me escapara ese día? Si tan solo me hubiera marchado cuando tenía que haberlo hecho...

Su coche ya no estaba, así que tuve que volver arriba para ir a por mis llaves. Lo más probable era que no me permitiera que se lo explicara. Si iba a su apartamento mientras estaba ahí, ni siquiera me dejaría abrir la puerta. Pero, si dejaba que la idea de que le había puesto los cuernos permaneciera en su cabeza demasiado tiempo, se acabaría solidificando. Se lo creería y ya no habría más que hacer. Entonces, ¿qué podía hacer yo? ¿De qué manera podía manejar esa situación? Me paseé por mi despacho. Olivia no era como otras mujeres; no podría presentarme allí y convencerla para que abandonara sin más sus pensamientos.

«Joder.» Aquello era malo. Tenía que encontrar una forma de llegar hasta ella.

«¡Cammie!»

—Está conmigo —me dijo ella cuando la llamé.

—Déjame hablar con ella, Cammie. Por favor.

—No, no quiere hablar contigo. Tienes que dejar que se tranquilice.

Le colgué el teléfono y pensé que eso era lo que iba a hacer. Pero, después de unas pocas horas, me metí en el coche en dirección a la casa de Cammie. Cuando llegué allí y no vi el coche de Olivia, supe que me había mentido. Así que me fui al hotel.

Capítulo trece

El presente

Sin Olivia, todo son sombras. Siento que busco su luz constantemente. No he sabido nada de ella desde que salí de su apartamento la noche en que me contó lo de Noah. Ya ha pasado un mes, y no sé lo que habrá decidido. Pero sí que sé lo que he decidido yo.

Le mando un mensaje.

¿Divorciada?

Su respuesta llega casi de inmediato.

O: Que te jodan.

¿Estás en el trabajo?

O: ¡Sí!

Llego en diez minutos.

O: ¡No!

Apago el teléfono y espero. Ya estaba en el aparcamiento cuando le envié el primer mensaje. Me quedo en mi coche durante un minuto, mientras me paso el dedo por el labio inferior. Sé qué es lo que va a hacer a continuación, así que, cuando la veo saliendo con rapidez del edificio, sonrío con suficiencia. Está tratando de marcharse antes de que yo aparezca, así que salgo del coche y camino en su dirección.

No me ve hasta el último momento. Ha sacado las llaves del coche y sus tacones golpean el cemento mientras trata de emprender su huida.

—¿Vas a algún sitio?

Tensa los hombros y se da la vuelta.

—¿Por qué cojones siempre llegas tan temprano?

—¿Por qué estás tratando de huir?

Me lanza una mirada envenenada y mueve los ojos de izquierda a derecha, como si estuviera tratando de encontrar la forma de escapar de mí.

Le tiendo la mano.

—Ven conmigo, Reina.

Ella lanza una mirada rápida por encima del hombro antes de colocar su mano sobre la mía. La atraigo hacia mí y sus pequeños pasos de pajarillo se esfuerzan por seguir el ritmo de los míos. No le suelto la mano, y ella no trata de apartarla. Cuando bajo la mirada hacia ella, se está mordiendo el labio. Parece aterrorizada, y debería estarlo.

Me detengo para abrirle la puerta y después rodeo el coche para ir al otro lado. Lleva un vestido rojo con lunares blancos. El escote es muy bajo. No me ha mirado desde que ha entrado en el coche; en lugar de eso, está concentrada en sus pies. Zapatos rojos de tacón que dejan ver unas uñas pintadas de rojo. Nada mal. Su estilo es una combinación de Jacqueline Kennedy y una gitana; mi hermosa contradicción. Lleva el pelo recogido en un moño y un bolígrafo lo sujeta en su sitio. Llevo la mano hasta ahí y le saco el bolígrafo. Su pelo se derrama a su alrededor, como agua negra.

No me pregunta adónde vamos. Conduzco hasta la playa y aparco a una manzana de distancia. Espera hasta que rodeo el coche para abrirle la puerta y toma mi mano mientras la ayudo a salir. Caminamos unidos hasta llegar a la arena. Se detiene ahí para quitarse los zapatos, y utiliza mi hombro para mantener el equilibrio. Estos se balancean en las puntas de sus dedos mientras me tiende la mano libre. Yo se la tomo y entrelazamos nuestros dedos. Esto se considera invierno en Florida, así que solo hay un puñado de gente tomando el sol, la mayoría de ellos del norte y con el pelo blanco. La zona de playa en la que nos encontramos pertenece a un hotel. Hay cenadores cubiertos por lonas con sillas de jardín bajo ellas. Encontramos unas que están vacías, así que me siento en una de ellas y estiro las piernas. Olivia hace ademán de sentarse junto a mí, pero yo tiro de ella hasta mi silla. Se sienta entre mis piernas y se reclina contra mi pecho. La rodeo con un brazo y me coloco el otro por encima de la cabeza. El corazón me late a toda velocidad. Hace mucho tiempo que no la tengo entre mis brazos. Me resulta tan natural estar de este modo con ella... Pronuncio su nombre, solo para ver cómo suena. Ella me clava el codo en las costillas.

—No hagas eso.

—¿Que no haga qué? —le digo al oído.

—Bueno, para empezar, hablar con esa voz.

Me obligo a no reír. Puedo ver que tiene la carne de gallina en la piel expuesta. Es evidente que mis viejos trucos todavía funcionan.

—Entonces, ¿tienes un fetiche con las manos y también te pone el sonido de mi voz?

—¡Nunca he dicho que tuviera un fetiche con las manos!

—¿De verdad? ¿Entonces solo te pone el sonido de mi voz?

Se contonea para liberarse de mí, y tengo que utilizar ambos brazos para sujetarla donde está mientras me río. Cuando por fin vuelve a relajarse, recojo su pelo y se lo paso por encima del hombro izquierdo. Le beso la piel expuesta del cuello y ella se estremece. Beso un par de centímetros por encima, y su cabeza se inclina para darme más acceso.

—No deberías…, no deberíamos…

Deja la frase inconclusa.

—Te quiero —le digo al oído. Ella trata de zafarse de mí, pero mis brazos siguen alrededor de su cuerpo.

—Para, Caleb…

Ha salido de pronto de su pequeño aturdimiento. Sus piernas bien proporcionadas tratan de encontrar apoyo para poder escaparse de mí.

—¿Por qué?

—Porque no está bien.

—¿Que no está bien que te quiera? ¿O no está bien que me quieras tú?

Está llorando; la oigo sorber por la nariz.

—Ninguna de las dos cosas.

Su voz, que suena aguda a causa de tantas emociones, se le rompe al hablar. Y también rompe mi reticencia, me rompe el juego y me rompe el corazón.

Cuando hablo, mi propia voz suena ronca. Miro fijamente al agua.

—No puedo mantenerme alejado de ti. Llevo diez años intentándolo.

Ella solloza y baja la cabeza. Ya no trata de huir de mí, pero intenta poner distancia entre nosotros. Se inclina hacia delante, y de inmediato noto un sentimiento de pérdida. Me he pasado tantos años sin ella que me niego a permitirle que se distancie de mí. La tengo atrapada y voy a aprovecharme de eso. Le enredo las palmas en el pelo y lo enrollo alrededor de mi puño, y después tiro con suavidad hasta que su cabeza queda apoyada contra mi pecho. Me permite que lo haga todo, y no parece importarle que estemos rozando el *bondage*.

Bondage. Me encantaría darle al amor de mi vida unos azotes bien merecidos.

La beso en la sien, que es el único lugar de su cuerpo que soy capaz de alcanzar, y entrelazo nuestros dedos mientras la rodeo con los brazos. Ella se acurruca contra mí, y un dolor familiar se abre paso en mi pecho.

—Peter Pan —digo.

Hay cinco segundos de silencio antes de que diga:

—Cuando estoy contigo, todas las emociones que podría sentir se derraman. Me ahogo en ellas. Quiero correr hacia ti y también quiero correr para huir de ti.

—No..., no huyas de mí. Podemos conseguirlo.

—No sabemos cómo amarnos de forma correcta.

—Y una mierda —digo contra su oreja—. Estás llena de un amor que no puedes sacarte de dentro. No puedes decir algunas cosas. Y ahora me parece bien, yo sé que está ahí. Nos hemos hecho daño mutuamente. Pero ya no somos unos críos, Olivia. Te quiero a ti.

La suelto y la hago girar de modo que se quede arrodillada entre mis piernas extendidas.

Le pongo las palmas sobre la cara, entrelazo los dedos en su pelo y los dejo detrás de su cabeza. Ya no puedo apartar la mirada de ella.

—Te quiero a ti. —Ya lo he dicho antes, pero no es capaz de comprenderlo. Todavía sigue pensando que voy a abandonarla. Como ya he hecho. Le tiembla el labio inferior—. Quiero tus bebés, y tu furia, y tus fríos ojos azules… —Me ahogo con mis propias palabras, y ahora soy yo el que aparta la mirada. Vuelvo a dirigir la mirada a su rostro y me doy cuenta de que, si no puedo convencerla en este momento, no voy a poder hacerlo jamás—. Quiero tener cenas de aniversario contigo, quiero envolver regalos de cumpleaños contigo. Quiero pelear contigo por estupideces, y después tumbarte en mi cama y compensártelo. Quiero tener más peleas con más tarta y más viajes al *camping*. Quiero tu futuro, Olivia. Por favor, vuelve conmigo.

Su cuerpo entero está temblando. Una lágrima se le derrama por la mejilla, pero la atrapo con el pulgar. La tomo por detrás de la nuca y la atraigo a mí, de modo que nuestras frentes se quedan tocándose. Le paso las manos de arriba abajo por la espalda.

Mueve los labios para tratar de formular palabras, y, por la expresión de su rostro, no estoy seguro de que quiera oírlas. Nuestras narices están en paralelo; si moviera la cabeza uno o dos centímetros hacia delante, nos besaríamos. Espero por ella.

Nuestra respiración se entremezcla. Tiene mi camiseta ferozmente agarrada entre los puños. Comprendo que necesite sujetar algo. A mí me está costando cada gota de mi autocontrol no lanzarme de lleno contra ella. Nuestros pechos suben y bajan como olas. Rozo su nariz con la mía, y eso parece romper sus reservas. Me rodea el cuello con los brazos, abre la boca y me besa.

Llevo meses sin besar a mi chica, y me siento como si fuera la primera vez. Se ha puesto de rodillas y se ha inclinado sobre mí de modo que me veo obligado a echar la cabeza hacia atrás para alcanzar sus labios. Tengo las manos bajo su vestido, sobre la parte posterior de sus muslos. Puedo sentir el tejido de sus bragas en las yemas de mis dedos, pero mantengo las manos inmóviles.

Nos besamos con lentitud, solo con los labios. No dejamos de apartarnos para mirarnos a los ojos. Su pelo crea una cortina entre nosotros y el mundo. Nos besamos tras él mientras cae alrededor de su cara y bloquea todo lo que no sea nosotros.

—Te quiero —dice contra mi boca, y mi sonrisa es tan grande que tengo que pausar nuestro beso para recolocar mis labios.

Cuando comenzamos a utilizar nuestras lenguas, las cosas se calientan con rapidez. A Olivia le gusta morder mientras besa, y es algo que me provoca grandes grandes efectos.

Tengo el corazón en la garganta, el cerebro en los pantalones y las manos subiéndole el vestido. Ella se aparta de mí y se pone en pie.

—No hasta que esté finalizado el divorcio —me dice—. Llévame a casa.

Me pongo en pie y tiro de ella hacia mí.

—Ya verás adónde te voy a llevar cuando te pille. —Ella entrelaza los brazos alrededor de mi cuello y me engancha el labio inferior con los dientes. Examino su rostro—. ¿Por qué nunca te ruborizas? Da igual lo que te diga…, nunca te ruborizas.

Ella me dirige una sonrisita de suficiencia.

—Porque soy una puta pasada.

—Pues sí que lo eres —respondo en voz baja, y le beso la punta de la nariz.

Nos dirigimos de nuevo hacia mi coche. En cuanto cerramos las puertas, suena el teléfono de Olivia. Ella lo saca del bolso y su rostro se ensombrece de inmediato.

—¿Qué pasa? —le pregunto.

Ella aparta la mirada de mí, con la mano congelada en el aire, todavía aferrando su teléfono.

—Es Noah. Quiere que hablemos.

Capítulo catorce

NOAH

Hago girar mi anillo de matrimonio sobre la encimera pegajosa. Se convierte en un borrón dorado y después hace un bailecito antes de caer y quedarse inmóvil. Lo recojo y vuelvo a hacerlo. El camarero del antro de mierda en el que he acabado me mira con sus ojos muertos antes de dejar otra cerveza delante de mí. No le he pedido nada, pero un buen camarero sabe leer a sus clientes. Recojo el anillo, me lo guardo en el bolsillo y doy un largo sorbo a mi cerveza.

Olivia no sabe que he regresado a la ciudad, y no sé si estoy preparado para decírselo todavía. Me fui a un hotel cerca del aeropuerto hace cuatro días, y desde entonces he estado rondando por los baretos de la zona. Ese tío ha vuelto a entrar en el juego. Sé que lo está viendo, pero ni siquiera estoy enfadado. Yo la dejé. ¿Qué es lo que esperaba? Había comenzado de forma lenta. Cada vez contrataba más y más trabajos en el extranjero, y tenía que marcharme durante largos periodos en cada ocasión. Para nosotros era bueno en el plano financiero. Pero entonces estuve fuera el día de su cumpleaños, fuera el día de nuestro primer aniversario, fuera el día de Acción de Gracias. No sabía que estar fuera sería tan dañino para nuestra relación. Se supone que la lejanía hace que el cariño aumente. ¿No es eso lo que suele decirse? Olivia jamás se quejó; nunca se quejaba de nada. Es la persona más fuerte y autosuficiente que he conocido en la vida. Pero, a pesar de todas las veces que había estado fuera, lo que le supuso una sorpresa de verdad fue cuando me perdí el veredicto del juicio de Dobson.

Pero Caleb no está fuera, y es la primera persona a la que Olivia acudía corriendo cuando tenía miedo. Me gustaría que acudiera a mí, pero ni siquiera estoy seguro de que esté lo suficientemente disponible en el plano emocional para hacer eso. Ante todo, soy un hombre de carrera profesional, y siempre lo he sido. Mi madre nos crio a mi hermana y a mí ella sola, y a menudo fantaseaba con cómo sería tener a un padre y a una madre en lugar de solo a una madre. Pero no era porque estuviera desesperado por tener un padre..., quería que mi madre tuviera a alguien que la cuidara, porque ella ya nos cuidaba a nosotros.

En su mayor parte, me gustaba estar solo. Cuando cumplí los treinta y ocho años, de pronto sentí esa necesidad de tener una familia. No la típica familia con hijos; tan solo tenía muchas ganas de tener una esposa. Alguien con quien compartir el café por las mañanas y con quien meterme en la cama por la noche. La imagen que tenía en mi cabeza era pintoresca y hermosa: una casa, luces de Navidad y cenas juntos. Era un buen sueño, salvo porque muy pocas mujeres sacan la variable de los hijos del suyo.

Yo no soy romántico, pero disfruto de una buena historia. Cuando Olivia me contó la suya en ese vuelo hacia Roma, me quedé embelesado. La idea de que gente de verdad se metiera en esas situaciones en las que el amor dominaba los pensamientos racionales era algo que me resultaba completamente desconocida. Era tan honesta, tan dura consigo misma… Yo no soy de la clase de hombres que creen en el amor rápido. Hay una cultura del amor rápido en la que la gente se enamora y se desenamora como si nada, cuando el amor es algo tan sagrado que te preguntas si sigue teniendo el mismo significado que tenía hace cien años.

Pero, cuando Olivia pronunció esas palabras, «me enamoré debajo de un árbol», estuve a punto de perder la cabeza y pedirle que se casara conmigo allí mismo. Era mi contrario, pero quería ser como ella. Quería enamorarme debajo de un árbol, rápido y fuerte. Quería a alguien que me olvidara y después me recordara con el alma, tal como había hecho Caleb.

Pensé de inmediato que encajábamos como algo dual. No éramos almas idénticas, solo piezas perfectas que necesitaban encajar juntas para poder ver la imagen completa. Yo era una brújula para ella, y ella era la persona que podía enseñarme a vivir. La amaba. Dios, la amaba. Pero ella quería algo que yo no estaba dispuesto a darle. Quería un bebé. Cuando las discusiones se convirtieron en amargas peleas, me marché. Cuando ella no cedió, le pedí el divorcio. Aquello estaba mal. El matrimonio era un compromiso.

* * *

Pago la cuenta y salgo al aire cálido. Podemos llegar a un acuerdo. Adoptar un niño. Joder, por lo que a mí respecta,

139

podríamos abrir un orfanato en un país del tercer mundo. Es solo que no puedo hacer eso, tener un hijo propio. Hay demasiados riesgos implicados.

Necesito verla. Se acabó lo de esconderme. Me saco el teléfono móvil del bolsillo y le mando un mensaje.

¿Podemos hablar?

Ella tarda unas tres horas en responder:

O: ¿Sobre qué?

Sobre tú y yo.

O: ¿Ya no hemos hecho eso lo suficiente?

Tengo algo nuevo que aportar al debate.

Pasan veinte minutos antes de que llegue una única palabra como respuesta.

O: Vale.

Gracias a Dios. No voy a permitir que Caleb me la arrebate. La dejó escapar en Roma. Le rompió el corazón... otra vez. Aquella noche, cuando Olivia y yo nos separamos después de la cena, volví a mi hotel y pensé en mi vida. En lo vacía que estaba. Creo que ya había tomado la decisión de cambiarla cuando ella me llamó a mi habitación, llorando. Me monté en un taxi para ir hasta su hotel y me senté con ella mientras lloraba por él. Me dijo que aquella era la última vez, que solo podía doblarse y romperse un número determinado de veces antes de que el daño fuera irreparable. No había querido dejarme que la tocara, aunque quería hacerlo. Quería abrazarla y dejar que llorara sobre mí. Pero se había sentado en el borde de la cama, con la espalda recta y los ojos cerrados, y había llorado con lágrimas silenciosas, que fluían como ríos por sus mejillas. No había visto a nadie lidiar con su dolor con tanto autocontrol. Era descorazonador ver cómo se negaba a producir ningún sonido.

Finalmente, yo puse la televisión y nos quedamos sentados con las espaldas contra el cabecero de la cama, y vimos *Dirty Dancing*. Estaba doblada al italiano. No estaba seguro respecto a Olivia, pero, en mi caso, tenía una hermana y había visto la película las veces suficientes como para saberme los diálogos de memoria. Todavía estaba con ella cuando salió el sol. Cancelé mis citas de ese día, hice que se vistiera y me la llevé a ver Roma. Primero se enfrentó a mí y me dijo que prefería quedarse en el hotel, pero entonces abrí de golpe las cortinas de su habitación y la obligué a colocarse frente a ellas.

—Mira. Mira dónde estás —le dije.

Ella se situó junto a mí y la niebla pareció desaparecer de sus ojos.

—Vale —respondió.

Primero fuimos al Coliseo, y después comimos *pizza* en un pequeño restaurante cerca del Vaticano. Lloró cuando estuvimos en el Vaticano bajo las obras de Da Vinci. Se giró hacia mí y me dijo con firmeza:

—Estas lágrimas no son por él. Son porque estoy aquí, y siempre he querido venir.

Después, me abrazó y me dio las gracias por llevarla allí.

Nos separamos después de ese día, pero, cuando regresé a Miami, la llamé por teléfono. Salimos a cenar unas cuantas veces, todo de manera muy informal. Las cosas no avanzaron hasta que la besé. No había planeado hacerlo, pero nos estábamos despidiendo fuera de un restaurante y simplemente me lancé a ello sin pensar. Pasaron meses hasta que nos acostamos por primera vez. Ella era tímida, titubeante. Tardó un tiempo en confiar en mí. Pero lo hizo. Y no voy a dejarla marchar con tanta facilidad como lo hizo él.

Capítulo quince

El pasado

Seis meses antes de ver a Olivia en la tienda de música de Butts and Glade, compré un anillo para Leah. Lo dejé junto al anillo de Olivia en mi cajón de los calcetines durante una semana antes de cambiarlo de sitio. No me parecía correcto tenerlos los dos juntos. Había comprado un anillo de estilo antiguo para Olivia. Era elegante. Cuando las cosas se hicieron pedazos, no sabía qué hacer con él. ¿Venderlo? ¿Empeñarlo? ¿Quedármelo para la puta eternidad? Al final, no había sido capaz de separarme del pasado y se había quedado exactamente donde estaba.

Para Leah, había escogido un anillo de estilo princesa. Era grande y llamativo e impresionaría a sus amigos. Planeaba pedirle matrimonio cuando estuvimos de vacaciones en Colorado. Íbamos allí a esquiar dos veces al año. Estaba hartándome del circo del esquí con sus ridículos amigos, que ponían a sus hijos nombres como Paisley, Peyton y Presley. Nombres carentes de alma. En mi opinión, si llamabas a tus hijos con un patrón, se acababan confundiendo con el tiempo. Mi madre me puso el nombre de un espía bíblico. Era todo velocidad y atrevimiento. No hacía falta decir que los nombres siempre significaban algo.

Sugerí que hiciéramos un viaje para esquiar solos. Inicialmente, se había negado a ir sin «su gente», pero creo que captó un aroma a anillo de compromiso en el aire y cambió de idea con rapidez. Faltaba un mes para el viaje para esquiar cuando entré en pánico. Tampoco es que fuera un pánico interno y oculto. Era un pánico de los de darme un atracón de alcohol y correr diez kilómetros al día escuchando a Emily y Dre, y de buscar en Google el nombre de Olivia por la noche mientras escuchaba a Coldplay en bucle. La encontré; trabajaba como secretaria en un bufete de abogados. No tuve la oportunidad de encontrarla; tuve un accidente de coche y conté la primera mentira que me cambió la vida.

* * *

El día en que la vi ya llevaba dos meses inmerso en la mentira de mi amnesia, pasando el rato en los alrededores con la esperanza de encontrarme con ella. Nunca llegué a ir a su trabajo; Olivia se tomaba a sí misma demasiado en serio como para reaccionar bien ante eso, pero me planteé la posibilidad de tenderle una emboscada en el aparcamiento. Y podría haberlo hecho si no hubiera entrado en el Hongo Musical ese día. Iba a contarle la verdad: cómo les había mentido a mis amigos y a mi familia, que todo eso era porque no era capaz de dejarla en el pasado como se suponía que debía hacer.

Y, en esa fracción de segundo en la que le pregunté por el maldito disco que tenía en la mano, parecía tan llena de pánico y tan afectada que me zambullí más profundamente en mi mentira. No podía hacerlo. Observé cómo se expandía la parte blanca de sus ojos, cómo se dilataban sus fosas nasales mientras trataba de decidir qué decir a continuación. Al menos, no me estaba lanzando improperios. Aquello era bueno.

—Eh…

Eso era lo que había decidido decirme. Oí su voz por primera vez y no fui capaz de contener mi sonrisa. Se elevó en las comisuras de mi boca y subió directamente hasta mis ojos, como si no hubiera estado perdida los tres últimos años. Tenía un disco envuelto en plástico de un grupo de chicos en las manos. Parecía tremendamente confusa.

—¿Perdona? No te he entendido.

Era cruel jugar con su sorpresa, pero quería que siguiera hablando.

—Eh…, no están mal —respondió—. La verdad es que no son de tu estilo.

Podía sentir cómo se retiraba mentalmente en ese momento. Su mano ya estaba colocando el disco de nuevo en el estante y sus ojos fueron velozmente hacia la puerta. Tenía que hacer algo. Decir algo. «Lo siento. Fui un idiota. Me casaría contigo hoy mismo, este mismo día si tú quisieras…»

—¿Que no son de mi estilo? —Repetí sus palabras mientras trataba de formular mi propia pregunta. En ese momento, parecía tan desolada que sonreí ante su belleza más que cualquier otra cosa—. ¿Y cuál crees que es mi estilo?

Reconocí mi error de inmediato. Así era como solíamos flirtear. Si quería hacer algún avance para que me perdonara, tenía que dejarme de gilipolleces y…

—Eh…, eres de los de *rock* clásico…, aunque podría equivocarme.

Tenía razón, toda la razón. Estaba respirando a través de la boca, con los labios gruesos entreabiertos.

—¿*Rock* clásico? —repetí.

Me conocía. Lo más probable es que Leah dijera que mi estilo era la música alternativa. Tampoco es que supiera nada de música; tan solo escuchaba los grandes éxitos como si estuvieran llenos de verdades bíblicas en vez de repletos de clichés. Aparté mis pensamientos amargos de Leah y volví a dirigirlos a Olivia. Parecía asustada. Vi su expresión, y entonces lo comprendí. No estaba arrastrando furia: estaba arrastrando arrepentimiento. Al igual que yo.

Había una oportunidad para nosotros. Para alejarnos del pasado.

—Lo siento —dije, y después llegó la mentira.

Llevaba dos meses contando la misma mentira. Me salía con facilidad, brotaba de mi lengua como veneno para las relaciones.

«La estás protegiendo», me dije.

Me estaba protegiendo a mí mismo.

Seguía siendo el mismo cabrón egoísta que la había presionado demasiado en el pasado. Comencé a marcharme de allí, a huir de lo que acababa de hacer, cuando la oí llamarme detrás de mí. Aquel era el momento. Iba a decirme que me conocía y yo le diría que no tenía amnesia. Que toda aquella puta pantomima había sido por ella. En lugar de eso, bajó corriendo uno de los pasillos. Observé su pelo oscuro subiendo y bajando mientras pasaba junto a la gente que había en su camino.

El corazón me latía con rapidez. Cuando volvió junto a mí, tenía un disco en la mano. Le eché un vistazo: Pink Floyd. Era mi disco favorito de ellos. Se había creído mi mentira y me había llevado mi disco favorito.

—Este te gustará —dijo, y me lanzó el ejemplar.

Esperé a que me dijera que sabía quién era, pero no lo hizo. Estaba superado por cada puta cosa que le había hecho, por cada mentira, por cada traición.

Y ahí estaba ella, tratando de curarme con música, y yo le estaba mintiendo. Caminé. Salí fuera. Lejos de allí.

No tenía ninguna intención de volver a verla. Se había acabado. Había tenido mi oportunidad y la había desperdiciado. Volví a mi apartamento y puse el disco con el volumen al máximo, esperando que pudiera recordarme quién era. Quién quería ser claramente otra vez. Pero, entonces, la vi otra vez. Aquello no estaba planeado. Era cosa del destino; no pude evitarlo. Era como si cada segundo, minuto y hora que había pasado lejos de ella durante los últimos tres años hubieran vuelto para darme un bofetón en la cara mientras la observaba derribar un expositor de cucuruchos de helado. Me agaché para ayudarla a recogerlos. Tenía el pelo corto; apenas le llegaba a los hombros. Estaba cortado en ángulo, con la parte delantera más larga que la trasera. Las puntas del pelo parecían poder cortarte los dedos si las tocabas.

No era la Olivia que recordaba, con su pelo largo y salvaje y la mirada indómita en los ojos. Aquella Olivia era más calmada, más controlada. Sopesaba lo que decía en lugar de dejar que se derramara. Sus ojos no tenían la misma luz que antes, y me pregunté si yo se la habría arrebatado.

Eso me dolía… Dios, me dolía demasiado. Quería devolverle esa luz a sus ojos.

* * *

Fui derechito a casa de Leah. Le dije que no podíamos hacer
lo que estábamos haciendo. Ella lo interpretó como si le
estuviera diciendo que no podía estar en una relación con
alguien que no recordaba.

—Caleb, sé que te sientes perdido ahora mismo, pero,
cuando recuperes la memoria, todo tendrá sentido —dijo.

Pero, cuando recuperé la memoria, nada tenía sentido.
Por eso había mentido.

Negué con la cabeza.

—Necesito tiempo, Leah. Lo siento. Sé que esto es un
desastre. No quiero hacerte daño, pero necesito ocuparme
de algunas cosas.

Me miró como si fuera un bolso falsificado. La había visto hacerlo un millón de veces. Disgusto, confusión por
cómo podría conformarse alguien. Una vez había hecho un
comentario insidioso en el supermercado, cuando estábamos detrás de una mujer que rebuscaba entre una pila de
cupones de descuento. Llevaba un bolso de Louis Vuitton
colgado del hombro.

—La gente que realmente se puede permitir un Louis
Vuitton no usa cupones de descuento —había dicho en voz
alta—. De este modo es como te das cuenta de que es una
falsificación.

—A lo mejor la gente que utiliza los cupones de descuento ahorra el dinero suficiente como para poder permi-

tirse bolsos de marca —le había espetado yo—. Deja ya de ser tan crítica y superficial.

Se pasó dos días enfurruñada, diciendo que la había atacado en lugar de defenderla. Nos peleamos por su forma de poner las cosas por encima de la gente. Para mí era un chasco ver que alguien daba tanto valor a un objeto. Después de que saliera corriendo, tuve dos días de paz, durante los cuales me planteé seriamente acabar las cosas con ella.

Hasta que apareció en mi apartamento con un pastel que me había hecho, llena de disculpas. Se había traído uno de sus bolsos de Chanel, y la observé con fascinación mientras sacaba unas tijeras del bolso y lo cortaba en pedazos delante de mí. Parecía un gesto tan sincero y arrepentido que me suavicé. Pero no había cambiado. Y yo tampoco, supongo. Seguía estando enamorado de otra mujer. Seguía fingiendo con ella. Seguía siendo demasiado inseguro como para hacer nada al respecto.

Pero ahora ya me había cansado.

—Tengo que irme —dije mientras me ponía en pie—. He quedado para tomar un café.

—¿Con una chica? —preguntó de inmediato.

—Sí.

Clavó los ojos en los míos. Y, aunque esperaba ver dolor, o tal vez lágrimas, tan solo parecía furiosa. Le di un beso en la frente antes de marcharme.

Puede que estuviera haciendo aquello de forma egoísta, de forma cobarde de cojones..., pero lo estaba haciendo.

Capítulo dieciséis
El presente

Dejo a Olivia en su trabajo. En el camino hacia allí, apenas me ha dicho dos palabras. Después de lo que acaba de pasar entre nosotros, yo tampoco sé qué decir, aunque hay algo que sé con seguridad: Noah quiere recuperarla. Casi podría echarme a reír. «Puedes unirte al club, cabronazo.»

Ese tío había pasado tres meses fuera y ahora le había entrado mono.

Está lloviznando cuando entramos en el aparcamiento. Olivia abre la puerta y sale del coche sin mirar atrás. La observo mientras camina hasta su propio coche, con los hombros menos rígidos de lo que suelen estar. Abro la puerta de repente, rodeo el coche y corro para llegar hasta ella. Le sujeto el brazo mientras lleva la mano a la puerta y tiro de ella hasta que se queda de cara a mí. Después, la presiono contra el lateral del coche con mi cuerpo. Está momentáneamente aturdida, con las manos contra mi pecho, como si no estuviera segura de lo que estoy haciendo. Le pongo una mano por detrás de la cabeza, la empujo hacia mí y la beso. La beso de forma profunda, tal como la besaría si estuviéramos teniendo sexo. Nuestra respiración suena más fuerte que el tráfico que circula detrás de nosotros, más fuerte que el trueno que estalla sobre nuestras cabezas.

Cuando me aparto de su boca, está jadeando. Tengo las manos plantadas a cada lado de su cabeza. Hablo en voz baja y miro su boca mientras lo hago.

—¿Recuerdas el bosquecillo de naranjos, Olivia? —Ella asiente lentamente con la cabeza. Tiene los ojos muy abiertos—. Bien —digo mientras paso el pulgar por su labio inferior—. Bien. Yo también lo recuerdo. A veces me quedo tan entumecido que tengo que recordarlo para poder sentir otra vez.

Me aparto de ella y entro en mi coche. Mientras me alejo de allí, miro por el retrovisor para poder echarle un vistazo. Todavía sigue plantada donde la he dejado, con una mano apretada contra el pecho.

Mi competición es buena. Sin duda, él nunca le ha mentido ni le ha roto el corazón, ni se ha casado con otra mujer para fastidiarla. Pero Olivia es mía, y esta vez no la voy a dejar marchar sin pelear.

* * *

Espero unos cuantos días y después le mando un mensaje mientras estoy en el trabajo.

¿Qué quería Noah?

Cierro la puerta de mi despacho, me desabrocho el botón superior de la camisa y pongo las piernas sobre mi escritorio.

O: Quiere arreglar las cosas.

Sabía que eso iba a ocurrir, pero siento un dolor en el pecho de todos modos. Vaya mierda.

¿Qué le has dicho?

O: Que necesito tiempo para pensar. Lo mismo que te digo a ti.

No.

O: ¿No?

No.

Me froto la cara con la mano, y después escribo:

Has tenido diez años para pensar.

O: No es tan fácil. Es mi marido.

¡Te ha pedido el divorcio! No quiere tener hijos contigo.

O: Me ha dicho que está dispuesto a adoptar.

Me pellizco la piel del puente de la nariz y aprieto los dientes con fuerza.

Lo que estoy haciendo está mal. Debería permitir que estuvieran juntos, que arreglaran las cosas, pero no puedo hacer eso.

O: Por favor, Caleb, dame tiempo. No soy la persona que tú conocías. Necesito hacer lo correcto.

Entonces quédate con él. Eso es lo correcto. Pero soy lo correcto para ti.

No vuelve a responder después de eso.

Me siento en mi escritorio durante un largo tiempo, pensando. Soy incapaz de hacer nada de trabajo. Cuando mi padrastro entra una hora más tarde, levanta las cejas al verme.

—Solo hay dos cosas que puedan hacerte poner esa cara.

Toma asiento enfrente de mí y une las manos sobre su regazo.

—¿Y cuáles son?

Quiero a mi padrastro. Es el hombre más perceptivo que conozco.

—Leah... y Olivia. —Hago una mueca ante el primer nombre y frunzo el ceño ante el segundo—. Ah —dice con una sonrisa—. Supongo que esa víbora de pelo negro ha vuelto. —Me paso la uña del pulgar por el labio inferior, de un lado a otro, una y otra vez—. ¿Sabes, Caleb...? Soy muy consciente de lo que tu madre piensa de ella. Pero yo no podría estar más en desacuerdo.

Levanto la mirada hacia él, con la sorpresa evidente en mi rostro. En muy raras ocasiones está en desacuerdo con mi madre, pero, cuando es así, normalmente es porque tiene razón. Además, nunca comparte sus pensamientos a menos que se lo pregunten. El hecho de que lo esté haciendo ahora hace que me siente más erguido en mi silla.

—Supe que te tenía atrapado la primera vez que la trajiste a casa. Yo he tenido un amor así. —Mi mirada sale disparada a su cara. Nunca habla de su vida antes de conocer a mi madre. Llevan quince años casados. Él ya había estado casado una vez antes de eso, pero...—. Tu madre —dice con una sonrisa—. Es terrible, de verdad. Nunca he visto a nadie tan despiadada. Pero también es buena, y los dos lados se equilibran mutuamente. Creo que la primera vez que vio a Olivia, reconoció a un alma similar y quería protegerte.

Mi mente regresó a esa primera cena. Había llevado a Olivia a casa para que los conociera, y mi madre, por supuesto, había hecho que las cosas fueran lo más incómodas posible. Yo había acabado llevándome a Olivia en mitad de la cena, tan furiosa con mi madre que no quería volver a hablar con ella en la vida.

—A la mayoría de los hombres les gusta el peligro. No hay nada más dulce que una mujer peligrosa —me asegura—. Nos hace sentir un poco más masculinos al poder llamarlas «nuestras».

Tiene razón… posiblemente. Perdí interés en las mujeres sanas después de conocer a Olivia. Es una maldición. Después de probarla a ella, rara vez encontraba a una mujer que me pareciera interesante de verdad. Me gusta su oscuridad, su sarcasmo siempre presente, cómo me hace trabajar para conseguir cada sonrisa, cada beso. Me gusta lo fuerte que es, lo duro que lucha por las cosas. Me gusta lo débil que se vuelve conmigo; tal vez yo sea su única debilidad. Me gané ese puesto y estoy más que dispuesto a conservarlo. Olivia es la clase de mujer sobre las que hay hombres escribiendo canciones. Tengo unas cincuenta en el iPod que me hacen pensar en ella.

—¿Está disponible?

Suelto un suspiro y me froto la frente.

—Está separada. Pero el otro volvió a aparecer hace unos días.

—Ah.

Se frota la barba mientras sus ojos me sonríen. Él es el único de mi familia que sabe lo que hice. Me emborraché después de que Olivia se marchara y acabé dándole un puñetazo a un policía fuera de un bar. Lo llamé para que me pagara la fianza. No se lo contó a mi madre, ni siquiera cuando le conté a él todo lo que había pasado en realidad con la amnesia. No me juzgó ni una sola vez. Tan solo afirmó que la gente hacía verdaderas locuras por amor.

—¿Qué hago ahora, Steve?

—No puedo decirte lo que tienes que hacer, hijo. Esa chica saca lo peor de ti, pero también lo mejor. —Es cierto, y me resulta duro oírlo—. ¿Le has contado lo que sientes? —Yo asiento con la cabeza—. Entonces, lo único que puedes hacer es esperar.

—¿Qué pasa si no me elige a mí?

Él sonríe y se inclina hacia delante en su asiento.

—Bueno…, siempre te quedará Leah.

La risa comienza en mi pecho y se abre camino hacia fuera.

—Esa es la peor broma del mundo, Steve…, la peor broma del mundo.

* * *

Y así, como si nada, tan pronto como había vuelto a comenzar, Olivia vuelve a estar con Noah. Lo sé porque no me llama por teléfono. No me manda ningún mensaje. Sigue adelante con su vida y me deja a mí en la cuerda floja.

Capítulo diecisiete
El pasado

Estaba ardiendo de furia. Quería matarlo con lentitud, con mis propias manos.

Jim… casi le había…, no quería pensar siquiera en lo que casi le había hecho. ¿Qué habría pasado si yo no hubiera estado por ahí? ¿A quién habría llamado Olivia? Tuve que recordarme que había vivido tres años sin mí. Tres años de secarse sus propias lágrimas y de mantener a raya a los gilipollas con sus palabras afiladas. No se había hecho pedazos sin mí; se había vuelto más dura. No sé si me sentía aliviado o resentido por ello.

He sido demasiado orgulloso a la hora de admitir mi culpa en nuestro final. Por no decir más, por no luchar más duro con ella, he permitido que piense que fue por su culpa. Y no lo fue. Su única culpa fue la de estar rota. La de no saber cómo expresar lo que estaba sintiendo. Olivia era la peor enemiga de sí misma. Decidía algo sobre ella y después saboteaba su propia felicidad con eso. Necesitaba la clase de amor que se quedaba, pasara lo que pasara. Necesitaba ver que nada podía infravalorarla bajo mis ojos. Joder, me odiaba a mí mismo. Pero había sido un niño. Ya me habían dado algo valioso y yo no había sabido cómo encargarme de ello. Todavía no estaba seguro de saber cómo hacerlo, pero una cosa era cierta: si alguien la tocaba, lo mataría. Iba a matarlo. A compensar el tiempo perdido cuando no había estado allí para protegerla.

Caminé con calma hasta mi coche, porque Olivia me estaba observando. En cuanto salí de su urbanización, pisé el acelerador. Había dormido contra mi pecho, aferrándose a mí como una niña. Yo me había quedado despierto toda la noche, dividido entre querer consolarla y querer darle una paliza a Jim. La llevé hasta la cama justo cuando el sol estaba saliendo y volví a la sala de estar para llamar a algunos hoteles. Cuando se despertó, le dije que Jim se había marchado del hotel la noche anterior y se había ido de la ciudad. Pero aquel no era el caso. Ese borracho gilipollas había vuelto a su habitación de hotel y lo más probable es que estuviera durmiendo la resaca.

Lo encontré en el Motel 6. Todavía seguía conduciendo el mismo Mustang de 1967 que tenía en la universidad. Lo recordaba de esa época, un chico flacucho. Uno de esos hombres emocionalmente andróginos que llevaban vaqueros ajustados y lápiz de ojos y a los que les gustaba hablar de sus grupos favoritos. Nunca entendí qué era lo que veía Olivia en él. Podría haber tenido a cualquiera.

Su Mustang estaba aparcado justo delante de la habitación 78. Pude ver mi reflejo en él mientras pasaba a su lado. Llamé a la puerta, y no fue hasta más tarde que me di cuenta de que tal vez podría no haber sido su habitación. Oí una voz amortiguada y el sonido de algo siendo derribado. Jim abrió la puerta de golpe, con aspecto furioso. Apestaba a alcohol; podía olerlo a más de medio metro de distancia. Cuando me vio la cara, su expresión pasó de la sorpresa a la curiosidad… y después pasó claramente al miedo.

—¿Qué cojo…?

Lo empujé al interior y cerré la puerta de una patada. La habitación apestaba.

Me quité el reloj de la muñeca y lo tiré a la cama. Entonces, le pegué un puñetazo. Él cayó hacia atrás, golpeó la cómoda y derribó una lámpara. Antes de que pudiera levantarse, ya estaba encima de él. Lo levanté por la camiseta, y sus piernas se sacudían debajo de él tratando de encontrar el suelo.

Lo puse en pie y después volví a darle un puñetazo.

—Caleb —dijo. Tenía una mano sobre la nariz, que le sangraba a través de los dedos, y extendió la otra hacia mí con la palma extendida—. Estaba borracho, tío…, lo siento.

—¿Que lo sientes? Me importa una mierda que lo sientas.

Negó con la cabeza.

—Joder —dijo—. Joder. —Se agachó por la cintura, con las manos sobre las rodillas, y comenzó a reír. Yo apreté los dientes hasta que estuve seguro de que iban a convertirse en polvo—. Le mentiste sobre la amnesia. —Estaba riendo tan fuerte que apenas era capaz de hablar. Le di un empujón y él se tambaleó hacia atrás, pero todavía se estaba riendo—. Tú eres tan malo como yo, tío. Los dos estabais fingiendo que no os conocíais, es como una puta…

Lo agarré por la pechera y lo tiré a un lado. Cayó sobre la cama, riendo tan fuerte que tenía que agarrarse el estómago. Furioso, fui otra vez a por él.

Antes de que pudiera decir nada más, tiré de él y lo sujeté contra la pared.

—Tú no sabes nada sobre nosotros.

—¿Que no? —siseó—. ¿Quién te crees que estuvo aquí para ella después de que tú la engañaras y te marcharas?

—No lo hice —dije entre dientes, y después apreté la mandíbula. No tenía que explicarle nada a ese trozo de mierda—. Como vuelvas a hablar con ella, te mato. Como vuelvas a mirarla, te mato. Como respires en su dirección...

—Me matas —terminó él. Me dio un empujón, pero ese tío no debía de pesar ni setenta kilos empapado, así que no me moví—. La has estado matando desde el día en que la conociste —me escupió, y entonces me golpeó con más fuerza. Pensé en el día en que la había visto en la tienda de discos, en cómo parecía no quedarle nada de luz en los ojos—. ¿Por qué has vuelto? Deberías haberla dejado en paz.

Tenía la cara manchada de sangre y su pelo grasiento estaba pegajoso. Lo miré de forma impasible.

—¿Te crees que podrías haberla tenido si yo no la tuviera?

Mis palabras lo golpearon en algún lugar profundo. Puso los ojos en blanco y sus fosas nasales se dilataron. ¿Así que él también estaba enamorado de ella? Me reí, y eso lo puso furioso. Forcejeó contra mis brazos, con el rostro húmedo y rojo.

—Es mía —dije contra su cara.

—Que te jodan —respondió.

Le volví a pegar.

Capítulo dieciocho

El presente

No recibo noticias de Olivia. ¿Cuánto tiempo pasa? Todo parece durar mucho más cuando estás sufriendo. Me siento tan consumido por los pensamientos sobre ella que, cuando unos cuantos compañeros de trabajo me invitan a salir a tomar unas copas, acepto solo por distraerme un poco. Entre el grupo se encuentra una chica que trabaja en el departamento de contabilidad y que flirtea conmigo de forma implacable. Steve levanta las cejas cuando me ve marchándome con ellos.

—Te voy a dar un consejo —dice cuando me paso por su despacho para despedirme—. Cuando estás enamorado de una mujer, no deberías enredarte con otras mujeres.

—Tomo nota —respondo—. Aunque me gustaría añadir que lo más probable es que ella se esté acostando con otro hombre mientras hablamos.

—¿Todavía piensas que va a volver a ti?

—Sí.

—¿Por qué?

—Porque siempre lo hace.

Asiente con la cabeza mientras recoge sus cosas.

* * *

Acabamos en un lujoso bar de martinis en Fort Lauderdale. Dejo la chaqueta de mi traje en el coche y me suelto unos botones de la camisa. Una de las chicas me sonríe mientras caminamos hacia el bar. Creo que se llama Asia, aunque se pronuncia como «Eisha».

—Tu culo está genial con esos pantalones de raya diplomática —me dice.

Mi amigo Ryan me da una palmada en la espalda. Lo conozco desde que estábamos en la universidad, y Steve le ofreció el trabajo cuando nos graduamos como un favor hacia mí. Resultó que es bastante bueno en lo que hace. Le echa un vistazo a Asia con fingida compasión.

—Este tío —le lanza una sonrisita de suficiencia— no va a acostarse contigo.

Asia sonríe.

—Eso sería una nueva experiencia para mí. —Me río y la miro de verdad por primera vez. Me recuerda a Cammie—. ¿Te han roto el corazón? —me pregunta, e ignora a Ryan mientras este intenta introducirse entre nosotros.

—Algo así.

—Estoy especializada en eso.

Me guiña un ojo, y ahora me recuerda a Leah. Me estremezco de forma involuntaria. No quiero acordarme de Leah.

—Le tengo cariño a mi corazón roto. Creo que me quedaré con él.

Sujeto la puerta para las chicas, que entran en el bar una por una. Asia me espera al otro lado de la puerta y yo suelto

161

un gruñido internamente. Preferiría no pasarme la noche luchando contra los avances de una mujer que no me interesa. Por otro lado, no supondría ningún esfuerzo en absoluto, y eso no me gusta. Las mujeres tienen todo el poder. Deberían utilizarlo como un látigo, no ofrecerlo como un sacrificio.

* * *

No he hecho el paripé de ir a bares en grupo desde que tenía veintipocos años. Pago la primera ronda, esperando que pagar las bebidas para todos vaya a compensar el hecho de que esté a punto de escaparme del grupo para beber yo solo.

Asia se termina su martini en dos sorbos y decide convertirme en su única presa de la noche. A ella se le une Lauren, del departamento de contabilidad. Me he pasado los diez últimos minutos tratando de mantener una conversación adulta con las dos, pero, si hablo de cualquier otra cosa que no sean cotilleos de la oficina o películas, acaban con los ojos vidriosos. Asia sugiere que nos marchemos y vayamos a su casa.

«Un látigo —le digo mentalmente—. Úsalo como un látigo.»

—Tío —me dice Ryan cuando están distraídas con la tercera ronda de chupitos—. Podrías tenerlas a las dos esta noche si quisieras. Suéltate, hombre. Cada vez que Olivia está cerca, te conviertes en célibe. —Quiero a Ryan, pero en ese momento me entran ganas de estamparle el puño en la mandíbula. Me pongo en pie y miro a mi alrededor, buscando el servicio—. No lo decía por nada —añade, pues ha captado la expresión en mi rostro.

Asiento con la cabeza y le doy una palmada en el hombro mientras paso junto a él para mostrar que no le guardo ningún rencor. A mis amigos nunca les gustó Olivia. Ninguno de ellos podía entender cómo un hombre que se acostaba con cada chica del campus era capaz de esperar dos años para quitarle la virginidad a una chica. Ryan había intentado sin descanso que la engañara, hasta el punto que había acabado dejando de quedar con él.

Mis otros amigos no habían sido menos directos.

—Es una puta calientapollas. Hay chicas más guapas que ella.

Era cierto... en su mayor parte. No era una calientapollas de forma intencional, pero eso no significaba que el noventa por ciento del tiempo que pasaba con ella no acabara con dolor de huevos. Tal vez hubiera habido otras chicas más guapas que Olivia, pero no había ninguna que se moviera como ella. Era como el agua. Se movía a través de todo, sin importar lo duro que fuera. Si había algo que no podía controlar, fluiría justo encima de todo y seguiría adelante.

Me echo agua en la cara en el servicio y me miro en el espejo. Esta noche, Olivia está en mis ojos.

Me siento ridículo estando aquí. De fiesta, como si fuera un crío. Me seco la cara y salgo del servicio. Iba a despedirme, pedir un taxi y dejar de actuar como un gilipollas de veinte años. Estoy abriéndome camino a través del bar repentinamente abarrotado cuando capto algo por el rabillo del ojo. Un vestido verde esmeralda, curvado alrededor de un culo verdaderamente magnífico. Tiene el pelo recogido, enroscado como serpientes negras, y le cae de un modo que la hace parecer sexo andante. Ocurren dos cosas: me pongo cachondo de inmediato y me pongo furioso de inmediato. ¿Dónde coño está Noah? Examino la multitud en busca de su pelo oscuro, pero no puedo encontrarlo. A lo mejor ha ido al servicio. Me encojo ante la idea de encontrármelo en un urinario. Esperaré aquí hasta que regrese y después pediré un taxi y me marcharé antes de que me vean. Me quedo clavado donde estoy durante cinco minutos.

* * *

Olivia. Debería haber sabido que haría esto. Cuando su vida está agitada, Olivia se esconde en la pista de baile. Me resulta perturbador. Esa chica sabe moverse, lo cual hace que todos los hombres de las inmediaciones se muevan en dirección a ella. La observo mientras levanta los brazos por encima de la cabeza y se balancea de un lado a otro. Veo el pelo rubio de Cammie meciéndose junto a ella y aprieto los dientes. Miro a la barra, donde todavía se encuentra mi grupo, y después vuelvo a mirar a Olivia. En una decisión repentina, me muevo hacia ella. Estoy temblando de lo furioso que estoy. Quiero llegar a ella antes de que...

Se sube a un altavoz y me detengo en seco. Ahora tiene su propio escenario y todo el mundo la está observando. Incluido yo, que también la observo. Estoy embelesado. Si lo que está ocurriendo en mis pantalones también les está pasando a los demás hombres de la sala... necesito llegar hasta ella antes de matar a alguien. «¿Dónde coño está

Noah?» Si alguna vez la hubiera visto bailar, jamás permitiría que saliera ella sola. A lo mejor no están arreglando las cosas. Eso me levanta un poco el ánimo. Olivia está bailando de forma tan seductora que un tío está tratando de subirse al altavoz con ella. Cammie le da un golpe en la espalda y le grita algo a su amiga, que se agacha para escucharla. Se le baja un poco el vestido y muestra su escote.

Empujo a alguien y me abro camino entre sus admiradores con los hombros por delante. Cuando llego hasta el altavoz, sujeto al tío por el cuello de la camisa antes de que pueda subirse y lo empujo a mi izquierda. Cammie se da la vuelta para ver qué está pasando y abre mucho los ojos cuando me ve. Inclina la cabeza hacia arriba para mirar a Olivia, que sigue sin darse cuenta. Lo único que puedo ver son piernas, tonificadas y bronceadas. Levanto las manos y le rodeo la cintura con ellas para bajarla al suelo. Ella se queda boquiabierta. Me aseguro de pasar todo su cuerpo por el mío mientras la hago bajar.

Ella suelta un improperio y me da un golpe en el pecho. Yo la sujeto contra mí para que pueda sentir todo el efecto de lo que estoy a punto de decir.

—¿Lo notas? —digo contra su oído, y ella me fulmina con la mirada—. Eso es lo que les has hecho a todos los hombres de esta sala.

Está un tanto oscuro, pero puedo ver el efecto que mis palabras tienen en ella. No le gusta ser el objeto de fantasías sexuales…, la muy mojigata. Echo un vistazo a Cammie, que forma con la boca las palabras «llévatela de aquí».

Asiento con la cabeza y empujo a Olivia por delante de mí. Ha tenido que beber demasiado ya, o se estaría enfrentando a mí. El bar está abarrotado y nos resulta difícil movernos a través de la multitud de cuerpos. Presiono su espalda contra mi pecho y la rodeo con los brazos. Caminamos de ese modo hasta que llegamos a las puertas. Tengo los labios apretados como consecuencia de tener uno de sus mejores atributos chocando de forma repetida contra mí. Cuando salimos al aire fresco, permanece en silencio mientras le tomo la mano.

—¿Dónde está tu coche?

—En el trabajo. Me ha traído Cammie.

Suelto un improperio. Su trabajo se encuentra a unas buenas ocho manzanas de donde estamos nosotros.

Tiro de ella por la acera y sus tacones hacen ruido mientras intenta seguirme el ritmo.

—¿Adónde vamos?

—Estamos yendo hasta tu coche.

—¡No! —Aparta la mano de un tirón—. No voy a pasarme una hora contigo.

Camino a zancadas hacia ella, sujeto su cara entre mis dedos y la beso bruscamente en los labios. No le suelto la cara.

—Sí, por mis cojones que sí. No voy a dejar que vuelvas ahí dentro para que te acosen. —Sus fosas nasales se dilatan mientras me fulmina con la mirada—. ¿Qué pasa? —le digo—. ¿Qué comentario sarcástico ibas a hacer ahora? Cierra la boca y vamos.

Caminamos dos manzanas antes de que comience a quejarse de sus zapatos. La llevo hasta una tienda que hay en una esquina y tomo un par de sandalias de goma que cuelgan de un gancho junto al congelador de los helados. Los llevo a la caja y echo mano a la botella de licor más cercana, que resulta ser tequila, y se la doy al cajero mientras este observa abiertamente a Olivia.

Le entrego mi tarjeta y lo miro mientras él no deja de mirar a Olivia. Después, me devuelve la tarjeta y me da las gracias sin mover siquiera los ojos de su cuerpo.

«Joder, voy a acabar matando a alguien esta noche.»

Una vez fuera, me agacho frente a ella y le desato los zapatos. Ella se apoya en mi espalda para equilibrarse mientras le quito los zapatos con suavidad y le pongo las sandalias.

Cuando me pongo en pie y es mucho más bajita que yo, sonrío.

Me tiende la mano hacia la botella de tequila y yo se la entrego. Ella le quita el tapón y se lleva la botella a la boca, todo sin apartar los ojos de los míos. Da un sorbo, se lame los labios y me devuelve la botella. Yo doy un trago más largo y después comenzamos nuestra larga marcha.

A veces me quedo un poco atrás para que vaya caminando delante de mí.

—¿Alguna vez te he dicho que tienes el mejor culo que he visto jamás? —Ella me ignora—. Por supuesto, tan solo lo he visto una vez...

Ella se detiene, me quita la botella de entre las manos y da un trago especialmente largo.

—¿Podrías dejar de tontear conmigo durante cinco segundos?

—Vale, pues vamos a hablar de ti y de Noah. —Ella suelta un gruñido—. Se suponía que ibais a arreglar las cosas... o a pensar... o...

—¡Eso es lo que estoy haciendo!

Me rasco la cabeza y la miro por el rabillo del ojo.

—¿Dónde está?

Ella toma aire por la nariz.

—Nos hemos peleado.

—¿Por qué?

Cruzamos la calle y nos dirigimos hacia el oeste.

—Por ti.

Siento un cosquilleo en la piel. No sé si debería sentirme culpable, curioso o feliz al saber que soy lo bastante importante como para causar discordia.

—¿Le dijiste que me habías visto? —pregunto, y ella asiente con la cabeza—. Me imagino que no le habrá hecho mucha gracia.

—Lo sabe todo sobre nosotros. Nunca he tratado de ocultarle nada. Pensaba que tú y yo habíamos terminado, y quería ser honesta con él.

Le agarro la mano y la hago detenerse.

—Olivia, sabía lo que sentías por mí y se casó contigo de todos modos.

No soy capaz de eliminar la incredulidad de mi voz. ¿Qué hombre firmaría por algo así? Me froto con la mano la nuca empapada de sudor.

—No uses ese tono de santurrón conmigo cuando tú hiciste lo mismo que yo.

—Eso era diferente. Yo me quedé con Leah porque estaba embarazada. Pensaba que era lo correcto.

Olivia se queda boquiabierta.

—Leah estaba… —Niega con la cabeza—. No es asunto mío. Y tienes razón, sí que era diferente. Noah es una

168

persona maravillosa, a diferencia de esa zorra con el corazón negro con la que te casaste.

Estamos acercándonos al edificio donde trabaja. Rebusca en su bolso hasta que encuentra las llaves. En lugar de ir a su coche, abre la puerta de Spinner & Kaspen e introduce el código de la alarma de seguridad.

—Estábamos en un crucero cuando me pidió que me casara con él. Estábamos dando un paseo por la cubierta, y entonces se dio la vuelta y me dijo: «Si ya no estuvieras en mi vida, me quedaría devastado. Quiero que te cases conmigo». —Examino sus ojos para tratar de averiguar por qué me está contando esto—. Me dijo que sabía que lo que sentía por ti era real, pero estaba dispuesto a amarme a pesar de todo. —Trago saliva. *Joder*. Es mejor hombre que yo—. Me olvidé de ti durante un año. Noah era bueno haciéndome olvidar.

La interrumpo porque no quiero oír esto.

—Olivia...

—Cállate. —La puerta se cierra detrás de nosotros y nos quedamos en la oscura sala de espera. Lo único que puedo ver es el contorno de su rostro—. Estoy enamorada de él, Caleb. Lo estoy. —Aprieto los dientes con fuerza—. Pero, cuando gané el caso y entré en modo de pánico, no era con él con quien quería hablar. —Suena casi avergonzada de decirlo. Recuerdo cómo se presentó en mi apartamento—. Tan solo te necesitaba a ti... y, cuando Dobson escapó de la institución, te necesitaba a ti. Cuando tuve un aborto espontáneo...

Se pone una mano sobre la boca y solloza contra ella.

—Reina...

—Cállate y déjame terminar. —Utiliza las puntas de los dedos para frotarse bajo los ojos—. Cuando tuve un aborto espontáneo, quería tus brazos a mi alrededor —continúa—. Caleb, esto le hace daño. No sé si gritarle que ya se lo dije o si ahogarme en el mar por traer la destrucción a todo lo que hago.

Se da la vuelta y se dirige con paso airado hacia su despacho. La sigo a ciegas mientras abre la puerta de golpe y enciende la lámpara de su escritorio, en lugar de una de las bombillas halógenas que cuelgan del techo. Después, camina hasta su archivo, lo abre y saca un fajo de papeles. Me los entrega.

—¿Por qué no me lo dijiste?

Se me humedecen los ojos y me arde la garganta.

—Iba a hacerlo… esa noche.

Ella levanta la barbilla y sus labios se inclinan hacia abajo.

—Esa chica…

—Era una vieja amiga…, era la encargada de la construcción de la casa.

—Y cuando os vi…

—Estábamos repasando los planes. Le dije que iba a pedirte matrimonio esa noche, y ella me pidió que le enseñara el anillo.

Olivia succiona las mejillas hacia dentro y aparta la cara hasta quedarse mirando la pared que hay a su izquierda.

—¿Ibas a pedirme matrimonio?

Las lágrimas ya están cayendo por sus mejillas, gotean desde su barbilla, y ni siquiera he llegado a la peor parte.

—Sí.

Olivia mira al suelo y asiente con la cabeza.

—Entonces, ¿qué es lo que vi… cuando entré?

—Tan solo estábamos hablando. Me había dicho que tenía sentimientos hacia mí y yo estaba tratando de dejarle claro que no era mutuo.

Ella se golpea las caderas con los puños y se mueve en círculo por la habitación.

—Entonces, ¿por qué no me lo dijiste?

—Comenzaste a lanzarme cosas demasiado rápido, Reina. Apenas pude abrir la boca antes de que me dijeras que era tu padre, que me querías por primera vez y que salieras corriendo de allí. Fui detrás de ti, primero a tu apartamento. Esperé unas cuantas horas y, al ver que no volvías, supuse que debías de haber ido al hotel. Pero cuando llegué allí...

—Entonces, ¿todo es culpa mía?

Voy hacia ella para agarrarla.

—No —le digo—. Fue culpa mía. No luché lo bastante duro. Debería haberte sujetado y hacer que me escucharas.

—¿Ni siquiera la besaste?

—No, pero me sentía atraído por ella. Había pensado en ello.

—Ay, Dios, dame un momento...

Comienza a pasearse entre su escritorio y la ventana. Me deslizo por la pared hasta quedar sentado en el suelo, con una rodilla en alto.

Finalmente, dice:

—Noah me preguntó si todavía te quería.

Me aclaro la garganta.

—¿Y qué le dijiste?

Ella se sienta, se quita las sandalias y vuelve a ponerse los zapatos de tacón. La observo mientras se agacha para cerrarse las hebillas de cada uno, el pelo le cae sobre su hombro y roza el suelo. Está comprando tiempo, tratando de parecer ocupada mientras piensa.

—¡Que somos disfuncionales y tóxicos!

—*Éramos* disfuncionales y tóxicos —la corrijo. Ella me lanza una mirada envenenada y se pasa las manos por los muslos. Tengo la sensación de que está tratando de limpiarme—. Tú y yo estamos enamorados, cariño.

Tomo un sorbo de la botella de tequila y apoyo el brazo sobre mi rodilla en alto. El licor está comenzando a quemarme la garganta.

—No…, nop. —Niega con la cabeza—. Estamos borrachos —me informa—, y la gente borracha tiene pensamientos locos y esporádicos.

—Muy cierto —asiento—. A veces, cuando estoy borracho pienso que quererte es sensato.

Ella me lanza un taco de notas adhesivas. Yo muevo la cabeza a la izquierda y estas golpean la pared. Doy otro sorbo a mi tequila.

Se está poniendo frenética, y me resulta *sexy*. Espero a que comience con los improperios y recibo mi recompensa un minuto más tarde.

—Joder, no hay ni una puta razón sólida para demostrar que funcionamos. Nos fuimos a la mierda como…

Me pongo en pie y ella cierra la boca de golpe.

—¿Pruebas…? ¿Necesitas pruebas, Reina? —Ella niega con la cabeza. He bebido más de lo que debería y mis emociones están montando en una gran ola de tequila—. Porque puedo mostrarte exactamente lo que necesitas.

Avanzo hacia ella, que da unos pasos hacia atrás.

—Ni te atrevas.

Sostiene un dedo en alto para mantenerme alejado. Se lo aparto de un golpe, la sujeto por la cintura y tiro de ella hacia mí. Bajo la boca hasta su oreja.

—Déjame que te haga lo que quiero durante una noche y entonces tendrás todas las pruebas que necesitas.

Se le ponen los ojos vidriosos y yo me río y agacho la cabeza para que nuestros labios se toquen. Paso la lengua por el interior de su labio superior y ella me da un empujón en el pecho.

—¡Para! —me dice mientras trata de apartarme.

—¿Por qué? —Le beso la comisura de la boca y ella suelta un quejido—. Peter Pan —susurro contra su oreja.

—Tengo miedo.

—¿De qué?

Le beso la otra comisura.

Ya no está tan rígida como hace un minuto. La beso en la boca de lleno y cierro los ojos al sentir sus labios. «Dios, esta mujer me tiene a sus pies.»

—De lo vulnerable que me vuelves.

Abre la boca y me permite que la bese, pero no me devuelve el beso.

—Te vuelvo vulnerable porque me quieres. Ese es el precio que pagas por amar, cariño. —Ahora nos estamos besando con suavidad, deteniéndonos para hablar, pero sin alejarnos nunca más de un par de centímetros el uno del otro—. Debes tener sentimientos de verdad para hacer el amor. Nosotros hicimos el amor en el bosquecillo de naranjos.

La hago retroceder hasta que la parte posterior de sus muslos queda apretada contra el escritorio.

Muevo las manos hasta el dobladillo de su vestido y comienzo a subírselo por las piernas.

—¿Con qué frecuencia piensas en el bosquecillo de naranjos, Olivia?

Está jadeando.

—Todos los días.

Sujeto la parte posterior de sus muslos y la subo sobre el escritorio. Me quedo de pie entre sus piernas y le saco el vestido por la cabeza. Le beso un hombro y después el otro.

—Yo también. —Le desabrocho el sujetador y, a continuación, bajo la cabeza y tomo un pezón con la boca. Su cuerpo entero se arquea hacia atrás y sus muslos se tensan alrededor de mi cintura—. Todo lo que haces es *sexy*. ¿Te lo he dicho alguna vez?

Me muevo al otro lado y repito el movimiento hasta que comienza a retorcerse.

Olivia cierra las manos en mi pelo, y necesito cada gota de mi fuerza de voluntad para no tomarla en ese mismo momento.

—Sigues siendo la amante silenciosa —le digo mientras me muevo de nuevo hasta su boca. Tiene los ojos cerrados, pero sus labios están entreabiertos—. Pero los dos sabemos, Reina, que conozco el secreto para que utilices las cuerdas vocales.

Abre los ojos de golpe y yo recorro su cuello con un dedo. Está tratando de formular una respuesta sarcástica, pero tengo su cuerpo en mis manos y no parece ser capaz de pronunciar palabra alguna.

Le beso el cuello con suavidad. Uno de sus brazos está alrededor de mi cuello y el otro me está aferrando el bíceps. Sus ojos son de un azul nublado. Me está escuchando seducirla con una expresión casi ansiosa en el rostro. Le paso las manos por los costados y engancho los dedos alrededor de las finas tiras de sus braguitas. Mientras se las bajo, ella levanta las caderas para ayudarme. Ahora está desnuda, subida al borde de su escritorio sin nada salvo unos tacones negros de casi ocho centímetros.

—Vamos a dejarte los tacones puestos...

Separo más sus muslos y recorro la parte interna de su pierna con una mano. Ella la observa mientras lo hago, cautivada. Mantengo mis labios en una línea recta, pero quiero sonreír ante su evidente fetiche con las manos. Lo tenía desde que estábamos en la universidad. Me quedo sin aliento cuando la toco.

Está más que preparada. Frunce los labios y sus ojos se cierran. Me siento como si fuera un adolescente tocando a una chica por primera vez. ¿Cuántos minutos, horas y días me habré pasado soñando con tocarla de este modo? Quiero saborear el tacto de Olivia. Juego con ella, provocándola, frotándola, deslizándome. No había podido hacerlo la última vez, así que me tomo mi tiempo. Me siento tan fascinado por el tacto de su cuerpo, por los sonidos que produce, que fácilmente podría pasarme una hora haciendo esto. Podría hacerlo todos los días. Quiero hacerlo todos los días. Nuestras frentes están una contra la otra, nuestros labios se están tocando, pero no se mueven. Tiene la mano tras la parte posterior de mi cabeza. Puedo sentir su necesidad en la forma de tensarse de su cuerpo. Me gusta ser la causa de su respiración entrecortada, de sus músculos sacudiéndose. Me gusta que su cuerpo responda a mis manos. Todavía tengo un dedo dentro de ella cuando hablo.

—Esta vez no voy a hacerte el amor. —Mi voz suena ronca. Olivia me está bajando los pantalones, con la lengua contra su labio superior. Le muerdo la lengua y muevo la boca hasta su oreja—. Voy a follarte.

Se queda paralizada, o más bien congelada. Me bajo los pantalones y me los quito. Olivia me observa con ojos salvajes y vidriosos.

Se tumba con el pelo colgando del lateral del escritorio, tan largo que roza la alfombra. Tiene las piernas dobladas por las rodillas y los talones encima del escritorio; exactamente igual que si hubiera salido de una fantasía erótica. Y, justo cuando pienso que la tengo, que la he seducido hasta someterla, se lame los labios y dice:

—Duro y rápido, Drake…, y que dure más que la última vez.

* * *

Tras terminar, nos quedamos tumbados en el suelo de su despacho. Yo boca arriba, con un brazo por detrás de la cabeza y el otro rodeando su cintura. Ella está tumbada sobre mi pecho, en una pintoresca postura poscoital. Como hacia la mitad de nuestra sesión de sexo duro, comenzamos a hacer el amor. No podemos evitarlo. Con nosotros, todo se acaba volviendo emocional; incluso cuando intentamos que no sea así. Estoy volviendo a reproducir cada cálido segundo en mi cabeza.

—Creo que soy sexualmente adicto a ti.

—Es solo por lo nuevo que es todo —replica ella—, porque nunca lo habíamos hecho antes.

—¿Por qué siempre intentas restar importancia a mis sentimientos por ti?

—Porque no confío en ellos —responde tras un minuto—. Dices que me amas, pero has amado a otras mujeres mientras tanto.

—Tú me alejaste de ti, Reina. Soy un ser humano. Estaba tratando de encontrar a alguien por quien reemplazarte.

—¿Y qué pasa con Leah? Te casaste con ella.

Suelto un suspiro.

—Culpa. La arrastré a algo, ella se enamoró de mí, y después le mentí sobre la amnesia. Me parecía que la única forma de compensarle todo lo que había hecho era casarme con ella.

Olivia sigue muy quieta entre mis brazos. Me gustaría poder verle la cara, pero quiero darle privacidad para lidiar con mis palabras.

Mi corazón. Si mi corazón tuviera rodillas, así es como estaría: doblado, palpitando de dolor. Saco el brazo de detrás de mi cabeza y me froto los ojos.

—Olivia…

Se me entrecorta la voz.

Quiero que me exija saber la historia completa, que me haga revivir los segundos que cambiaron las vidas de ambos, pero ella aparta los dedos y sube a toda prisa para besarme. Se coloca encima de mí, mete una mano entre nosotros y me olvido de todo…, de todo menos de nosotros dos.

Capítulo diecinueve
El pasado

La puerta estaba ligeramente entreabierta cuando llegué. Estaba a punto de llamar cuando se abrió de golpe y salió un hombre con una bolsa de basura. Di unos pasos hacia atrás, demasiado sobresaltado como para hablar. Mis pensamientos iban en cien direcciones diferentes. No era el tipo de Olivia. Iba a matarlo. ¿Por qué le estaba sacando la basura? ¿Dormía allí a menudo? Esperé a que levantara la mirada, pues pensé que todo hombre merecía la oportunidad de explicarse antes de recibir una paliza de la hostia.

Se sobresaltó un poco al verme delante de él. Miró detrás de mí para ver si estaba con alguien y entonces dijo:

—¿Puedo ayudarte?

No había cerrado la puerta del apartamento de Olivia, así que pude ver el interior.

Estaba vacío.

Sentí que el aire escapaba de mis pulmones. Cerré los ojos e incliné la cabeza hacia atrás. «No, no, no.»

Me alejé de allí con las manos en el pelo y volví trazando un círculo hacia donde el empleado de mantenimiento me estaba mirando con curiosidad. Mis celos instantáneos habían hecho que no me fijara en el uniforme que llevaba y en la placa con su nombre. «¿Por qué la he dejado? ¿Por qué no me quedé y ya está?» Sabía que eso era lo que hacía Olivia, huía cuando tenía miedo. Pensaba que..., ¿qué era lo que pensaba? ¿Que podría conservarla porque habíamos hecho el amor? ¿Que sus demonios no la encontrarían en el bosquecillo de naranjos donde había vendido mi alma para estar con ella?

Observé la placa que había enganchada en la parte delantera de la camiseta del empleado.

—Miguel. —Mi voz sonaba cruda incluso a mis propios oídos. Miguel levantó las cejas mientras me observaba forcejear con la frase—. ¿Cuándo se ha...? ¿Desde cuándo...?

—Este lleva veinticuatro horas disponible —dijo, refiriéndose al apartamento detrás de él—. Tenemos lista de espera; tengo que dejarlo listo para los siguientes inquilinos.

«¿Veinticuatro horas? ¿Adónde ha ido? ¿Se habrá marchado de inmediato? ¿Se habrá asustado por algo?»

Me pasé una mano por el pelo. La había dejado tan solo días antes para poner mis asuntos en orden. Había bailado con ella en el aparcamiento antes de marcharme. Ella había tratado de decirme la verdad, pero yo la había detenido. Cuando descubrió lo de la amnesia, había pensado en cualquier razón posible para salir corriendo y huir de mí. Había planeado encerrarla en el apartamento, hacerle el amor otra vez y convencerla de que podíamos conseguir que funcionara. Pero, primero, tenía cabos sueltos que atar.

Había dejado a Olivia y me había ido directamente a la casa adosada de Leah. Cuando me abrió la puerta, me di cuenta de que había estado llorando. Tardé treinta minutos en romperle el corazón, y me dolía hacerlo. No había hecho nada para merecerse lo que le estaba haciendo. Le dije que había conocido a alguien. No me preguntó de quién se trataba, aunque yo sospechaba que ya lo sabía, puesto que me había seguido hasta el apartamento de Olivia unas semanas antes. Le di un beso en la frente antes de marcharme. Pero no le conté lo de la amnesia, pues no quería hacerle más daño del que ya le había hecho.

A continuación, fui a mi propio apartamento. Mientras estaba en la ducha, pensé en la semana que habíamos pasado juntos. Pensé en el bosquecillo de naranjos, en el sabor de Olivia, en el tacto de su piel como satén frío entre mis dedos. Cuando mi mente volvió a ese primer momento de estar dentro de ella, a cómo se habían ensanchado sus ojos y se habían entreabierto sus labios, tuve que darme un chorro de agua fría.

Me lo había dado todo; todo lo que había reprimido antes. Era diferente. Pero también era la misma. Tozuda, desafiante…, llena de mentiras.

Ya había tratado de romperla antes, pero ahora tan solo la quería tal como era. Quería hasta el último de sus hermosos fallos. Quería sus frases ingeniosas y la frialdad que solo yo sabía calentar. Quería las peleas, y la fricción, y el sexo de reconciliación. Quería que se despertara en mi cama todas las mañanas. Quería su comida de mierda y su mente hermosa y compleja.

Había dado la espalda a todo lo que creía para estar con ella. Había lanzado la verdad por la ventana. Tenía tanto miedo de que se olvidara de mí que había mentido para volver a meterme en su vida. Y ahora tenía una desorbitada cantidad de explicaciones que dar.

Miré a Miguel. De pronto, me parecía lo último que me quedaba que me atara a ella.

—¿No ha dejado nada? ¿Una nota… o algo?

Miguel se frotó la nuca.

—Qué va, tío.

—¿No ha dicho adónde iba?

Él absorbió aire entre los dientes.

—Yo solo soy el de mantenimiento. No es que me den la nueva dirección precisamente. —Miró a su alrededor para asegurarse de que estuviéramos solos—. Pero, si se hubiera dejado algo, estaría en esta bolsa de basura negra que voy a dejar aquí mismo mientras repaso el apartamento.

Dejó la bolsa en el suelo y me echó un vistazo antes de volver al apartamento y cerrar la puerta detrás de él.

Yo la recogí y la sopesé con la mano. Era ligera. ¿Me habría dejado algo para decirme adónde iba? ¿Y si Jim había vuelto y la había asustado? ¿Se lo habría contado? Me puse de rodillas y volqué la bolsa para vaciar su contenido sobre la acera. Estaba sudando y tenía las manos húmedas mientras rebuscaba entre la basura. Papeles rotos, trozos de cristal, pétalos de flores aplastados…, ¿qué estaba buscando? ¿Una carta? Olivia jamás me escribiría una carta; no era su estilo. Su estilo era ese: dejarme sin avisar, tirarme al suelo para que ardiera. Tiré la basura. La mitad de mi corazón se estaba rompiendo y la otra mitad estaba furiosa de cojones. Mientras la bolsa caía al suelo, oí el ligero tintineo de algo que chocaba contra la acera. Mis ojos examinaron el lugar, desesperado por encontrar cualquier cosa que pudiera conducirme a ella.

La encontré tirada entre mis pies.

Una moneda.

¿La habría dejado allí para mí o la habría dejado a secas? La recogí y la sostuve entre los dedos. La superficie una vez brillante tenía el tono ligeramente verdoso del cobre envejecido. ¿Aquella era su despedida? Sentía furia y, más que furia, sentía confusión. ¿Qué había hecho? El bosquecillo de naranjos, el beso en el aparcamiento antes de marcharme. Había estado tan seguro de lo que sentía por ella…, de lo que ella sentía por mí. Era imposible que Olivia se hubiera entregado a mí si no estuviera segura de nosotros. «Entonces, ¿por qué? ¿POR QUÉ?»

Caminé hasta el borde del aparcamiento y levanté el puño mientras presionaba la moneda contra mi palma. «Tírala», me dije. Mis músculos se tensaron para lanzarla.

Pero no podía hacerlo. Bajé la mano a un lado. Me guardé la moneda en el bolsillo y me metí en el coche para volver a casa.

Capítulo veinte

El presente

Me lleva en su coche hasta el mío justo mientras el sol está comenzando a salir. Ninguno de los dos quería marcharse, pero los dos teníamos miedo de que Bernie decidiera ir al trabajo un sábado.

—Vas a ponerte depresiva después —le digo cuando entramos en el aparcamiento del Fossy—. Vas a odiarte y a llorar mucho, y después irás al supermercado para comprar helado. No lo hagas.

Me mira con ojos grandes y puedo ver que la culpa ya está comenzando a entrar a hurtadillas.

—No sé qué es lo que quiero —replica—. Pero eso ha estado muy mal y ha sido muy injusto para Noah.

—Él te dejó.

—Sí.

—Porque tú quieres un bebé y él no.

—Sí —vuelve a decir.

—Y, antes de marcharse, ¿cuánto tiempo pasaba por aquí? —Permanece en silencio durante un largo rato—. Es como si pensara que podía estar casado según sus propios términos y sus propias necesidades. Tenerte en casa para cuando le fuera conveniente, pero sin estar nunca ahí para ti.

—Para.

La agarro por la muñeca y la sostengo.

—¿Por qué no volvió cuando Dobson escapó de esa maldita institución?

—Dijo que lo atraparían. Que me quedara quieta y confiara en la policía.

—Exactamente. Se supone que tenía que protegerte. Ese era su trabajo. Debería haberse subido a un avión al minuto de saberlo.

—Eso no es justo —dice ella mientras niega con la cabeza—. Noah sabe que soy dura. Sabe que puedo cuidar de mí misma.

Produzco un sonido de repulsión en el fondo de la garganta. Esto es muy triste.

—Escúchame. —Le sujeto la cara para que tenga que mirarla mientras digo—: Sé que tú no lo sabes porque tu padre era un inútil de mierda y nunca hizo nada para demostrarte cómo tienen que tratarte. Pero eres valiosa de sobra como para que cualquier hombre de tu vida, todos, lo dejen todo para protegerte. No deberías estar obligada a ser fuerte tú sola porque no vayas a tener a nadie contigo. Tu padre te falló. Noah te falló. Pero yo no voy a volver a fallarte.

Le doy un beso en la frente justo mientras ella deja caer una lágrima. Solo una.

—Damos vueltas una y otra y otra vez, Olivia —continúo—. Esto es cosa de ti y de mí, no de ti y de Noah. Tan solo tómate unas cuantas semanas. Pasa algún tiempo conmigo. No tomes ninguna decisión hasta que sea una decisión justa.

—La decisión justa sería hacer lo correcto…

—Para ti —la interrumpo—. Sí, hacer lo correcto para ti. Dame un poco de tiempo para mostrártelo. —Ella abre los labios rosados para escupirme algo de veneno, pero la interrumpo otra vez—. Calla. Haz una maleta para pasar la noche. Quiero llevarte a un sitio.

—¡No puedo largarme de aquí contigo! ¡Tengo un trabajo!

—Sé que te has pedido unos días. Me lo contó Bernie.

Olivia parece estupefacta.

—¿Bernie? ¿Cuándo has hablado con Bernie?

—Me encontré con ella en el supermercado. Estaba preocupada por ti.

Tiene la boca abierta y niega con la cabeza como si la idea de que alguien se preocupara por ella fuera ridícula.

—Estoy bien —replica con firmeza.

Le sujeto la muñeca y tiro de ella para darle un abrazo y besarle la frente.

—No, no lo estás. Soy tu alma gemela. Soy el único que sabe cómo sanarte.

Me aparta de un bofetón y, cuando la suelto, en lugar de alejarse de mí, entierra la cara en mi pecho como si estuviera intentando esconderse dentro de mí. Vuelvo a abrazarla mientras trato de no reírme.

—Venga ya, Reina. Va a ser como en el *camping*.

—Sí, va a ser igualito. —Su voz suena amortiguada contra mi pecho—. Salvo porque no vas a estar mintiendo sobre la amnesia, y yo no estaré mintiendo sobre no conocerte, y la zorra pelirroja de tu novia no me estará destrozando el apartamento mientras no estamos.

La abrazo con más fuerza. Me pone enfermo que Leah hiciera eso. Las cosas que ha hecho para separarnos a Olivia y a mí son especialmente retorcidas. Casi tan retorcidas como las cosas que he hecho yo para que sigamos juntos. Hago una mueca y la sujeto por los hombros y la alejo para poder verle la cara.

—¿Qué dices? ¿Sí?

—¿Cuánto tiempo estaremos fuera?

Me lo pienso antes de responder.

—Cuatro días.

Ella niega con la cabeza.

—Tres —contraataco—. Tenemos que usar uno de esos días para viajar.

Ella inclina la cabeza hacia un lado y me mira con el ceño fruncido.

—En realidad no nos vamos de *camping*, ¿verdad? Porque, cada vez que lo hacemos, tenemos alguna clase de catalizador emocional, y la verdad es que no creo que sea capaz de soportar…

Le pongo una mano encima de la boca.

—Nada de *camping*. Pon algo bonito en la maleta. Te recogeré mañana a las ocho de la mañana.

—Vale.

Intenta actuar con despreocupación, pero me doy cuenta de que está emocionada. Le beso la frente.

—Adiós, Reina. Nos vemos pronto.

Me marcho sin mirar atrás. No tengo ni idea de adónde voy a llevarla y no puedo mentir y decir que el *camping* no se me pasó por la cabeza. Pero, en cuanto me recordó que nuestros dos viajes al *camping* se fueron a la mierda, deseché la idea. Necesitaba algo que le recordara lo bien que estábamos juntos, no los juegos a los que habíamos jugado. Saqué el teléfono mientras me subía al coche. Conozco el lugar perfecto, y tan solo se encuentra a unas pocas horas.

* * *

Llamo a su puerta a las ocho menos cuarto de la mañana.

—Siempre llegas temprano —se queja cuando la abre.

Lleva la maleta en la mano. Se la tomo y la observo de arriba abajo. Lleva unos vaqueros desteñidos y una camiseta ajustada de los Miami Marlins. Tiene el pelo húmedo y suelto alrededor de la cara.

Me observa mirando su camiseta y se encoge de hombros.

—Fui a ver un partido —explica. Capto el tono defensivo de su voz y le dirijo una sonrisita—. ¿Qué pasa? —pregunta mientras me da un golpe en el brazo—. Me gusta el baloncesto.

—Para empezar, el británico aquí soy yo, no tú. Los Marlins son un equipo de béisbol, no de baloncesto. Además, odias el béisbol, el deporte y a los deportistas. Si no recuerdo mal, una vez me dijiste que los deportistas profesionales eran un desperdicio.

Una de las comisuras de su boca baja mientras frunce el ceño.

—A Noah le gusta el béisbol. Estaba apoyándolo.

—Ah.

Me siento celoso, así que me doy la vuelta y camino hasta el ascensor con su maleta mientras ella cierra la puerta con llave. Hacemos el trayecto hasta el piso inferior en silencio y nos quedamos tan juntos que los dorsos de nuestras manos se están tocando. Cuando las puertas se abren, no salimos de inmediato.

—¿Cuánto rato vamos a estar en el coche? —me pregunta mientas entra en el mío.

—No vamos a ir en coche —replico, y ella niega con la cabeza mientras levanta una ceja—. Ya lo verás. Tú siéntate y relájate. Llegaremos enseguida. —Me lanza una mirada envenenada y pone la radio. Yo le entrego mi iPod y ella busca en él hasta que encuentra a Coldplay—. Estás loca y eres errática y mala, pero jamás voy a quejarme de tu gusto musical.

—Lo siento —dice ella mientras deja el iPod y me mira fijamente—. ¿No se supone que tienes que ser encantador este fin de semana?

Llevo la mano hasta su rodilla y se la aprieto.

—Eso es lo que estoy haciendo, Reina. Un cumplido con un insulto. Tal como te gusta.

Ella me aparta la mano de un golpe, pero está sonriendo.

El trayecto nos lleva unos veinte minutos. Cuando nos detenemos en el puerto, Olivia parece confusa. Salgo del coche y saco sus maletas del maletero.

—¿Qué es esto?

—El puerto deportivo. Aquí es donde guardo mi barco.

—¿Tu barco?

—Sí, amor.

Me sigue hasta mi amarre. Yo me subo primero, dejo las maletas en la pequeña galera y después vuelvo a por ella.

—Peter Pan —dice sin quitarle los ojos de encima al barco—. Lo has llamado «Peter Pan».

—Bueno, cuando lo compré le puse de nombre «Grandes esperanzas», pero Pip no acaba con Estella al final, así que lo cambié por «Peter Pan». No quería gafarme a mí mismo.

Sus fosas nasales se dilatan. Después, me mira con esos ojos grandes que tiene.

—Nunca he estado en un barco así —me dice—. En un buque sí, pero esos parecen mucho más... seguros.

Le tiendo la mano y la ayudo a subir. Ella se tambalea durante un minuto y parece como si estuviera haciendo surf. Después, corre hasta la cabina de mando, se planta firmemente en el asiento y se aferra a ambos lados de la silla acolchada. Es tan tremenda que se me olvida lo poco que ha probado de la vida. Sonrío y comienzo a preparar el barco para marcharnos.

Cuando el barco ya está avanzando dando botes, cortando las olas con el timón, ella se acerca más a mí en el banco. Yo levanto el brazo, la rodeo con él y ella se acurruca contra mí. Ni siquiera puedo sonreír. Me siento tan intensamente emocional que conduzco el barco en la dirección incorrecta durante más de treinta minutos, hasta que me doy cuenta de mi error. En cierto momento, cuando estamos en mitad de nada más que agua, apago el motor y dejo que mire a su alrededor.

—Me siento tan mortal... —me dice—. He reunido muchas armaduras a lo largo de los años: la licenciatura en Derecho, dinero, un corazón duro. Pero aquí fuera no tengo nada, y me siento desnuda.

—Tu corazón no es tan duro —replico mientras observo el agua—. Tan solo te gusta fingir que lo es.

Puedo ver cómo me mira por el rabillo del ojo.

—Tú eres el único que dice eso. Todos los demás me creen.

—Yo soy el único que te conoce.

—Entonces, ¿cómo es que siempre me dejas marchar tan fácilmente? ¿Por qué no sabes que quiero que luches por mí?

Suelto un suspiro. Ahí está. La verdad.

—Tardé un largo tiempo en darme cuenta de que eso era lo que estabas diciendo. Y parecía que, cada vez que uno de nosotros volvía a por el otro, no estábamos listos. Pero, diez años después, aquí estoy. Luchando. Me gustaría pensar que he aprendido de mis errores. También me gustaría pensar que por fin hemos llegado al punto en que estamos listos el uno para el otro.

Ella no responde, pero sé qué está pensando. Tal vez este es nuestro momento al fin. Tal vez.

Pongo en marcha el motor.

Llegamos a la bahía de Tampa a eso de la una de la tarde. Dejo el barco en el puerto deportivo y pido un taxi para que nos lleve a un alquiler de coches. Lo único que tienen disponible es una camioneta. Olivia se parte de risa cuando nos subimos.

—¿Qué pasa? —le digo—. A mí me gusta.

—No —replica con firmeza—. Ni se te ocurra decir eso. Voy a perder todo el respeto por ti.

Sonrío y emprendo la marcha hasta el hotel. Dejamos nuestras maletas y Olivia inspecciona la habitación mientras yo llamo para comprobar que nuestra reserva para cenar esté en orden.

—Vamos a buscar un sitio donde comer —le digo. Ella saca su neceser de maquillaje, pero yo se lo quito de entre las manos—. Hoy quédate desnuda todo el día, de sentimientos y de cara.

Su boca se crispa para sonreír, pero ella no lo permite. Sin embargo, lo veo en sus ojos. Y eso es suficiente para mí.

Caminamos hasta un pequeño restaurante que solo vende el pescado que ellos mismos pescan. Está justo encima del agua. Olivia tiene la nariz quemada por el sol y veo unas pecas desperdigadas por el puente de su nariz y sus mejillas. Pide un margarita y me jura que es el mejor que se ha tomado nunca.

Se vuelve parlanchina después de tomarse dos. Caminamos hasta las tiendas y me habla sobre su vida en Texas.

—Las bellezas sureñas son las más letales de todas las criaturas de la tierra del señor —me asegura—. Si no les caes bien, ni siquiera te miran a la cara cuando les hablas. Y después te hacen un cumplido con el insulto más feroz del mundo escondido debajo.

Me río.

—¿Cómo lidiabas con eso?

—No muy bien. Pasaba de los cumplidos y tan solo las insultaba abiertamente.

—Me estoy poniendo incómodo solo de pensar en ello —admito.

Cuando Olivia te lanza un insulto, te sientes como si te estuvieran atacando con balas en vez de con palabras. Es una experiencia muy incómoda.

Ella arruga la cara.

—Cammie decía que yo era la antitexana. Quería que me marchara del sur, porque decía que estaba arruinando su integridad.

—Oh, Cammie.

Me dirige una amplia sonrisa. Sé lo mucho que valora a su mejor amiga y me pregunto lo que diría si supiera el papel de Cammie a la hora de mantenerme alejado de ella. Pero no importa; de todos modos, no se lo voy a decir.

Estamos mirando unas ridículas camisetas de la bahía de Tampa cuando de pronto dice:

—Todavía tengo mi jersey de los gatitos de Georgia.

—Yo también. Vamos a comprarnos una de estas. Podríamos tener un armario entero de ropa de vacaciones.

Olivia elige dos camisetas con dibujos de palmeras del tono verde azulado más horrendo que he visto en la vida. En ellas pone «Corazones en la Bahía de Tampa».

Suelto un gruñido.

—Mira esas tan bonitas y ajustadas.

Señalo una camiseta con la que realmente me sentiría bien si la llevara en público, pero ella frunce el ceño.

—¿Qué gracia tendría eso?

Se dirige al cuarto de baño para ponerse su nueva compra y después me obliga a mí a hacer lo mismo. Cinco minutos después, estamos caminando de la mano por el paseo marítimo con las horribles camisetas a juego.

Me encanta.

Capítulo veintiuno
El pasado

Después de la graduación, Cammie se mudó de vuelta a Texas. Me resultó bastante fácil encontrarla; lo único que tenía que hacer era seguir su rastro fuertemente iluminado en las redes sociales. Me registré en Facebook. Ignoró mis primeros cinco mensajes y, después de mi sexto intento, me envió una corta respuesta:

Qué coño quieres, Caleb.

Quiere que la dejes en paz.

¡VETE A TOMAR POR CULO!

¿Has recuperado la memoria?

A la mierda. Me da igual.

En otras palabras, Cammie no iba a ayudarme. Me planteé tomar un vuelo hasta Texas, pero no tenía ni idea de dónde viviría Cammie. Puso su perfil en privado y me bloqueó. Me sentía como si fuera un acosador. Después probé con la universidad, pero, incluso a pesar de mis conexiones con la oficina de administración, Olivia no les había dejado ninguna dirección. Sopesé mis opciones restantes: podía contratar a un investigador privado... o podía dejarla en paz. Después de todo, eso era lo que ella quería. No se habría marchado a menos que hubiera decidido que se había acabado de verdad esta vez.

Dolía. Más que la primera vez que se había marchado. Esa primera vez me había enfadado, y el enfado me volvió engreído, lo cual me ayudó a superar el primer año después de nuestra ruptura. El segundo año me sentía insensible. El tercer año me lo cuestioné todo.

Pero esta vez parecía diferente. Parecía más real, como si, hiciéramos lo que hiciéramos, jamás estaríamos juntos. A lo mejor después de habernos acostado se había dado cuenta de que ya no estaba enamorada de mí. A lo mejor era presuntuoso al pensar que alguna vez lo había estado. Yo estaba más enamorado de ella si es que eso era posible siquiera. Tenía que encontrarla. Una vez más. Solo una.

Un perfil falso de Facebook más tarde, ya era parte de la enorme red de pseudoamigos de Cammie. Todo su arsenal de fotos estaba a un clic de distancia y, a pesar de ello, me quedé observando la pantalla de mi ordenador durante unos buenos quince minutos antes de poder mirarlas. Tenía miedo de ver la vida de Olivia; lo fácil que le resultaba seguir adelante sin mí. Pero busqué de todos modos a través de la infinita hilera de fotos de fiestas. Olivia tenía una habilidad especial para esquivar la cámara. Me pareció ver su pelo alguna vez en la esquina de una toma o a ella emborronada en el fondo, pero todavía estaba tan borracha de ella que lo más probable era que la estuviera viendo en todas partes aunque no estuviera. Por lo que sabía, Olivia bien podría estar en Sri Lanka con los Cuerpos de Paz. ¿Estaban los Cuerpos de Paz en Sri Lanka?

«Joder.»

Cammie estaba viviendo en Grapevine. Iba a ir allí. Iba a hablar con ella. A lo mejor me contaba dónde estaba Olivia. No podía ignorarme si estaba plantado delante de ella. Me froté la cara con la mano. ¿A quien pretendía engañar? Estaba hablando de Cammie. Hacía que el rubio pareciera un color de combate. Esperé un mes, durante el que me peleé con el hecho de que lo más probable era que Olivia quisiera que la dejara en paz y mi necesidad de convencerla de que no era cierto.

Finalmente, le pedí unos días libres a Steve. Se sentía reacio a concedérmelos, ya que había estado cuatro meses de baja durante el periodo de mi amnesia. Cuando le conté que era por Olivia, acabó cediendo.

Fui en coche. Dos mil setenta y seis kilómetros de Coldplay, Keane y Nine Inch Nails. Me detuve en algunas cafeterías por el camino; lugares donde las camareras tenían nombres como Judy y Nancy y donde el pelo ahuecado seguía estando de moda. Me gustaba. Florida necesitaba un buen cambio de imagen. Estaba empezando a exasperarme: la pretenciosidad, el calor, la ausencia de Olivia. Tal vez solo me parecía un hogar si ella estaba ahí. Tenía la sensación de que también le habrían gustado los nombres de Nancy y Judy. Si estaba en Grapevine y podía convencerla para que volviera a casa conmigo, la traería por ese mismo camino. Le daría de comer pollo frito y macarrones con queso en una mesa tan marcada con aros de las tazas de café que estaba empezando a parecer un diseño. Comeríamos hasta que cayéramos en un coma de grasa y después buscaríamos un motel barato y discutiríamos sobre dónde tener sexo, porque no se fiaría de lo limpias que estuvieran las sábanas. La besaría hasta que se olvidara de las sábanas, y seríamos felices. Felices al fin.

Crucé la línea estatal de Texas y decidí irme a un motel antes de ir a ver a Cammie. Necesita afeitarme…, darme una ducha. Parecer mínimamente presentable. Entonces pensé: «¡A la mierda!». Cammie podía verme exactamente como era, sucio y abatido. Conduje el resto del camino hasta su casa y llegué a su camino de entrada justo cuando el sol estaba comenzando a salir. La casa era de color crema con la fachada de ladrillos. Había parterres de flores en las ventanas, a rebosar de flores de lavanda. Era demasiado bonito para Cammie. Me planteé la posibilidad de esperar unas cuantas horas, de ir a tomar el desayuno antes de llamar a la puerta, pues Cammie tenía la mala fama de levantarse tarde. Al final, supuse que lo mejor sería pillarla con la guardia baja. Tal vez me contara más de esa forma.

Aparqué un poco más adelante y caminé hasta la puerta de entrada. Estaba a punto de llamar al timbre cuando un coche dobló la esquina y bajó por la calle en dirección a donde yo me encontraba. Me detuve para mirarlo y tuve la inquietante sensación de que se dirigía hacia la casa de Cammie. Tenía dos posibilidades: podía volver a bajar el camino de entrada y arriesgarme a pasar junto al coche mientras lo subía o podía esconderme en el lateral de la casa y esperar. Escogí la segunda opción. Me quedé con la espalda pegada al lateral de la casa de Cammie, mirando la valla que la separaba de la de al lado.

Los vecinos tenían un yorkshire; podía verlo olisqueando alrededor de la valla. Los yorkshires son perros muy ladradores; si me veía, sin duda se pondría a ladrar hasta que saliera alguien a ver qué estaba pasando.

El coche entró en el camino de entrada, tal como había imaginado. Oí una puerta que se cerraba y el sonido de unos pies que se dirigían a la puerta de entrada. «Lo más probable es que sea Cammie», pensé. Estaría volviendo de casa de algún tío con el que habría pasado la noche. Pero no era Cammie. Oí dos voces. Una de ellas era la de Olivia; la otra pertenecía a un hombre. Casi me lancé por el lateral de la casa en su dirección cuando la puerta de entrada se abrió y oí que Cammie soltaba un chillido.

—¡Os habéis acostado! —dijo.

Olivia soltó una risa forzada. El otro cabrón, quienquiera que fuera, se estaba riendo con Cammie.

—No es asunto tuyo, joder —oí que le espetaba Olivia—. Y ahora quítate de mi camino. Tengo que prepararme para ir a clase.

«¡Para ir a clase!» Sentí que me deslizaba por la pared. Por supuesto. Estaba estudiando en la facultad de Derecho y había conocido a un tío. Así de pronto. Ni siquiera estaba pensando en mí, y ahí estaba yo, conduciendo cientos de kilómetros para recuperarla.

Menuda puta broma.

Cammie debía de haber vuelto a entrar en la casa, porque oí que Olivia se daba la vuelta y le daba las gracias al hombre.

—Nos vemos esta noche —le dijo—. Gracias por lo de anoche. Lo necesitaba.

Oí el distintivo sonido de unos besos antes de que él volviera hasta su coche y se marchara de allí. Me quedé donde estaba durante unos buenos cinco minutos más, en parte hirviendo de furia, en parte dolido y en parte sintiéndome como un puto gilipollas patético antes de llamar a la puerta.

Cammie me abrió la puerta sin nada puesto salvo una camiseta con una foto de John Wayne en la parte delantera. Llevaba en la mano una taza de café que casi se le cayó al suelo al verme. Se la tomé de la mano flácida y le di un sorbo.

—Ay. Dios. Mío.

Salió al exterior y cerró la puerta detrás de ella.

—Quiero verla —le dije—. Ahora.

—¿Te has vuelto loco? ¿Cómo te presentas aquí de ese modo?

—Ve a por ella —insistí.

Le devolví la taza de café y ella me miró fijamente, como si estuviera pidiéndole que me diera un órgano.

—No —dijo con firmeza—. No voy a permitir que vuelvas a hacerle esto.

—¿Hacerle qué?

—Jugar con su cabeza —me espetó—. Está bien. Es feliz. Necesita que la dejes en paz.

—Me necesita a mí, Cammie. Su lugar está conmigo.

Durante un momento, me pareció que iba a darme un bofetón. En lugar de eso, dio un feroz sorbo a su café.

—Ajá. —Separó un dedo de la taza y me señaló con él—. Eres un mentiroso y un trozo de mierda infiel. Necesita algo mejor que tú.

Retrocedí un paso mentalmente. Aquello era cierto en su mayor parte, pero podía ser mejor para ella. Podía ser lo que necesitaba, porque la quería.

—Nadie puede quererla como yo —repliqué—. Y, ahora, apártate antes de que te aparte yo. Porque voy a entrar...

Ella se lo planteó durante un momento antes de apartarse a un lado.

—Vale —dijo. Abrí la puerta y di un primer paso al interior del vestíbulo... A mi izquierda se encontraba la cocina y lo que parecía la sala de estar y a mi derecha estaba la escalera. Me dirigí hacia ella. Había subido tres escalones cuando oí a Cammie diciendo detrás de mí—: Estaba embarazada, ¿sabes?

Me detuve.

—¿Qué?

—Después de vuestro encuentro a la luz de la luna.

Miré hacia ella, y el corazón me latía salvajemente de pronto en mi pecho. Mi mente fue hasta esa noche. No habíamos usado preservativo. No había acabado fuera. Sentí un cosquilleo por todo mi cuerpo. «Estaba embarazada. Estaba... estaba... estaba...»

—¿Estaba?

Cammie apretó los labios con fuerza y levantó las cejas. ¿Qué estaba sugiriendo? Sentí un dolor que comenzaba en mi pecho y se extendía hacia fuera. ¿Por qué habría hecho eso? ¿Cómo había podido?

—Lo mejor es que la dejes en paz —insistió Cammie—. Ya no es que sea solo agua pasada, es que está llena de gusanos, mierda y cadáveres. Y ahora lárgate de mi puta casa antes de que llame a la policía.

No tuvo que decírmelo dos veces. Se había acabado. Del todo. Para siempre. Nunca más.

Capítulo veintidós

El presente

Regresamos al hotel y nos preparamos para la cena. Olivia se da una ducha primero y después se maquilla y se arregla el pelo mientras yo me ducho. Hasta el momento no nos hemos besado. El único contacto que hemos tenido fue antes, cuando nos tomamos las manos. Espero en el balcón mientras se viste. Cuando sale para decirme que ya está preparada, se me quedan los ojos vidriosos.

—Me estás mirando —dice.

—Sí...

—Me haces sentir extraña.

—Y tú me pones cachondo. —Ella se queda boquiabierta—. ¡Es lo que hay, Reina! Llevas puesto un vestido negro y ajustado, y eso me hace recordar lo bien que me siento al estar dentro de ti.

Su expresión parece incluso más sobresaltada que hace un segundo. Se da la vuelta para alejarse, pero yo la sujeto y la acerco a mi cuerpo.

—Llevas este vestido simplemente porque a ti te gusta —continúo—. No te vistes para hacer que los hombres te miren; odias a los hombres. Pero lo de tu cuerpo es ridículo, así que ocurre de todos modos. Caminas y tus caderas se balancean de un lado a otro, pero no caminas para conseguir atención, es solo tu forma de moverte…, y todos te miran. Todo el mundo. Y cuando escuchas hablar a la gente, de forma inconsciente te muerdes el labio inferior y después dejas que tus dientes se deslicen sobre él. Y cuando pides vino en la cena, juegas con el tallo de la copa. Pasas los dedos de arriba abajo. Eres sexo, y tú ni siquiera lo sabes, lo cual te hace todavía más *sexy*. Así que, si pienso cosas sucias, perdóname. Es solo que me tienes tan hechizado como a todos los demás.

Respira con fuerza cuando asiente con la cabeza. Entonces la suelto y la conduzco fuera de la habitación, hasta nuestra camioneta.

No ha perdido su admiración infantil. Cuando ve algo que nunca se ha cruzado por sus ojos anteriormente, se queda fascinada, con los labios entreabiertos y los ojos muy abiertos.

Entramos en el gran recibidor de un restaurante con los meñiques unidos, y entonces Olivia se queda muda. A nuestra izquierda se encuentra el puesto de la recepcionista y frente a nosotros la habitación se abre a dos plantas de paredes rojas decoradas con espejos bañados en oro. Es un espacioso receptáculo que da a las puertas del restaurante, que conducen en direcciones diferentes, y su cabeza gira a su alrededor para absorberlo todo. Las bombillas que utilizan para iluminar la habitación son rojas y todo brilla con una luminiscencia rojiza. La habitación me recuerda a vieja escuela y a sexo.

—Drake —le digo a la rubia alta que se encuentra detrás de la recepción.

Ella sonríe, asiente con la cabeza y se pone a buscar mi reserva. Olivia me ha soltado el meñique para agarrarme la mano completa. Me pregunto si se sentirá asustada, o tal vez intimidada.

Me agacho hasta su oreja.

—¿Estás bien, amor?

Ella asiente con la cabeza.

—Esto parece la habitación roja del dolor —responde entonces.

Me quedo con la boca abierta. Mi pequeña mojigata ha estado expandiendo sus horizontes de lectura. Me atraganto con mi risa y un par de personas se giran para mirarnos. La miro entrecerrando los ojos.

—¿Has leído *Cincuenta sombras de Grey*? —le pregunto en voz baja, y ella se ruboriza. ¡Increíble…! Esta mujer es capaz de ruborizarse.

—Todo el mundo lo estaba leyendo —responde a la defensiva. Después, levanta la mirada hacia mí, con los ojos muy abiertos—. ¿Y tú?

—Quería ver a qué venía tanto alboroto.

Ella pestañea rápidamente unas cuantas veces seguidas.

—¿Has aprendido alguna técnica nueva? —me pregunta sin mirarme.

Yo le aprieto la mano.

—¿Te gustaría que lo intentara y así lo compruebas tú misma?

Ella aparta la mirada y aprieta los labios con fuerza, terriblemente avergonzada.

—Caleb Drake —dice la recepcionista, interrumpiendo nuestros susurros—. Por aquí, por favor.

Miro a Olivia, que levanta las cejas, y después seguimos a la recepcionista a través de una puerta en la parte trasera de la sala. Nos conduce por una serie de pasillos tenuemente iluminados hasta que entramos en otra habitación decadentemente roja: sillas rojas, paredes rojas, alfombra roja. Afortunadamente, los manteles son blancos, lo que rompe la continuidad del color. Olivia toma asiento y yo la imito.

El camarero se acerca a nuestra mesa unos momentos más tarde. Observo la cara de Olivia mientras él le muestra una carta de vinos del tamaño de un diccionario. Tras unos pocos segundos se queda abrumada, así que tomo la palabra.

—Una botella de Bertani Amarone della Valpolicella, del 2001.

Olivia examina la carta y me doy cuenta de que está tratando de encontrar el precio. El camarero asiente con la cabeza hacia mí con aprobación.

—Una elección poco habitual —señala—. Envejecido durante un mínimo de dos años, el Bertani viene de Italia. Las uvas se cultivan en tierra compuesta de caliza volcánica. Después se secan hasta convertirse en pasas, lo cual da como resultado un vino seco y con un contenido en alcohol más alto que la mayoría.

Cuando se aleja de nuestra mesa, le dirijo una sonrisa a Olivia.

—Ya me he acostado contigo, no hacía falta que pidieras el vino más caro de la carta para impresionarme.

Mi sonrisa se ensancha.

—Reina, el vino más caro de esta carta tiene seis dígitos. He pedido el que me gusta. —Ella se muerde el labio superior y parece hundirse en su asiento—. ¿Qué te pasa?

—Siempre he querido hacer esto…, venir a restaurantes que crían sus propias vacas e hipotecan botellas de vino. Pero me hace sentir insegura…, me recuerda que en realidad tan solo soy basura blanca y pobre con un buen trabajo.

Llevo la mano hasta la suya.

—Salvo por tu boca notablemente sucia, eres la mujer con más clase que he conocido jamás.

Ella me dirige una débil sonrisa, como si no me creyera. Pero no pasa nada. Me pasaré el resto de la eternidad convenciéndola de su valor.

Le pido un New York Strip. Normalmente solo come solomillo, porque es lo que piensa que debería hacer.

—No es tan tierno, pero tiene más sabor. Es como la versión de ti en bistec —le digo.

—¿Por qué siempre me estás comparando con animales, zapatos y comida?

—Porque veo el mundo en distintos tonos de Olivia. Los estoy comparando contigo, no a ti con ellos.

—Madre mía —dice, y da un sorbo a su vino—. Sí que te ha dado fuerte.

Comienzo a cantar una versión de *You Got it Bad*, de Usher, y ella me hace «shhh» para que me calle y mira a su alrededor, avergonzada.

—Nunca deberías cantar —replica con una sonrisa—, pero a lo mejor si tradujeras la letra al francés…

—*Quand vous dites que vous les aimez, et vous savez vraiment tout ce qui sert à la matière n'ont pas d'importance pas plus.*

Suelta un suspiro.

—Todo suena mejor en francés…, puede que incluso tú cantando.

Me río y juego con sus dedos.

La comida no tiene igual en todo el estado de Florida. Olivia admite a regañadientes que el New York Strip es mejor que el solomillo. Cuando terminamos nuestra comida, nos hacen una visita guiada por la cocina y la bodega, una costumbre habitual de Bern's.

Nuestro guía de la visita se detiene enfrente de una jaula con candado, detrás de la cual hay lo que parece una biblioteca de botellas de vino. Olivia abre mucho los ojos cuando el guía nos muestra una botella de oporto que vale doscientos cincuenta dólares por onza.

—Es una delicia en la boca —dice el hombre de forma cómica.

Levanto las cejas. Me encuentro detrás de Olivia, así que le rodeo la cintura con los brazos y hablo contra su pelo.

—¿Quieres probar un poco, Reina? Una delicia en la boca…

Ella niega con la cabeza, pero yo asiento en dirección a nuestro guía.

—Envíelo a la Sala del Postre —le digo.

Ella me mira fijamente, confusa.

—¿La qué?

—Nuestra experiencia en Bern's no ha terminado todavía. Hay una parte separada del restaurante solo para el postre.

Nos hacen subir un tramo de escalera hasta otra zona tenuemente iluminada del restaurante. La Sala del Postre es como un laberinto; no estoy seguro de que fuéramos capaces de encontrar el camino de salida sin ayuda. Nos hacen pasar junto a una docena de esferas de cristal privadas tras las cuales hay una mesa individual. Cada grupo de comensales tiene su propia burbuja privada para comerse el postre. Nuestra mesa se encuentra en la parte trasera del restaurante, y ya está preparada para dos personas. Es un ambiente extraño y romántico. Olivia se ha tomado dos copas de vino y está relajada y sonriente. Cuando nos dejan a solas, se gira hacia mí y dice algo que hace que me atragante con el agua.

—¿Crees que podríamos tener sexo aquí dentro?

Dejo la copa otra vez sobre la mesa y pestañeo con lentitud.

—Estás borracha, ¿verdad?

—Hace mucho tiempo que no tomo vino —admite—. Me siento un poco despreocupada.

—¿Tan despreocupada como para practicar sexo en público?

—Te deseo.

Soy un hombre adulto, pero el corazón se me para durante un instante.

—No —replico con firmeza—. Este es mi restaurante favorito. No voy a dejar que me echen de aquí porque no seas capaz de esperar una hora.

—No puedo esperar una hora —dice con voz entrecortada—. Por favor. —Aprieto los dientes—. Solo haces eso cuando estás enfadado —añade mientras señala mi mandíbula—. ¿Estás enfadado?

—Sí.

—¿Por qué?

—Porque tengo muchas ganas del helado con nueces de macadamia.

Ella se inclina hacia delante y sus pechos quedan apretados contra la mesa.

—¿Más que las ganas que tienes de mí?

Me levanto y le tomo la mano para ponerla en pie.

—¿Puedes aguantar hasta el coche?

Ella asiente con la cabeza. Mientras doblamos la esquina, regresa el camarero con nuestro oporto de doscientos
cincuenta dólares por onza. Se lo tomo de entre las manos
y se lo paso a Olivia, que toma un trago. El camarero se
encoge un poco y yo suelto una risa semejante a un ladrido
y le entrego mi tarjeta de crédito.

—Date prisa —le digo. Él se apresura a marcharse y yo
pongo a Olivia contra la pared para besarla—. ¿Ha sido una
delicia en tu boca?

—Ha estado bien —replica—. Tengo muchas ganas de
meterme otra cosa en la boca…

—Dios.

La beso para poder saborear el vino. Cuando me doy la
vuelta, el camarero ha vuelto con mi tarjeta. Me apresuro
a firmar el *ticket* y saco a Olivia del restaurante.

Después de unos intensos y memorables quince minutos
en el asiento trasero del coche, en el aparcamiento de una
farmacia, conducimos hasta una heladería y nos comemos
nuestros cucuruchos fuera, al calor.

—Ni se acerca a los de Jaxson's —comenta mientras se
lame la muñeca donde le está goteando el helado. Sonrío
mientras observo el tráfico en la calle—. ¿Crees que alguna
vez nos vamos a hartar de hacer eso?

Intercambiamos nuestros cucuruchos y la observo a través de mi abotargamiento. Ella ha pedido un helado de

cereza y yo uno con crema de cacahuete. La observo mientras se lo come. Tiene el aspecto de después del sexo, con la piel enrojecida y el pelo revuelto. Estoy cansado, pero no me costaría mucho hacer otra ronda.

—Lo dudo muchísimo, Reina.

—¿Por qué?

—La adicción —respondo simplemente—. Puede durar una vida entera si no tiene tratamiento.

—¿Y cuál es el tratamiento?

—La verdad es que no me importa.

—A mí tampoco —contesta mientras lanza el resto de mi cucurucho a la basura y se limpia las manos en el vestido—. Vamos. Tenemos un *jacuzzi* en nuestra habitación del hotel.

No necesito que me lo pida dos veces.

Capítulo veintitrés

El pasado

Cuatro meses después de que Leah fuera absuelta, le pedí el divorcio. En el preciso segundo en el que tomé la decisión, sentí que me quitaba un peso enorme de unos hombros figurados. No es que creyera mucho en el divorcio, pero tampoco puedes quedarte atrapado en algo que te está matando. A veces la cagas tanto en la vida que tienes que inclinarte ante tus errores. Han ganado. Sé humilde... y sigue adelante. Leah pensaba que era feliz conmigo, pero ¿cómo podría yo hacer feliz a alguien si estaba tan muerto por dentro? Ella ni siquiera conocía a mi verdadero yo. Estar casado con alguien a quien no amabas era como caminar sonámbulo. Intentabas llenarte de las cosas positivas: comprar casas, salir de vacaciones, ir a clases de cocina..., cualquier cosa para intentar estrechar lazos con esa persona con la que ya deberías haberlos estrechado antes de decir el «sí, quiero». Pero todo estaba vacío, como tratar de luchar por algo que nunca había existido. Era culpa mía por haberme casado con ella para empezar; había cometido muchos errores. Pero ya era el momento de seguir adelante. Firmé los papeles.

«Olivia.»

Ese fue mi primer pensamiento.

«Turner.»

Ese fue mi segundo pensamiento.

«Hijo de puta.»

Ese fue mi tercer pensamiento. Y, después, los uní los tres en una misma frase: «¡Ese hijo de puta de Turner va a casarse con Olivia!»

¿Cuánto tiempo me quedaba? ¿Todavía me querría? ¿Sería capaz de perdonarme? Si podía alejarla de ese puto imbécil, ¿realmente podríamos construir algo juntos sobre los escombros que habíamos creado? Pensar en ello me ponía de los nervios, me ponía furioso. ¿Qué me diría si supiera que le había mentido con lo de la amnesia? Los dos habíamos dicho demasiadas mentiras, habíamos pecado el uno contra el otro, contra cualquiera que se interpusiera en nuestro camino. Había tratado de decírselo una vez. Fue durante el juicio de Leah. Me había presentado en el juzgado con antelación para tratar de encontrármela a solas. Iba vestida de mi tono de azul favorito: azul aeropuerto. Era el día de su cumpleaños.

—Feliz cumpleaños.

Ella levantó la mirada. Mi corazón estaba bombeando mis sentimientos, tal como hacía cada vez que Olivia me miraba.

—Me sorprende que te hayas acordado.

—¿Y eso por qué?

—Ah, es solo que has olvidado un montón de cosas el último par de años.

Le dirigí una media sonrisa ante su pulla.

—Nunca me olvidé de ti…

Sentí una ráfaga de adrenalina en las venas. Había llegado el momento…, iba a sincerarme con ella. Pero entonces entró el fiscal, y la verdad se quedó en suspenso.

* * *

Me marché de la casa que compartía con Leah y volví a mi antiguo apartamento. Me paseé por los pasillos. Bebí *whisky* escocés. Esperé.

¿A qué estaba esperando? ¿A que Olivia acudiera a mí? ¿A que yo acudiera a ella? Esperé porque era un cobarde; esa era la verdad.

Caminé hasta el cajón de los calcetines, mi infame protector de anillos de compromiso y otros recuerdos, y pasé los dedos por la parte inferior. En cuanto mis dedos la encontraron, sentí una oleada de algo. Froté la almohadilla de mi pulgar por la superficie ligeramente verdosa de la moneda de los besos. La miré durante un minuto entero, mientras evocaba imágenes de las muchas veces que la había cambiado por besos. Era una baratija, un truco barato que había funcionado una vez, pero había evolucionado en mucho más que eso.

Me puse el chándal y salí a correr. Correr me ayudaba a pensar. Le di vueltas a todo dentro de mi cabeza mientras giraba hacia la playa y esquivaba a una niña pequeña y a su madre, que caminaban de la mano. Sonreí. La niña tenía el pelo largo y oscuro y unos llamativos ojos azules; se parecía Olivia. ¿Ese era el aspecto que habría tenido nuestra hija? Dejé de correr, doblé el cuerpo y apoyé las manos sobre las rodillas. No tenía por qué ser una simple posibilidad pasada.

Todavía podíamos tener a nuestra hija. Me metí la mano en el bolsillo y saqué la moneda de los besos. Después, comencé a correr hasta mi coche.

No había ningún momento mejor que el presente. Si Turner se interponía en mi camino, lo tiraría del balcón y ya está. Estaba empapado en sudor y decidido cuando hice girar la llave en el contacto.

Estaba a menos de dos kilómetros del apartamento de Olivia cuando recibí la llamada. Era un número que no reconocía. Apreté el botón de contestar.

—¿Caleb Drake?

—¿Sí? —contesté con voz entrecortada.

Doblé a la izquierda hacia la calle Ocean y aminoré la velocidad del coche.

—Ha habido un… incidente con su mujer.

—¿Mi mujer?

«Dios, ¿qué habrá hecho ahora?» Recordé la pelea que tenía actualmente con los vecinos con motivo de su perro y me pregunté si habría hecho alguna estupidez.

—Soy el doctor Letche, lo llamo del Centro Médico de West Boca. Señor Drake, su mujer ha sido ingresada aquí hace unas horas.

Pisé el freno, giré el volante hasta que los neumáticos produjeron un sonido chirriante y salí disparado en dirección contraria. Un deportivo viró junto a mí y aporreó el claxon.

—¿Se encuentra bien?

El doctor se aclaró la garganta.

—Se ha tragado un frasco de pastillas para dormir. La mujer de la limpieza la encontró y llamó a Emergencias. Ahora está estable, pero nos gustaría que viniera.

Me detuve frente a un semáforo y me pasé la mano por el pelo. Aquello era culpa mía. Sabía que se había tomado mal la separación, pero intentar suicidarse..., ni siquiera parecía propio de ella.

—Por supuesto..., estoy de camino.

Colgué el teléfono. Colgué y le di un puñetazo al volante. Algunas cosas no estaban destinadas a ocurrir.

Cuando llegué al hospital, Leah se había despertado y preguntaba por mí. Entré en su habitación y el corazón se me detuvo. Estaba tumbada, apoyada sobre unas almohadas, con el pelo hecho un nido de ratas y la piel tan pálida que casi parecía translúcida. Tenía los ojos cerrados, así que tuve un momento para tranquilizar mi expresión antes de que me viera.

Abrió los ojos cuando di unos pasos dentro de la habitación. En cuanto me vio, comenzó a llorar. Yo me senté en el borde de la cama y ella se aferró a mí, sollozaba con tanta pasión que podía sentir las lágrimas, que me empapaban la camiseta. La abracé de ese modo durante un largo rato. Me gustaría decir que estaba sumido en profundos pensamientos durante esos minutos, pero no fue así. Estaba entumecido, distraído. Algo me estaba agitando, y no era capaz de señalar qué era exactamente. «Hace frío aquí dentro», me dije.

—Leah —dije al fin, la aparté de mi pecho y la dejé de nuevo sobre las almohadas—. ¿Por qué?

Su cara estaba pegajosa y rojiza. Tenía unas medias lunas oscuras alrededor de los ojos. Apartó la mirada.

—Porque me abandonaste.

Tres palabras. Entonces lo sentí: tanta culpa que apenas era capaz de tragar.

Era cierto.

—Leah —dije—. No soy bueno para ti. Yo…

Ella me interrumpió, y lanzó mi comentario al frígido aire del hospital.

—Caleb, por favor, vuelve a casa. Estoy embarazada.

Cerré los ojos.

«¡No!»

«¡No!»

«No…»

—¿Te tragaste un frasco de pastillas para dormir y trataste de mataros a ti y a mi bebé?

Ella se negaba a mirarme.

—Pensaba que me habías abandonado. No quería seguir viviendo. Por favor, Caleb…, fue una estupidez muy grande. Lo siento.

Ni siquiera era capaz de nombrar la emoción que sentía. Estaba a medio camino entre querer abandonarla para siempre y querer permanecer junto a ella para proteger a ese bebé.

—No puedo perdonarte por eso —le dije—. Tienes la responsabilidad de proteger algo a lo que le has dado vida. Podrías haber hablado conmigo sobre ello. Siempre voy a estar aquí para ayudarte.

Vi que volvía algo de color a sus mejillas.

—Te refieres a… ¿ayudarme mientras estemos divorciados?

Bajó la cabeza y levantó la mirada hasta mí. Me pareció ver algo de fuego en sus iris.

No le dije nada; nos quedamos atrapados en un concurso de miradas. Eso era exactamente a lo que me refería.

—Si no te quedas conmigo, no voy a quedarme a este bebé. No tengo ninguna intención de ser una madre soltera.

—No puedes decirlo en serio.

Jamás se me habría ocurrido que pudiera amenazarme con algo así. Parecía caer muy bajo para ella. Abrí la boca para amenazarla, para decir algo de lo que probablemente me arrepintiera, pero entonces oí unos pasos. Eran el tipo de pasos rápidos que decían «doctor».

—Me gustaría tener algo de privacidad para hablar con el doctor sobre mis opciones —dijo en voz baja.

—Leah...

Ella levantó la cabeza de golpe.

—Márchate.

Levanté la mirada desde ella hasta el que suponía que era el doctor Letche. La cara de Leah se había vuelto pálida otra vez; toda la furia había desaparecido. Antes de que el doctor pudiera decir nada, ella le anunció que yo me marchaba.

Me detuve en el umbral de la puerta y, sin darme la vuelta, dije:

—Está bien, Leah. Lo haremos juntos.

No necesitaba mirarle la cara para saber que había triunfo en ella.

Capítulo veinticuatro

El presente

Tengo una decisión que tomar. Estoy dándole vueltas. Así era como mi madre lo llamaba: «darle vueltas». Lo hacía de niño mientras me paseaba por mi habitación. Supongo que nunca perdí la costumbre de hacerlo.

Olivia está tomando su decisión, lo sepa ella o no. Noah va a regresar a por ella, porque es de esa clase de chicas a las que tienes que volver una vez, y otra, y otra más. Así que tengo que luchar. Eso es todo. Es mi única opción. Y, si no consigo recuperarla, si Olivia no me elige a mí, voy a ser de esa clase de chicos: de los que se pasan la vida solos y echando de menos. Porque estoy seguro de cojones de que no voy a reemplazarla con otras Leahs, otras Jessicas, ni con ninguna otra chica. A tomar por culo: u Olivia o nada. Tomo la cartera y las llaves y bajo corriendo la escalera en lugar de tomar el ascensor. Voy directamente hasta su despacho. Su secretaria me mantiene la puerta abierta mientras entro. Le dirijo una sonrisa y formo la palabra «gracias» con la boca.

—Hola —saludo.

Está revisando un montón de papeles, pero, cuando me ve, sonríe, y hasta los ojos se le iluminan. Casi con la misma rapidez, la sonrisa desaparece de sus ojos y las líneas de su boca se tensan en una línea firme. Me doy cuenta de que pasa algo. Rodeo su escritorio y la abrazo contra mí.

—¿Qué te pasa?

Le beso la comisura de los labios, pero ella no se mueve. Cuando la suelto, se sienta en su silla giratoria y mira hacia el suelo.

«Vale...»

Tomo una silla y la acerco a la suya de modo que nos quedemos cara a cara. Cuando ella hace girar la silla para apartarse de mí y quedarse mirando a la pared, sé que algo se ha jodido.

«Por favor, Dios, basta de mierdas. Ya he tenido toda la mierda que soy capaz de soportar.»

—¿Por qué estás siendo tan fría conmigo?

—No creo que vaya a poder hacer esto.

—¿El qué?

—Esto —dice y hace un gesto entre nosotros—. Está muy mal.

Me froto la mandíbula y comienzo a apretar los dientes.

—Prácticamente somos expertos en hacer lo que está mal, ¿no?

—Uf, Caleb. Para. Se supone que debería estar pensando en formas de hacer funcionar mi matrimonio, no construyendo una nueva relación con otra persona.

—¿Construyendo una nueva relación con otra persona? —repito, confundido—. No estamos construyendo nada. Hemos estado en una relación desde antes de que estuviéramos de verdad en una relación. —A decir verdad, siempre le digo a la gente que estuvimos juntos durante tres años, aunque solo fue uno y medio, porque emocionalmente ya estaba con ella desde el momento en que nos conocimos—. ¿Por qué me estás diciendo esto ahora? —pregunto.

Ella abre una botella de agua que hay sobre su escritorio y le da un sorbo. Me entran ganas de preguntarle cuándo ha comenzado a beber agua, pero estoy seguro de la hostia de que mi no novia está tratando de poner fin a nuestra no relación, así que permanezco inmóvil y en silencio.

—Porque es mejor para todo el mundo que no estemos juntos.

No soy capaz de contener una mueca en mi rostro.

—¿Mejor para quién?

Olivia cierra los ojos y respira hondo.

—Estella —contesta.

Me siento como si alguien me hubiera metido la mano dentro del estómago para agarrarme los órganos. Olivia está dando tragos a su agua y tiene la mano libre flácida sobre su regazo.

—¿De qué cojones estás hablando? —No he oído ese nombre en mucho tiempo. Lo he pensado a menudo, pero la voz de Olivia al pronunciar las sílabas me resulta estremecedora. Sus fosas nasales se dilatan mientras respira, pero sigue sin dirigirme la mirada—. Olivia…

—Estella es tuya —suelta abruptamente.

Pestañeo mientras la miro, sin saber muy bien de dónde ha salido eso ni por qué lo está diciendo. Si me dijeran que me quedan veinticuatro horas para vivir, sería menos doloroso que esta declaración. No digo nada. Miro fijamente sus fosas nasales, que se mueven como si fueran las branquias de un pez.

Hace girar la silla hasta que sus rodillas golpean las mías y entonces me mira directamente a la cara.

—Caleb. —Su voz suena suave, pero aun así hace que me encoja—. Leah ha venido a verme. Me ha contado que Estella es tuya, que está dispuesta a hacerle la prueba de paternidad para demostrarlo. Pero solo si nosotros no estamos juntos.

Mi cabeza y mi corazón están librando una batalla para saber cuál puede sentir más dolor. Niego con la cabeza. «¿Leah ha estado aquí?»

—Está mintiendo.

Ahora es Olivia quien niega con la cabeza.

—No miente. Puedes pedir una prueba de paternidad en el juzgado. Leah no puede dejarte sin Estella si tú eres el padre. Pero, Caleb, piensa en ello. La va a utilizar para hacerte daño. Para siempre. Esto va a afectar a tu hija, y yo sé lo que se siente al ser el arma de tus padres.

Me pongo en pie y camino hacia la ventana. No estoy pensando en cómo podría Leah utilizar a Estella para hacerme daño. Estoy pensando en si Estella es mi hija. ¿Cómo puede ser cierto algo así sin que yo lo supiera?

—Ya se había quedado embarazada antes de Estella. Estábamos separados, pero nos acostamos una vez durante ese tiempo. En cualquier caso, perdió al bebé después de tragarse un frasco de pastillas para dormir y de que le hicieran una limpieza de estómago. Por eso nos fuimos a Roma. Me dijo que quería que nos reconciliáramos y yo me sentía muy culpable por su hermana y por el aborto.

Miro a Olivia mientras le digo eso. Sus labios se vuelven blancos cuando los aprieta.

—Caleb, no estaba embarazada en el hospital. Te mintió. También me ha contado eso.

Siempre me pregunté lo que habría sentido Olivia cuando le dije que había fingido mi amnesia. La verdad dolorosa es indescriptible. Hace que te balancees unas cuantas veces hasta que te quedas mareado y después te pega un puñetazo con fuerza en el estómago. No quieres creértelo, pero no te haría tanto daño si de algún modo no supieras que es cierto. Sigo en estado de negación durante unos cuantos minutos más.

—Pero sangró. La vi sangrando.

La negación es un compañero muy amigable. Por lo general, es el mejor amigo de Olivia, pero de pronto quiero sumarme yo también.

Olivia parece totalmente consternada.

—Oh, Caleb. No fue por haber abortado. Lo más probable es que le bajara la regla y fingiera que era por un aborto.

«Maldita sea. Joder.» Olivia me mira como el idiota ingenuo y crédulo que soy.

Recuerdo cómo Leah me echó de la habitación antes de que pudiera hablar con el doctor. Cómo me había detenido en el umbral de la puerta y le había dicho que me quedaría con ella solo para poder quedarme al bebé. Claramente estaba tratando de sacarme de ahí antes de que el doctor revelara la verdad.

No necesito decirle nada a Olivia. Se da cuenta de que lo estoy comprendiendo.

Me siento cada vez más y más pequeño. Durante mi etapa de ir de un lado para otro con Leah, Olivia se estaba enamorando de otra persona. Podría haberme marchado con Olivia en Roma y ahorrarnos años de este desastre retorcido y enredado.

—¿Cómo pasó lo de Estella? —me pregunta.

—Después de Roma, aguantamos un mes más. Leah estaba enfadada conmigo. Me acusaba de no estar presente, y tenía razón. Así que volví a marcharme de casa. Yo había ido a una conferencia en Denver y ella estaba de viaje con sus amigos. Nos encontramos en un restaurante. Me comporté de forma amigable, pero guardé un poco las distancias. Esa noche, se presentó en mi hotel. Yo estaba bastante borracho, así que acabé acostándome con ella. Unas cuantas semanas más tarde, me llamó y me contó que estaba embarazada. Yo ni siquiera lo había cuestionado, tan solo volví otra vez con ella. Quería tener un bebé. Me sentía solo. Fui un estúpido.

No le cuento a Olivia que descubrí que ella estaba saliendo con alguien durante esa etapa. Que, cuando Leah acudió a mí, caí en sus brazos porque estaba tratando de llenar ese agujero que Olivia había vuelto a dejar en mi pecho.

—Entonces, ¿te dijo que Estella no era hija tuya? ¿La noche en que le dijiste que querías el divorcio?

—Sí. Me dijo que se había acostado con otro antes del viaje para esquiar. También me dijo que solo había ido porque sabía que yo iba a estar allí y quería que pensara que se había quedado embarazada esa noche.

—Fue todo mentira —me asegura Olivia—. Estella es hija tuya. —Veo una lágrima en el lateral de su ojo. No se la seca, así que se derrama por su cara—. Va a seguir haciéndoos daño a ti y a Estella mientras yo siga en tu vida. Tengo marido —añade en voz baja—. Debería intentar arreglar las cosas con él. Hemos estado jugando a las casitas, Caleb, pero no es real. Tienes una responsabilidad con tu hija…

Todo esto, Olivia, Leah y Estella, enciende una furia dentro de mí. Me doy la vuelta, camino hasta su silla, me agacho y sitúo ambas manos sobre los reposabrazos para quedarme cara a cara con ella. Lo único que quiero hacer es ir a buscar a mi hija, pero lo primero es lo primero. Debo encargarme de cada cosa de una en una. Cuando hablo, los dos estamos respirando el mismo aire.

—Esta es la última vez que te lo voy a decir, así que escúchame bien. —Puedo oler el aroma de su piel—. Tú y yo vamos a estar juntos. Nadie va a volver a separarnos. Ni Noah ni Cammie ni menos todavía la Leah de los cojones. Eres mía. ¿Me has entendido?

Ella asiente con la cabeza.

Yo la beso. Profundamente. Y, después, me marcho de allí.

Capítulo veinticinco

El pasado

—¿Se puede saber qué te pasa?

Me frotó el pecho con la mano. Yo se la atrapé antes de que llegara a la parte superior de mis pantalones.

—Tengo *jet lag* —contesté mientras me ponía en pie.

«Olivia.»

Ella frunció los labios, comprensiva.

Me había quedado tumbado en la cama del hotel durante unos diez minutos mientras Leah hablaba con su madre por teléfono. Ahora que había terminado la llamada, estaba dejándome claras sus intenciones. Caminé hasta la ventana para poder ponerme fuera de su alcance.

—Voy a darme una ducha —dije.

Antes de que pudiera preguntarme si quería compañía, cerré la puerta del cuarto de baño y eché el pestillo detrás de mí. Necesitaba salir a correr para aclararme la cabeza, pero ¿cómo podía explicarle una carrera a medianoche en un país extranjero a mi mujer suicida y demasiado emocional? Dios, si comenzaba a correr, tal vez no volviera jamás. Me metí en la ducha y me quedé bajo el agua, tan caliente que me abrasaba, dejé que me llenara la nariz, los ojos y la boca. Quería dejar que me ahogara. ¿Cómo se suponía que iba a seguir adelante con mi vida después de lo que acababa de suceder? Leah llamó a la puerta. Oí que me decía algo, pero su voz sonaba amortiguada. No podía mirarla en ese momento. Ni siquiera podía mirarme a mí mismo. «¿Cómo he podido hacer eso?» Alejarme de lo único que tenía sentido. Casi la tenía, y me había rendido. Lo de «la tenía» es de forma figurada, porque en realidad nadie podría tener nunca a Olivia. Ella flotaba como el vapor, causaba fricción y después desaparecía. Pero yo siempre estaba dispuesto a jugar a ese juego. Quería la fricción.

«Tenías que hacerlo», me dije. Era culpa mía, así que ahora tenía que enfrentarme a las consecuencias. Y estaba dispuesto a aceptar la responsabilidad de mis acciones. Terapia, la interminable terapia matrimonial. La culpa. La necesidad de arreglar las cosas. La confusión sobre si estaba haciendo o no lo correcto. El fingimiento de la amnesia fue mi único momento rebelde en el que me alejé de mí mismo e hice lo que quería hacer sin pensar en las consecuencias. Fui un cobarde. Me habían criado para hacer lo que era socialmente aceptable.

Me quedé bajo el agua hasta que se volvió fría y después me sequé y salí del cuarto de baño. Mi mujer se había quedado dormida encima de la colcha, gracias a Dios. Sentí un alivio instantáneo; no iba a tener que fingir esa noche. Su pelo rojo estaba extendido a su alrededor, como un halo de fuego. Le puse un manta por encima, tomé mi botella de vino y salí al balcón para emborracharme. Todavía llovía cuando me senté en una de las sillas y puse los pies sobre la barandilla. Con Olivia nunca había tenido que fingir. Simplemente encajábamos: nuestro humor, nuestros pensamientos..., incluso nuestras manos.

* * *

Una vez, durante su último año de universidad, se compró un arbusto de gardenias para poner fuera de su apartamento. Lo adulaba como si fuera un perrito, buscaba en Google formas de cuidarlo y después tomaba notas en uno de esos cuadernos de espiral. Incluso le puso nombre. Patricia, creo. Todos los días se ponía en cuclillas al otro lado de la puerta de entrada y examinaba a Patricia para ver si le había salido alguna flor. Yo observaba su cara cuando volvía a entrar; siempre tenía la misma expresión de esperanzada determinación. «Todavía no», me decía, como si toda su esperanza en la vida estuviera atada al hecho de que a esa planta de gardenias le saliera alguna flor. Eso es lo que me encantaba de ella, esa sombría determinación a sobrevivir, incluso aunque todas las posibilidades parecieran estar siempre en su contra.

Pero, a pesar de todos los cuidados botánicos de Olivia, Patricia comenzó a marchitarse poco a poco, las hojas se le arrugaron por las puntas y se volvieron marrones. Olivia se quedaba mirando a la planta y una arruga se formaba entre las cejas y fruncía la boca de una forma que me daban ganas de besarla. Florida estaba teniendo un invierno más frío de lo habitual ese año. Una mañana, cuando llegué a su apartamento, Patricia estaba claramente muerta. Me metí en el coche y fui a toda prisa a Home Depot, donde había visto que vendían los mismos arbustos. Antes de que mi amada abriera los ojos, ya había reemplazado su planta muerta por una sana y la había replantado en el césped enfrente de su edificio. Tiré la vieja al contenedor y me lavé las manos en la piscina antes de llamar a su puerta.

Comprobó cómo estaba la planta al abrirme la puerta y sus ojos se iluminaron cuando vio las saludables hojas verdes. No sé si alguna vez sospechó lo que había hecho; jamás me dijo nada. Me ocupé de la planta sin que ella lo supiera, y le ponía fertilizante dentro de la maceta antes de llamar a su puerta. Mi madre siempre ponía bolsitas de té usadas en la tierra alrededor de sus rosales, así que también hice eso un par de veces. Justo antes de que rompiéramos, a la maldita planta le salió una flor. Nunca había visto a Olivia tan emocionaba. La expresión en su rostro era la misma que cuando yo había fallado el lanzamiento por ella.

Si regresaba y se quedaba en el mismo punto debajo de mi balcón, lo más probable es que fuera a saltar del balcón para llegar hasta ella. «Todavía no es demasiado tarde —me dije—. Puedes descubrir dónde se está alojando. Ve a por ella.»

Amaba a Olivia. La amaba con cada fibra de mi ser, pero estaba casado con Leah. Tenía un compromiso con Leah, sin importar lo estúpido que fuera. Estaba atrapado, para bien o para mal. Había habido un breve momento en el que pensé que no podía seguir haciéndolo, pero eso había sido en el pasado. Antes de que se quedara embarazada de mi bebé y se tragara un frasco de pastillas para dormir.

«¿Verdad?»

«Verdad.»

Agité la botella de vino, que ya estaba por la mitad.

Cuando una mujer lleva a tu bebé en su vientre, comienzas a ver las cosas de forma un poco diferente. Lo imposible se vuelve ligeramente menos jodido. Lo feo adquiere un resplandor bonito. La mujer imperdonable parece un poco menos manchada. Un poco como cuando has estado bebiendo. Me terminé la botella y la dejé tumbada de lado en el suelo. Esta salió rodando y golpeó la barandilla del balcón con un tintineo. Estaba medio en coma, pero tenía que despertarme por cojones.

Cerré los ojos y vi la cara de Olivia. Abrí los ojos y vi su cara. Me puse en pie, traté de concentrarme en la lluvia, en las luces de la ciudad, en la puta plaza de España de Roma…, y vi su cara. Tenía que dejar de ver su cara para poder ser un buen marido para Leah. Se merecía que lo fuera.

«¿Verdad?»

«Verdad.»

* * *

Nuestro avión salió cuatro días más tarde. Apenas habíamos tenido tiempo para recuperarnos del *jet lag* y ya era el momento de marcharnos otra vez. Tampoco es que pudiéramos concentrarnos en el viaje con mi exnovia revoloteando por algún lugar de la ciudad. Busqué a Olivia en el aeropuerto, en los restaurantes, en los taxis que me salpicaban agua a los tobillos mientras pasaban junto a mí. Estaba en todas partes y en ninguna parte. ¿Qué posibilidades había de que estuviera en nuestro mismo vuelo? Si era así, iba a…

Pero no estaba en nuestro vuelo. Sin embargo, pensé en ella durante las nueve horas que tardamos en volar por encima del Atlántico. Mis recuerdos favoritos: el árbol, la heladería Jaxson's, el bosquecillo de naranjos, la pelea de tartas. Entonces pensé en los malos; sobre todo cosas que me había hecho sentir, el constante pensamiento de que iba a dejarme, su forma descarada de negarse a admitir que me quería. Era todo demasiado infantil y trágico. Eché un vistazo a mi mujer. Estaba leyendo revistas y bebiendo vino barato de avión. Tomó un sorbo e hizo una mueca al tragarlo.

—¿Por qué te lo has pedido si no te gusta?

—Porque es mejor que no, supongo —respondió mientras miraba por la ventana.

«Revelador», pensé. Abrí el libro que me había llevado y me quedé mirando la tinta. Durante nueve misericordiosas horas, Leah me dejó tranquilo. Nunca me había sentido más agradecido por el vino barato. Cuando aterrizamos en Miami, Leah se fue corriendo a los lavabos para retocarse el maquillaje mientras yo esperaba en la cola del Starbucks. Para cuando llegamos a la zona de recogida de equipajes, era de las veces que peor humor tenía en toda mi vida.

—¿Qué te pasa ahora? —me preguntó—. Llevas todo el viaje distraído. Es muy fastidioso. —La fulminé con la mirada desde detrás de mis gafas de sol y levanté una de sus maletas de la cinta. La dejé en el suelo con tanta fuerza que se balanceó sobre sus putas ruedecitas giratorias tan bonitas. ¿Quién viajaba con dos maletas grandes cuando se iba de viaje durante cinco días?—. Se supone que tendrías que estar trabajando en esto conmigo. Ni siquiera estás conmigo mentalmente ahora mismo.

Tenía razón.

—Vámonos a casa —le dije mientras le besaba en la frente—. Quiero pasarme doce horas durmiendo y comer tres comidas en la cama.

Ella se puso de puntillas y me besó en la boca. Necesité esforzarme por devolverle el beso para que no sospechara que algo iba mal. Cuando siguió besándome con entusiasmo, supe que era tan bueno mintiéndole a ella como lo era mintiéndome a mí mismo.

Capítulo veintiséis

El presente

Los neumáticos de mi coche hacen volar la gravilla mientras salgo a toda velocidad del aparcamiento. ¿Cómo ha podido hacerlo? Me paso una mano por el pelo. ¿Por qué ninguna de las dos me lo dijo? Las dos son mujeres despiadadas y maliciosas; cualquiera pensaría que habrían venido corriendo con la información. Lo único en lo que puedo pensar mientras recorro la 95 a toda velocidad en dirección a Leah es en la niña pequeña que todavía lleva mi apellido. Esa niña que Leah me dijo que no era hija mía. ¿Era mentira? Si Leah me había mentido sobre la paternidad de Estella, iba a matarla yo mismo.

Estella, con sus preciosos rizos pelirrojos y sus ojos azules..., pero tenía mi nariz. Había estado completamente seguro de ello hasta que Leah me dijo que el padre era otro. Entonces su nariz había cambiado. Pensé que estaba teniendo alucinaciones porque ardía en deseos de que fuera hija mía.

Siento la boca seca mientras subo por su camino de entrada. Hace un millón de años había sido mi camino de entrada. Mi mujer había estado en esa casa. Pero todo se desmoronó por el amor que sentía por un fantasma…, un fantasma casado.

«Dios.» Pienso en Olivia ahora y la paz cae sobre mí. Puede que ella no sea mía, pero yo soy suyo. Ya no sirve de nada luchar contra ello siquiera. No dejo de caer de cara contra el suelo y después ruedo en dirección a ella. Si no puedo tener a Olivia Kaspen, entonces me quedaré solo. Esa es la enfermedad que tengo. Después de diez años, por fin me estoy dando cuenta de que no puedo curarla con otras mujeres.

Abro la puerta del coche y salgo al exterior. El deportivo de Leah está aparcado en su lugar habitual. Camino junto a él y subo los escalones hasta la puerta de entrada, que está abierta. Entro al recibidor y cierro la puerta detrás de mí. Al mirar a mi alrededor, veo que la sala de estar es un caos de juguetes; hay una muñeca repollo con la cabeza junto a una montaña de Barbies desnudas. Paso por encima de un triciclo en dirección a la cocina y entonces oigo mi nombre.

—¿Caleb? —Leah está en el umbral de la puerta de la cocina con un trapo en la mano. Pestañeo un par de veces. Nunca he visto a Leah con nada en la mano que no fuera una copa de martini. Se seca las manos con el trapo, lo lanza a la encimera y camina en mi dirección—. ¿Te encuentras bien? ¿Qué estás haciendo aquí?

Se me tensa el pecho con todo lo que quiere salir. Aprieto los dientes con tanta fuerza que me sorprende que no se hagan pedazos bajo la presión. Leah se da cuenta de lo que estoy haciendo y levanta las cejas.

—Oh —dice, y me hace un gesto en dirección a la cocina. La sigo hasta allí y ella saca una botella de tequila del armario. Sirve dos chupitos, se toma uno de ellos y vuelve a

231

llenar el vaso—. Peleamos mejor con tequila —dice mientras me entrega el otro vaso.

No quiero beberme el licor. Añadir eso al fuego que ya me está atravesando por dentro tan solo podría significar peligro. Miro el líquido transparente y me lo llevo a los labios. Si Leah quiere fuego, se lo voy a dar.

—¿Dónde está Estella?

—Durmiendo.

Dejo el vaso sobre la encimera.

«Bien.»

Camino hacia mi exmujer. Ella retrocede y sus fosas nasales se dilatan.

—Cuéntame lo que has hecho.

—He hecho un montón de cosas. —Se encoge de hombros para tratar de mostrarse calmada—. Vas a tener que ser más específico.

—Olivia.

Su nombre resuena entre nosotros, abre antiguas heridas y salpica la habitación de sangre. Leah está furiosa.

—No pronuncies ese nombre en mi casa.

—Esta casa es mía —replico con calma. Leah tiene la cara pálida. Se pasa la lengua por encima de los dientes y pestañea con lentitud—. ¿Conocías a Turner?

—Sí.

—¿Y le obligaste a pedirle salir a Olivia… para mantenerla alejada de mí?

—Sí.

Asiento con la cabeza. Me duele el corazón. Me inclino sobre la encimera para contener mi furia creciente antes de que explote. La presiono, me trago mi desprecio y la miro a los ojos. Olivia y yo nunca tuvimos una oportunidad. Todo el tiempo que estuvimos destruyéndonos entre nosotros, otra persona también lo estaba intentando.

—Leah —digo mientras cierro los ojos—. En el hospital…, después de que te tomaras las pastillas… —Se me rompe la voz. Me paso una mano por la cara; estoy demasiado cansado—. ¿Estabas embarazada?

Levanta la barbilla, y entonces ya sé cuál es la respuesta. «Ay, Dios. Me mintió.» Si me mintió sobre ese bebé, ¿sobre qué más me habría mentido? Recuerdo la sangre; toda la sangre sobre las sábanas de nuestra cama. Me dijo que estaba perdiendo al bebé y yo me lo creí. Lo más probable es que solo fuera la regla. ¿Cuánto tiempo después de eso había sido concebida Estella?

Me paseo por toda la cocina con las manos por detrás del cuello. Pronuncio su nombre de nuevo; esta vez se trata de una plegaria.

—Leah, ¿Estella es hija mía? Joder. —Bajo las manos—. ¿Es hija mía?

Observo su cara mientras se toma su tiempo para responder. Parece en conflicto sobre si debería decir la verdad o no. Finalmente, se encoge de hombros.

—Sí.

El mundo entero se queda en silencio. Mi corazón se hace pedazos. Se eleva. Se hace pedazos.

El dolor me parte en dos. Dos años. No la he visto en dos años. A mi hija. Mi hija.

El vaso vacío del que he bebido tequila se encuentra a la derecha de mi mano. Dejo que mi furia salga y tiro el vaso al suelo. Se hace pedazos y Leah se encoge. Quiero zarandearla, quiero lanzarla como a ese vaso y ver cómo se hace pedazos por todas las cosas que ha hecho. Me dirijo hacia la escalera.

—Caleb.

Va detrás de mí y me sujeta el brazo. Yo me libero de una sacudida y subo los escalones de dos en dos. Leah me llama otra vez, pero apenas soy capaz de oírla. Llego hasta la parte superior de la escalera y giro hacia la izquierda por el pasillo. Ella está detrás de mí y me suplica que pare.

—Caleb, está durmiendo. Vas a aterrorizarla. No…

Abro la puerta de golpe y observo la suave luz rosada. Su cama se encuentra en una esquina, blanca y con dosel. Entro con lentitud, y mis pasos quedan amortiguados por la alfombra. Puedo ver su pelo extendido sobre la almohada, asombrosamente rojo y rizado. Doy otro paso y puedo ver su cara: labios gruesos, mejillas regordetas y mi nariz. Me arrodillo junto a la cama para poder verla y lloro por segunda vez en la vida. Lloro en silencio, y mi cuerpo tiembla a causa de los sollozos.

Las súplicas de Leah se han detenido. No sé si está detrás de mí o no; no me importa. Estella abre los ojos de golpe. Para haber sido despertada en mitad de la noche por un extraño, está sorprendentemente alerta y calmada. Permanece inmóvil, y sus ojos azules observan mi cara con la mirada de una niña mucho mayor.

—¿Por qué estás *llodando*? —El sonido de su voz, áspera como la de su madre, me sobresalta. Lloro con más fuerza—. Papá, ¿por qué estás *llodando*?

Me siento como si alguien me hubiera tirado agua helada sobre la cabeza. Me inclino hacia atrás, sobrio de pronto.

Observo sus rizos despeinados, sus mejillas regordetas y llenas, y me derrito por mi hija.

—¿Cómo sabes que soy tu papá? —pregunto en voz baja.

Ella me mira con el ceño fruncido, frunce también los pequeños labios y señala su mesita de noche con el dedo. Miro hacia allí y veo una foto de mí mismo con ella en brazos cuando era bebé.

¿Leah le ha hablado de mí? No lo entiendo. No sé si sentirme agradecido o furioso. Si quería hacerme pensar que esa niña no era mía, ¿por qué se molestaría en hacer que Estella pensara algo diferente?

—Estella —digo con cautela—. ¿Puedo darte un abrazo?

Quiero abrazarla y sollozar contra su precioso pelo rojo, pero no quiero asustar a mi propia hija. Ella sonríe. Cuando responde, levanta los hombros e inclina la cabeza hacia un lado.

—Claro.

Se inclina hacia delante con los brazos extendidos. La abrazo contra mi pecho y le beso la frente. Apenas soy capaz de respirar. Quiero tomarla entre mis brazos, meterla en el coche y marcharme con ella lejos de esta mujer que la ha mantenido alejada de mí. No puedo ser como Leah. Tengo que hacer lo que sea mejor para Estella. Quiero abrazarla contra mi pecho toda la noche, así que necesito toda mi fuerza de voluntad para separarme de nuestro abrazo.

—Estella —le digo mientras me alejo de ella—. Ahora tienes que volver a dormir, pero ¿sabes qué?

Ella pone una carita infantil muy mona.

—¿Qué?

—Mañana voy a venir a recogerte para que podamos estar juntos. —Ella da una palmada y, una vez más, me siento tentado de tomarla entre mis brazos y llevármela esta misma noche. Contengo mi entusiasmo—. Vamos a ir a tomar helado, a comprar juguetes, a dar de comer a los patos y a dar patadas a la arena en la playa.

Ella se tapa la boca con la mano.

—¿Todo el mismo día?

Asiento con la cabeza.

La ayudo a meterse de nuevo bajo las sábanas y le beso ambas mejillas y después la frente. Por si acaso, le doy un beso también en la barbilla. Ella suelta una risita, así que levanto las sábanas y le beso también los dedos de los pies. Suelta un gritito y tengo que apretarme las comisuras de los ojos para contener las lágrimas.

—Buenas noches, mi niña bonita.

Cierro la puerta con suavidad. No doy ni cinco pasos cuando encuentro a Leah sentada contra la pared. No me mira.

—Estaré aquí a primera hora de la mañana para recogerla —le digo mientras camino hacia la escalera. Quiero marcharme de esta casa antes de estrangularla.

—Tiene colegio —replica Leah, que se pone en pie.

Me doy la vuelta y me acerco hasta quedarme a dos centímetros de su cara. Estoy respirando con fuerza, y el pecho me sube y me baja. Ella aprieta la mandíbula. En este momento la odio tanto que ni siquiera sé qué es lo que pude ver en ella. Mis palabras suenan ásperas y llenas de angustia.

—También tiene un padre.

Entonces oigo las sirenas.

Capítulo veintisiete

El pasado

—Hola, guapo. ¿Qué estás haciendo aquí?

Me levanté las gafas de sol y sonreí.

—Cammie. —Ella me dirigió una sonrisita y se puso de puntillas para darme un abrazo. Mis ojos pasaron junto a ella y buscaron entre la multitud que entraba en el centro comercial—. ¿Está...?

Cammie negó con la cabeza.

—No está aquí. —Sentí que me relajaba. No sabía si sería capaz de soportarlo si la veía. Lo que me estaba funcionando por el momento era eso de «ojos que no ven, corazón que no siente»—. Y, bueno, ¿qué estás haciendo aquí? ¿No deberías estar en casa con la bruja embarazada de tu mujer?

Comenzamos a caminar al mismo ritmo y le sonreí.

—He venido a por un *pretzel*, la verdad. Leah tenía antojo.

—Dios, qué vergüenza..., has pasado de ser el hombretón del campus al chico de los recados de esa zorra.

Me reí. Cammie siempre estaba bien para echarse unas risas. Le sostuve la puerta para que pasara y el aire acondicionado me golpeó la cara.

—¿Qué estás haciendo tú aquí?

—Ah, ya me conoces —canturreó, y se detuvo junto a un anaquel de faldas—. Me gusta gastar dinero. —Asentí con la cabeza y me metí las manos en los bolsillos, pues estaba de repente incómodo—. En realidad —dijo mientras se giraba hacia mí—, estoy buscando un vestido que ponerme para una boda. ¿Me ayudas?

Me encogí de hombros.

—¿Desde cuándo necesitas ayuda para ir de compras?

—Ah, es cierto. —Frunció los labios y negó con la cabeza—. Tienes que volver con tu esposa embarazada. No dejes que te entretenga.

Me hizo un gesto con la mano para que me marchara y sacó un elegante vestido blanco del anaquel. Me rasqué la parte posterior de la cabeza.

—El blanco te hace parecer una señora.

Entrecerró los ojos y volvió a dejar el vestido en su sitio, todavía mirándome.

—¿Quién te ha preguntado? —Sostuvo un vestido de seda azul ante mí y yo asentí con la cabeza. Lo empujó contra mí y yo lo tomé—. Entonces, ¿sabes lo que vas a tener? ¿Niño…, niña…, semilla de Chucky?

—No queremos saberlo antes de que nazca.

Me lanzó otro vestido y yo volví a dejarlo en su sitio cuando se dio la vuelta.

—Tengo una agencia de niñeras, ¿sabes? Así que, cuando llegue el regalito, estoy segura de que puedo encontrarle una nueva madre.

Me mostró un vestido de Gucci y yo asentí con la cabeza.

—Leah va a estar bien. Ya sabes que soy muy tradicional con estas cosas.

Cammie resopló.

—Puede que sí, pero dudo muchísimo que tu encantadora mujer vaya a ofrecerle el pecho en un futuro próximo. —Apreté los dientes, cosa que ella notó de inmediato—. ¿Es un tema delicado? No te preocupes, corazón, ya lo he visto antes. Dile que le comprarás unas nuevas cuando todo se termine. Seguro que eso la convence.

Incliné la cabeza hacia un lado. Aquella no era una mala idea.

La seguí hasta los probadores.

—Y bueno —dije mientras me inclinaba contra la pared exterior—. ¿Cómo…?

—Está bien.

Asentí con la cabeza y miré al suelo.

—¿Está…? —Entonces salió de repente, con el vestido azul puesto, y giró en un círculo—. No te molestes siquiera en probarte los demás —le dije.

Ella le lanzó un beso al espejo y asintió con la cabeza.

—Tienes razón.

Cerró la puerta de golpe. Un minuto más tarde, salió vestida con su ropa y con el vestido en el brazo.

—Bueno, ha sido fácil. —Caminé con ella hasta la caja registradora y la observé mientras sacaba su tarjeta de crédito para pagar—. Ahora el regalo, los zapatos y ya estoy lista.

—¿Para qué decías que necesitas el vestido?

Ella dirigió los ojos hacia los míos con una sonrisa malvada en los labios.

—¿No te lo he dicho? —me preguntó con tono inocente—. El vestido es para la boda de Olivia.

Un estremecimiento de conmoción me atravesó el

cuerpo. De repente, todos los colores a mi alrededor comenzaron a entremezclarse y me hicieron daño en los ojos. Sentí náuseas y el pecho se me constreñía con cada segundo que transcurría. Los labios de Cammie se estaban moviendo; estaba diciendo algo. Sacudí la cabeza para despejarla.

—¿Qué?

Me dirigió una sonrisita y se pasó el pelo rubio por encima del hombro. Después, me dio unas palmadas compasivas en el brazo.

—Duele, ¿verdad, cabronazo?

—¿Cuándo? —pregunté sin aliento.

—Ah, ah. Eso no te lo voy a decir.

Me lamí los labios.

—Cammie…, dime que no es Turner.

Una sonrisa apareció en su rostro.

—Nop. —Sentí que la presión de mi pecho se aflojaba un poco. Solo un poco. Odiaba a Turner. Ni siquiera conocía a ese tío; tan solo de vista—. Noah Stein —dijo, y su sonrisa se ensanchó—. Es gracioso —añadió mientras abría mucho los ojos—. Lo conoció en ese viajecito improvisado que hizo a Roma. ¿Recuerdas? Ese en el que fue a desnudar su alma y tú la rechazaste.

—No ocurrió así.

Ella elevó la comisura de su boca y negó con la cabeza, como si estuviera decepcionada conmigo.

—Ya tuviste tu oportunidad, chicarrón. El destino odia a los tíos como tú.

—Leah acababa de perder al bebé y su hermana había tratado de suicidarse. No podía abandonarla. Estaba tratando de hacer lo correcto por una vez.

Ella dio un respingo para mirarme.

—Leah estaba… —Perdió el hilo de sus palabras y sus ojos se quedaron vidriosos. Incliné la cabeza hacia un lado—. ¿Leah perdió un bebé? —preguntó.

Vi algo en su mirada que me hizo acercarme un paso más a ella.

—¿Qué es lo que no me estás diciendo?

Ella frunció los labios y me miró negando con la cabeza.

—Cuando fuiste a Roma con Leah, ¿estabais tratando de tener un bebé?

Cammie era conocida por hacer preguntas incómodas, pero aquello era un poco personal incluso para ella.

—No. Tan solo nos estábamos tomando un descanso. Estábamos alejándonos de todo, tratando de trabajar en…

—Vuestro matrimonio —terminó ella.

—¿Por qué me preguntas esto?

Ella levantó la mirada de repente del trozo de suelo que había estado mirando fijamente.

—Tan solo estoy interesada, supongo. Oye, tengo que irme de aquí.

Se inclinó para darme un beso en la mejilla, pero había algo que me resultaba extraño. Cammie era una persona explosiva y ofensiva. Cuando comenzaba a actuar con incomodidad, era porque pasaba algo.

—Cammie…

—No —me atajó—. Olivia es feliz. Va a casarse. Déjala en paz.

Comenzó a alejarse, pero yo le agarré la muñeca.

—Ya me dijiste eso una vez antes, ¿no lo recuerdas?

—Su rostro palideció. Liberó el brazo de un tirón—.

Tan solo dime cuándo —le supliqué—. Cammie, por favor...

Ella tragó saliva.

—El sábado.

Cerré los ojos y bajé la cabeza.

—Adiós, Cam.

—Adiós, Caleb.

* * *

No compré el *pretzel* de Leah. Volví a entrar en mi coche, conduje en dirección a la playa y me senté en la arena a mirar el agua. Leah me llamó cinco veces, pero dejé que las llamadas fueran al buzón de voz. Tan solo faltaban dos días para el sábado. Probablemente Olivia estuviera hecha un desastre. Siempre lo estaba cuando había un gran cambio vital en el horizonte. Me froté el pecho; lo notaba demasiado pesado.

Observé durante un largo rato a las parejas que caminaban agarradas de la mano junto al agua. Era demasiado tarde para nadar, pero algunos niños estaban jugando entre las olas y se salpicaban agua los unos a los otros. Dentro de unas pocas semanas, yo también tendría uno. La idea me resultaba terrorífica y emocionante; al igual que te sientes antes de montarte en una montaña rusa. Salvo porque este viaje en montaña rusa duraría dieciocho años, y no estaba seguro de que mi compañera de vagón realmente quisiera ser madre. A Leah tendía a gustarle la idea de las cosas más que las cosas en sí.

Una vez, cuando nos acabábamos de casar, había llegado

a casa después del trabajo acunando a un cachorrito de collie entre sus brazos.

—Lo vi en el escaparate de la tienda de mascotas y no pude resistirme —me había dicho—. Podemos llevarlo de paseo juntos y comprarle uno de esos collares con su nombre en él.

A pesar de mi escepticismo sobre la duración de la estancia del perro en casa, yo había sonreído y la había ayudado a escoger un nombre: Teddy. Al día siguiente, al volver a casa del trabajo, me la encontré llena de juguetes de perro: hamburguesas que chirriaban, muñecos de peluche y unas pequeñas pelotas de tenis fluorescentes. «¿No se supone que los perros no ven los colores?», recuerdo que pensé mientras recogía uno de los juguetes y lo examinaba. Teddy tenía una cama mullida, un collar con diamantes de imitación y una correa extensible. Incluso tenía cuencos de comida y de agua con su nombre en ellos. Lo examiné todo con una sensación de temor y observé a Leah mientras medía la comida con tazas antes de echarla en el cuenco del perro. Durante dos días, le compró cosas a nuestro nuevo cachorro, pero no recuerdo verla ni una sola vez tocándolo siquiera. Para el cuarto día, Teddy ya no estaba. Se lo había dado a un vecino, junto con las pelotas fluorescentes.

—Era demasiado follón —dijo Leah—. No podía entrenarlo para que hiciera sus cosas fuera.

No me molesté en explicarle que se tardaba más de tres días en educar a un cachorro, así que Teddy desapareció antes de que pudiéramos sacarlo siquiera de paseo. Por favor, Dios, que el bebé no fuera otro cachorro para Leah.

Me puse en pie y me sacudí la arena de los vaqueros. Tenía que llegar a casa, con mi mujer. Esa era la vida que había elegido, o la que habían elegido para mí. Ya ni siquiera sabía dónde comenzaban y terminaban mis elecciones.

* * *

Llegó el sábado. Le dije a Leah que tenía que hacer unos recados. Me puse en marcha temprano y me pasé por la licorería para comprar una botella de *whisky* escocés que sabía que iba a necesitar más tarde. La metí en el maletero y conduje durante veinte minutos hasta la casa de mi madre. Mis padres vivían en Fort Lauderdale. Le habían comprado la casa a un golfista profesional en los años noventa, algo de lo que mi madre todavía presumía con sus amigos: «Cuando Robert Norrocks vivía en esta casa...».

Abrió la puerta antes de que pudiera llamar al timbre.

—¿Qué ha pasado? ¿Es por el bebé?

Hice una mueca y negué con la cabeza. Ella exageró la expresión de alivio. Me pregunté quién le habría enseñado a hacer un espectáculo de cada emoción que sentía. Mis dos abuelos habían sido gente muy estoica. Mientras pasaba junto a ella hacia el vestíbulo, su mano revoloteó hasta su cuello, donde sus dedos encontraron distraídamente el guardapelo que llevaba. Era un hábito nervioso que siempre me había resultado adorable, pero ese día no.

Caminé hasta la sala de estar, me senté y esperé a que me siguiera.

—¿Qué pasa, Caleb? Me estás asustando.

—Necesito hablar contigo sobre algo... —Volví a intentarlo—. Necesito hablar con mi madre sobre algo. ¿Puedes hacer eso sin comportarte como...?

244

—¿Una zorra? —sugirió, y yo asentí con la cabeza—. ¿Debería asustarme?

Me puse en pie y caminé hasta la ventana para mirar sus preciadas rosas. Tenía todos los tonos de rosa y de rojo; era todo un caos de espinas y colores. No me gustaban las rosas. Me recordaban a las mujeres de mi vida: hermosas y brillantes, pero, si las tocabas, te hacían sangrar.

—Olivia se va a casar hoy. Necesito que me convenzas para que no vaya a la iglesia y la detenga.

La única indicación de que me había oído fue la ligera expansión de blanco alrededor de sus iris.

Abrió la boca y después la cerró de forma abrupta.

—Lo tomaré como tu bendición.

Caminé a zancadas en dirección a la puerta, pero mi madre dio un salto y me bloqueó el camino. Era bastante veloz con los tacones.

—Caleb, cariño…, no puede salir nada bueno de eso. Olivia y tú estáis…

—No lo digas.

—Acabados —terminó—. Esa es la versión sin ser una zorra.

Hice una mueca.

—Para mí no se ha acabado.

—Es evidente que para ella sí que se ha acabado. Se va a casar. —Levantó las manos y me rodeó la cara con ellas—. Siento mucho que estés sufriendo. —No dije nada. Ella soltó un suspiro y tiró de mí para que me sentara en el sofá junto a ella—. Voy a dejar a un lado mi extrema aversión por esa chica para decirte algo que tal vez podría resultarte de utilidad.

La escuché. Si estaba dejando su aversión a un lado, era posible que estuviera a punto de recibir consejos extraordinarios.

—Tres cosas —dijo mientras me daba una palmada en la mano—. Primera, está bien que estés enamorado de ella. No dejes de hacerlo. Si apagas tus sentimientos por ella, podrías apagarlo todo, y eso no es bueno. Segundo, no esperes por ella. Tienes que vivir tu vida…, tienes un bebé en camino. —Me dirigió una sonrisa de tristeza mientras esperaba el gran final—. Y, por último…, espera por ella. —Se rio ante la expresión confusa de mi cara—. La vida no se adapta a ti, te destroza. El amor es mezquino, pero también es bueno. Nos mantiene vivos. Si la necesitas, entonces espera. Pero ahora mismo se va a casar. Es su día, y no puedes arruinárselo.

«El amor es mezquino.»

Quería a mi madre…, sobre todo cuando no se comportaba como una zorra.

* * *

Bajé corriendo los escalones hasta mi coche. Ella me observó desde la puerta de entrada mientras tiraba de su guardapelo. Tal vez tenía razón. Quería que Olivia fuera feliz. Que tuviera las cosas que le habían arrebatado de niña. Y yo no podía darle esas cosas, porque ya se las estaba dando a otra persona.

Conduje sin rumbo durante un tiempo antes de acabar entrando en un centro comercial cualquiera. Florida era un laberinto de centros comerciales de color melocotón.

Cada uno de ellos tenía una cadena de comida rápida en primera fila, como el mástil de un barco. Flanqueando el McDonald's o el Burger King de turno siempre había un salón de manicura. Aparqué en una plaza libre enfrente de la Uña Feliz. El local estaba vacío a excepción de los trabajadores. Cuando salí del coche y vieron que no era una mujer, parecieron decepcionados. Saqué mi teléfono y me apoyé contra la puerta. Hacía fresco fuera; no lo bastante frío como para ponerme chaqueta, pero fresco para ser Florida. Mis dedos flotaron sobre el teclado.

Te quiero.

Borrar.

Si lo dejas, la dejo.

Borrar.

¿Podemos hablar?

Borrar.

Peter Pan.

Borrar.

Volví a guardarme el teléfono en el bolsillo. Le di un puñetazo a un árbol. Conduje hasta casa con los nudillos ensangrentados. El amor era mezquino de cojones.

Capítulo veintiocho

El presente

El día después de entrar en casa de Leah, ella pidió una orden de alejamiento. Si me acercaba siquiera a mi hija, me detendrían. Casi me detuvieron esa noche. Los policías me tenían esposado cuando apareció mi hermano. Habló en voz baja con Leah durante unos minutos antes de acercarse a mí y quitarme las esposas.

—No va a presentar cargos, hermanito, pero quiere que hagamos un informe, y mañana va a pedir una orden de alejamiento.

—¿Ha sido idea tuya?

Me dirigió una sonrisita. No intercambiamos más palabras; tan solo me metí en mi coche y me alejé de ahí. Leah rellenó el informe. Asegura que derribé la puerta, amenacé con matarla y desperté a Estella en mitad de la noche; todo ello borracho. Ahora vuelve a decir que no soy el padre de Estella, y me pregunto si le habrá mentido a Olivia para atormentarme. No sé qué está pasando por la cabeza de esa mujer. O qué estaba pasando por mi cabeza durante tantos años. En cualquier caso, Leah ha despertado a la bestia. Olivia me pone en contacto con una abogada que se ocupa sobre todo de asuntos familiares retorcidos como el mío. Se llama Moira Lynda. «Ariom»..., ese me gusta. Después de escucharme hablar durante diez minutos, Moira levanta la mano para detenerme. Tiene un tatuaje en la mano, en la piel que hay entre el pulgar y el índice. Parece un trébol de cuatro hojas.

—Tienes que estar de broma —dice—. La mujer descubre que quieres pedirle el divorcio y te cuenta que la niña que llevas seis meses criando no es tuya..., ¿y tú la crees? ¿Como si nada?

—No tenía ninguna razón para no hacerlo. No quería divorciarse, así que en ese momento tan solo le habría beneficiado hacerme creer que Estella era mía.

—Ay, Caleb. —Se lleva una mano a la frente—. ¿No te diste cuenta de lo que estaba pasando? Fuiste y le soltaste un par de bombas encima, y en algún momento de la conversación decidió que no te quería a ti, que quería venganza. Y eso es exactamente lo que está ocurriendo.

Miro por su ventana al tráfico que hay debajo y sé que es cierto. Pero ¿por qué no he sido capaz de verlo antes? Si alguien que no fuera yo me estuviera contando la historia, me reiría ante su estupidez. ¿Por qué a los humanos les cuesta tanto ver su propia mierda con claridad?

—Te tiene agarrado por los huevos, Caleb. No hay ninguna prueba de lo que ocurrió esa noche. Pero sí que hay pruebas de que durante los tres últimos años de la vida de esa niña no la has visto, no has pagado la manutención ni has luchado por su custodia. Leah puede alegar abandono. Y, ahora que lo sabe, ha vuelto para que sepas que Estella es hija tuya, y que ella es la que tiene el poder.

«Dios.»

—¿Y qué hago ahora?

—Tienes que conseguir una prueba de paternidad en el juzgado, pero eso va a llevar un tiempo. Después pediremos visitas. Serán supervisadas al principio, pero, mientras cumplas las reglas y vayas a ver a Estella, podemos pedir la custodia compartida.

—Yo quiero la custodia completa.

—Sí, bueno, y yo quiero ser modelo de trajes de baño. Pero eso no cambia el hecho de que soy regordeta y me comí una hamburguesa con queso para cenar anoche.

—Vale —contesto—. Haz lo que tengas que hacer. Estoy dispuesto a todo. Sea lo que sea. ¿Hay alguna forma de que pueda ver a Estella?

Es una pregunta demasiado estúpida, pero tengo que hacérsela. De ninguna manera Leah va a permitir que me acerque a mi hija. No tengo ninguna prueba, pero ya estoy pensando en ella otra vez como en mi hija. ¿Había dejado de hacerlo en alguna ocasión?

Moira se ríe de mí.

—Ni de broma. Tú quédate sentado y déjame hacer mis cosas. Va a volver a estar en tu vida muy pronto, pero vamos a tener que luchar un poco para llegar ahí.

Asiento con la cabeza.

Salgo de su despacho y voy directamente a casa de Olivia. Lleva unos pantalones cortos y una camiseta sin mangas cuando llego y está fregando el suelo con aspecto fastidiado. Me apoyo contra la pared y le cuento lo que me ha dicho Moira mientras trabaja. Está limpiando con ganas, y, cuando eso ocurre, sé que lo está haciendo para distraerse. También hay un cuenco de Doritos sobre la mesa y continuamente camina hasta él para meterse unos cuantos en la boca. Ha pasado algo, pero sé que no me lo diría ni aunque se lo preguntara.

—Tú haz lo que te diga —es lo único que Olivia me dice. Pasan unos cuantos minutos en los que no hablamos. El sonido de ella masticando domina toda la habitación—. Ni siquiera parecía arrepentida —acaba diciendo al fin—. Eso era lo más extraño de todo. Simplemente se presentó en mi despacho para decirme todo eso; sabía que te lo diría. Parece siniestro.

—Está tramando algo —asiento.

—A lo mejor se ha quedado sin dinero y piensa que puede darte un sablazo y que pagues la manutención.

Niego con la cabeza.

—Su padre construyó un imperio. Esa empresa era solo una pequeña parte de lo que tenía. Leah no necesita dinero.

—Entonces Moira tiene razón y lo que está buscando es venganza. ¿Qué vas a hacer?

Me encojo de hombros.

—Luchar por Estella. Incluso aunque no fuera hija mía, querría luchar por ella.

Olivia deja de fregar. Un mechón de su pelo se ha escapado del moño desordenado sobre su cabeza. Tira de él y después se lo coloca por detrás de la oreja.

—No hagas que te quiera más —me dice—. Mi reloj biológico empieza a sonar, y estás hablando de bebés.

Aprieto los dientes para contener mi sonrisa.

—Pues vamos a hacer uno —digo mientras doy un paso en su dirección.

El blanco de sus ojos explota alrededor de sus pupilas. Se esconde detrás de la fregona.

—Para —me advierte.

Lleva la mano al cuenco de Doritos sin quitarme los ojos de encima y lo encuentra vacío.

—¿Crees que tendríamos un niño o una niña?

—Caleb…

Doy dos pasos más antes de que moje la fregona en el cubo y me golpee el estómago con ella.

Me quedo mirando mi ropa empapada con la boca abierta. Sabe lo que va a pasar a continuación, porque suelta la fregona y sale corriendo hacia la sala de estar. La miro agarrarse a los muebles mientras se resbala y se desliza por el suelo mojado. Voy detrás de ella, pero es tan adicta a la limpieza que prácticamente es como si estuviera haciendo patinaje sobre hielo, pero sobre mármol mojado. Increíble. Me caigo de culo.

Me quedo allí y entonces Olivia sale de la cocina con dos botellas de cristal de Coca-Cola.

—Una ofrenda de paz.

Extiende una de ellas hacia mí. Yo sujeto la botella y su brazo y tiro de ella hasta el suelo, junto a mí.

Ella se desliza por el suelo hasta que quedamos sentados espalda con espalda, apoyados el uno contra el otro, con las piernas extendidas hacia fuera. Después, hablamos sobre nada en particular. Y la sensación es cojonuda.

Capítulo veintinueve
El pasado

Mi hija nació el tres de marzo a las tres y treinta y tres de la tarde. Tenía una mata de pelo rojo que se le quedaba de punta, como esos trols de juguete de los años noventa. Le pasé los dedos por encima mientras sonreía como un maldito idiota. Era preciosa. Leah me había convencido de que íbamos a tener un niño. Me había acariciado la cara, me había mirado como si fuera su dios y prácticamente había ronroneado:

—Tu padre tuvo dos hijos, y tu abuelo tuvo tres. Los hombres de tu familia tienen hijos.

Yo quería una hija en secreto y ella quería abiertamente un hijo. Había un elemento freudiano en nuestras preferencias de género, cosa que no le expresé a mi mujer mientras compraba y decoraba la habitación con amarillos y verdes, «solo para ir sobre seguro». Aunque no me di cuenta de que ella no estaba yendo sobre seguro cuando me fijé en un mordedor con la forma de un camión de basura que apareció sobre las montañas de cosas de bebé o en un pequeño pelele inspirado en el béisbol. Como yo había jugado al baloncesto en la universidad, la selección del béisbol solo podía haber sido un homenaje al padre de Leah, que jamás se perdía un partido de los Yankees en televisión. Su culo mentiroso que decía ir sobre seguro estaba haciendo trampas. Así que yo también las hice. Compré cosas de niña y las escondí en secreto en mi armario.

El día en que se puso de parto, estábamos planeando ir a pasear por la playa. No salía de cuentas hasta al cabo de unas semanas y había leído que la mayoría de los embarazos primerizos acababan pasándose de la fecha. Leah se estaba subiendo al asiento del copiloto cuando produjo un sonido en el fondo de la garganta. Tenía las manos morenas, y las observé aferrar su estómago y arrugar el tejido blanco de su vestido entre los dedos retorcidos.

—Pensaba que solo eran contracciones de Braxton Hicks, pero son cada vez más frecuentes. A lo mejor deberíamos ir al hospital y dejar la playa para otro día —resolló mientras cerraba los ojos.

Se inclinó sobre el salpicadero, puso el coche en marcha y dirigió las tres rejillas de aire acondicionado hacia su cara. La observé durante un minuto, incapaz de comprender que aquello estaba ocurriendo en realidad. Después, corrí al interior de la casa y volví de la habitación con su bolsa del hospital.

Me sorprendí cuando el doctor anunció «¡Una niña!» antes de dejarla contra el pecho de su madre. Pero no tan sorprendido como para que se borrara la sonrisa estúpida de mi cara. La llamé Estella, por *Grandes esperanzas*. Aquella noche, cuando volví a casa para darme una ducha, saqué una caja de la parte superior del armario. Había llegado por correo un mes antes, sin ninguna nota ni ninguna dirección del remitente. Me quedé desconcertado hasta que la abrí.

Corté el celo con las tijeras y saqué una manta de color lavanda de la caja. Era tan suave que parecía algodón entre mis dedos.

—¿Olivia? —dije en voz baja.

Pero ¿por qué iba a mandarme un regalo para el bebé? Volví a meterla en la caja antes de pensar demasiado en todo esto.

La miré fijamente con una sonrisita en la cara. ¿Es que sabía que Leah quería con desesperación tener un niño y había enviado un regalo de niña para fastidiarla? ¿O habría recordado las ganas que tenía yo de tener una hija? En realidad, nunca podías saber muy bien cuáles eran los motivos de Olivia, a menos que se lo preguntaras. Pero, claro, entonces te mentiría.

Me llevé la manta al hospital. Cuando Leah me vio con ella, puso los ojos en blanco. Habría hecho mucho más que eso si hubiera sabido de dónde venía. Envolví a mi hija con la manta de Olivia y me sentí eufórico. «Soy padre. De una niña.» Leah parecía menos emocionada, cosa que atribuí a la decepción de no haber tenido un niño. O a lo mejor tenía depresión posparto. O tal vez estaba celosa. Si dijera que la idea de que mi mujer pudiera sentirse celosa si teníamos una hija no se me había pasado por la mente, mentiría.

Abracé a Estella un poco más fuerte. Ya me había preguntado cómo iba a protegerla de las cosas feas que hay en el mundo, pero nunca pensé que me acabaría preguntando cómo protegerla de su propia madre. «Pero así son las cosas», pensé con tristeza. Los padres de Leah habían sido unos agujeros negros emocionales durante la mayor parte de su infancia. Pero mejoraría; yo la ayudaría. El amor arreglaba a la gente.

Estaba de mejor humor cuando volvíamos en coche a casa tras salir del hospital. Se reía y coqueteaba conmigo. Pero, cuando llegamos a casa y le entregué a la niña para que le diera de comer, su espalda se tensó como si hubiera recibido un puñetazo entre los omóplatos. El corazón me dio un vuelco tan grande en ese momento que tuve que darme la vuelta para ocultar mi expresión. Aquello no era lo que había esperado. No era lo que Olivia habría hecho. A pesar de toda la dureza con la que se envolvía, era buena y cariñosa. Con Leah, siempre pensaba que había bien en ella…, en algún lugar más allá de lo que sus padres habían hecho para sacar lo malo. ¿A lo mejor me había creído que era capaz de ser más de lo que era en realidad? Pero, como se suele decir, con un poco de fe puedes mover montañas… o suavizar la dureza… o querer a alguien hasta que se cure. «Dios. ¿Qué había hecho?»

Capítulo treinta

El presente

Esta misma noche, más tarde, salgo a correr. Pero, cuando llego al vestíbulo de mi edificio, mis pasos se apagan. Al principio no lo reconozco; no va tan arreglado como la última vez que lo vi. ¿Por qué algunos hombres se niegan a afeitarse cuando tienen el corazón roto? «Joder. ¿Cómo está pasando esto?» Me paso una mano por la nuca antes de acercarme hacia él.

—Noah.

Cuando se da la vuelta, parece sorprendido. Echa un vistazo al ascensor y después a mí. Madre mía, este tío está hecho un completo desastre. Yo también he tenido este aspecto un par de veces en mi vida, así que casi me siento mal por él.

—¿Podemos hablar? —me pregunta.

Miro a mi alrededor, al vestíbulo, y asiento con la cabeza.

—Hay un bar en la esquina. Salvo que quieras subir a mi casa.

Él niega con la cabeza.

—El bar está bien.

—Dame diez minutos. Nos vemos allí.

Asiente con la cabeza y sale del edificio sin decir nada más. Yo vuelvo a subir a mi casa y llamo a Olivia.

—Noah está en la ciudad —digo en cuanto me contesta—. ¿Lo sabías?

Se produce una larga pausa antes de que conteste.

—Sí.

—¿Ha ido a verte?

Siento que la tensión se acumula en mis hombros y se extiende hasta mis manos. Agarro el teléfono un poco más fuerte mientras espero a que responda.

—Sí —vuelve a decir.

—¿Eso es todo? ¿Eso es todo lo que me vas a decir?

Oigo que está moviendo cosas y me pregunto si estará ahora mismo en el juzgado.

—¿Ha ido a verte? —susurra al teléfono, y puedo oír el taconeo de sus zapatos mientras camina.

Joder. Está en el juzgado y le estoy soltando esta bomba encima.

—No te preocupes. Te llamo después, ¿vale?

—Caleb… —comienza a decir, pero yo la interrumpo.

—Concéntrate en lo que estés haciendo ahora mismo. Ya hablaremos por la noche.

Su voz suena jadeante cuando contesta.

—Vale.

Cuelgo yo primero y vuelvo a bajar a la calle. Camino por la abarrotada acera, apenas capaz de ver nada. Tengo la mente fijada a su voz, o tal vez su voz se ha fijado a mi mente. En cualquier caso, puedo oírla. Y sé que algo va mal. No estoy seguro de ser capaz de ocuparme de todo esto al mismo tiempo. Estella es mi prioridad, pero no creo que sea capaz de hacer esto sin Olivia. La necesito.

* * *

Noah está sentado en una mesa pequeña al fondo del bar. Se trata de un local exclusivo y, como con todo en este barrio, pagas mucho por sus servicios. A esta hora tan solo hay dos clientes además de él; uno es mayor y el otro es joven. Paso de largo junto a los dos mientras mis ojos se adaptan a la tenue luz. Cuando aparto la silla para tomar asiento, el camarero se acerca a mí, pero le hago un gesto para que se marche antes de que pueda llegar hasta donde nos encontramos. Noah está bebiendo lo que parece ser *whisky* escocés, pero mi único interés es tener control completo sobre mi mente.

Espero a que hable él; en realidad, yo no tengo nada que decirle.

—Te dije que permanecieras lejos de ella —me dice.

Me lamo los labios mientras observo a ese pobre hijo de puta. Está asustado, puedo vérselo por todas partes. Yo también lo estoy.

—Eso fue antes de que dejaras sola a tu mujer para enfrentarse a un acosador.

Se cruje el cuello antes de levantar la mirada.

—Ahora estoy aquí.

Me entran ganas de reírme. Ahora está aquí. Como si estuviera bien formar parte de un matrimonio solo a tiempo parcial y aparecer cuando te apetece.

—Pero, ella no lo está. Eso es lo que no sabes sobre Olivia. No necesita a nadie que cuide de ella; es muy dura. Pero, si tú no te fuerzas a hacerlo de todos modos, ella sigue adelante. Y ha seguido adelante. La has cagado.

Me lanza un vistazo rápido.

—No me hables sobre mi mujer.

—¿Por qué no? ¿Porque yo la conozco mejor que tú? ¿Porque, cuando te marchaste en uno de tus malditos viajes y ella necesitaba ayuda, me llamó a mí?

Los dos nos ponemos en pie al mismo tiempo. El camarero ve la conmoción y golpea la barra con el puño. Las botellas que hay a su alrededor traquetean con el impacto.

—¡Eh! Sentaos o largaos de aquí —dice.

Es un tío grande de cojones, así que los dos nos sentamos. Nos tomamos un momento para calmarnos, o para pensar, o lo que sea que hacen los hombres cuando se sienten obligados a partirse la cara mutuamente. Estoy a punto de marcharme cuando Noah habla al fin.

—Una vez estuve enamorado de una chica de la misma forma en que tú estás enamorado de Olivia —dice.

—Espera un momento —lo interrumpo—. Si estuvieras enamorado de una chica de la misma forma en que yo estoy enamorado de Olivia, no estarías con ella. Estarías con esa chica.

Noah sonríe, pero la sonrisa no le alcanza los ojos.

—Está muerta.

Me siento como un gilipollas.

—¿Por qué me estás contando esto?

—Piensa en lo que estás haciendo, Caleb. Olivia ya no es tuya. Hemos hecho un compromiso mutuo y, como tú mismo has dicho..., la cagué. Necesitamos poder trabajar en lo que tenemos sin que tú aparezcas cada cinco minutos para llenarla de nostalgia.

¿«Nostalgia»? Si él supiera... No se puede atribuir lo que Olivia y yo tenemos a la nostalgia. El día en que la conocí bajo aquel árbol, fue como si hubiera respirado una espora de ella que hubiera ido directamente a mis pulmones. No dejábamos de volver el uno al otro. La distancia entre nuestros cuerpos se volvió más grande durante los años en los que tratamos de vivir por separado, pero esa espora echó raíces y creció. Y, sin importar la distancia o las circunstancias, Olivia es algo que está creciendo dentro de mí.

Su comentario de la nostalgia me cabrea tanto que decido darle un golpe bajo.

—Entonces, vas a tener un bebé con ella...

El aturdimiento que aparece en sus ojos es suficiente para decirme que le he dado en un punto débil. Hago rotar mi teléfono entre los dedos mientras observo su cara y espero la respuesta.

—Eso no es asunto tuyo.

—Olivia es asunto mío, te guste o no. Y yo sí que quiero tener un bebé con ella.

No sé por qué no me pega un puñetazo, porque yo lo habría hecho. Pero Noah es un tío con clase. Se pasa la mano por la barba, que es ya muy canosa, y se termina el *whisky*. Su rostro está carente de toda emoción, así que no sé qué está pensando.

—Mi hermana tenía fibrosis quística —me cuenta—. Solía ir con ella a sus grupos de apoyo, y allí fue donde conocí a Melisa. Ella también la tenía. Me enamoré de ella, y después tuve que verla morir antes de que pudiera cumplir los veinticuatro años. Y mi hermana murió dos años después de ella. He visto morir a dos mujeres a las que quería. No quiero traer a un niño al mundo con la posibilidad de transmitirle el gen. No es justo.

Me pido un *whisky* escocés.

Trato de deshacerme de mi dolor de cabeza. Esto se está volviendo más complicado a cada minuto que pasa, y lo último que quiero es sentir lástima por este tío.

—¿Qué es lo que quiere Olivia? —No sé por qué se lo estoy preguntando a él en vez de a ella, pero lo único en lo que soy capaz de pensar es en cómo sonaba la voz de Olivia cuando la llamé por teléfono. ¿Qué es lo que me va a decir?

—Quiere que salvemos lo que tenemos —me dice—. Quedamos anoche para hablarlo.

* * *

He sentido demasiadas formas de dolor durante todos mis años con Olivia. El peor de todos fue cuando entré en su habitación de hotel y vi el envoltorio del condón. Fue un dolor celoso, desgarrador. Le había fallado. Había querido protegerla, pero ella había querido autodestruirse, y no podía detenerla, sin importar lo que hiciera ni lo mucho que la amara. Lo único que se acercaba a ese dolor fue cuando fui a su apartamento y descubrí que me había abandonado otra vez.

Lo que siento ahora podría ser peor que eso. Me va a abandonar, y tiene todo el derecho a hacerlo. No hay nada

que justifique moralmente que dé la espalda a su matrimonio por mí. Noah tiene razón, pero eso no significa que yo
sea capaz de aceptarlo.

Los últimos meses hemos podido conocernos como
adultos, hemos hecho el amor como adultos, nos hemos
visto como adultos. Y Olivia puede negarlo hasta que su
cara tozuda se vuelva azul, pero también trabajamos juntos
como adultos. ¿Cómo puede abandonarme otra vez? Estábamos enamorados. Estamos enamorados.

—Tengo que hablar con ella.

Me pongo en pie y él no trata de detenerme. ¿Habían
planeado esto juntos? ¿Que viniera Noah a decirme cuál era
su decisión? ¿Que yo tuviera que aceptarlo sin más? Es evidente que Olivia se ha olvidado de lo que estoy dispuesto a
hacer para tenerla. Dejo un billete de veinte en la barra
y salgo a la calle.

Capítulo treinta y uno

El pasado

Una semana antes de que mi bebé llegara a este mundo, recibí una llamada del despacho de Olivia. Pero no era ella; tan solo se trataba de su secretaria. Y era una nueva secretaria, gracias a Dios. La que tenía cuando había empezado a trabajar para el bufete de Bernie era una psicóloga. La chica nueva se llamaba Nancy y, con su voz rápida y profesional, me informó de que la señorita Kaspen le había pedido que me llamara. Según me dijo, tres semanas antes una mujer llamada Anfisa Lisov había contactado con Olivia y le había dicho que la había visto en una noticia sobre los Estados Unidos en la CNN rusa. Decía que era la madre de la mujer que había en la foto con Olivia: Johanna Smith. Casi se me cayó el teléfono.

Quería contactar con la mujer que sospechaba que era su hija. Me derrumbé en una silla y escuché a Nancy mientras hablaba. Nadie sabía que Leah era adoptada. Lo habíamos ocultado a los medios; habíamos sido cuidadosos, tan cuidadosos como para que no se divulgara esa información. Eso habría puesto en peligro el testimonio de Leah o, al menos, eso era lo que decían sus socios. Yo creo que habría puesto en peligro su salud mental. Y nada había cambiado. Courtney vivía en una residencia con asistencia, y era un vegetal. Su madre era alcohólica. Y Leah se mantenía en equilibrio en la fina línea entre la locura y la cordura. E iba a tener a mi bebé. Fuera quien fuera esa mujer, no podía permitir que se acercara a mi esposa.

—Dijo que entregó a su bebé cuando trabajaba como prostituta en Kiev, a los dieciséis años. —«Joder, joder, joder»—. Va a volar a los Estados Unidos para conocer a Johanna —añadió Nancy—. La señorita Kaspen trató de disuadirla, pero fue muy insistente. Me pidió que lo llamara para advertirlo.

«Joder.» ¿Por qué no me lo habría contado antes?

—Está bien. Dame la información de contacto que tengas de ella.

Nancy me dio el nombre del hotel y los horarios del vuelo y me deseó buena suerte antes de colgar el teléfono.

Anfisa iba a volar a Nueva York primero y un día después se montaría en un avión a Miami. No tenía la menor duda de que era quien decía ser. ¿Quién más sabía que la verdadera madre de Leah era una prostituta de dieciséis años de Kiev? Cuando traté de enviarle un correo electrónico a Anfisa utilizando la dirección que me había dado Nancy, me llegó un mensaje diciendo que la dirección era incorrecta. El número de teléfono había sido desconectado. Busqué el nombre de Anfisa en Google y encontré una foto de una mujer despampanante con el pelo rojo y corto, no mucho más largo que el mío. Había escrito y publicado tres libros en Rusia. Copié los títulos en el traductor de Google, y los resultados fueron *Mi vida escarlata*, *El bebé ensangrentado* y *Buscando a la Madre Rusia*. Llevaba cuatro años sin publicar un libro. Reservé un billete para Nueva York en ese mismo momento. Iba a volar allí para hablar con esa mujer y mandarla lejos de allí, y volvería a tiempo para el nacimiento de mi bebé. No tenía ni idea de lo que pretendía obtener de ese encuentro, pero el hecho de que Leah tuviera una familia adinerada era lo primero que se me pasaba por la cabeza. Quería una nueva historia que contar. Reencontrarse con su hija le daría o bien suficiente dinero como para tomarse un descanso de la escritura o bien la historia que estaba buscando. Era imposible que Leah quisiera conocer a esa mujer, fuera o no su madre. Necesitaba concentrarse en ser madre, no tener una crisis nerviosa por la suya. Yo iba a encargarme de ello; le daría dinero si tenía que hacerlo. Pero entonces Estella nació antes de lo esperado.

Le había dicho a Leah que tenía un viaje de negocios. Eso le molestó, pero lo organicé con su madre para que se quedara con ella los días que yo fuera a estar lejos de allí. No quería dejar a Estella, pero ¿qué otra opción tenía? Si no impedía que esa mujer se subiera a un avión en dirección a Miami, estaría llamando a nuestra puerta en unos días.

Hice una maleta pequeña, les di un beso de despedida a mi mujer y a mi hija y me monté en el avión hacia Nueva York para quedar con Anisa Lisov, la madre biológica de Leah. Apenas fui capaz de quedarme quieto durante el viaje en avión. Le había preguntado a Leah en nuestra luna de miel, solo unos días después de que me contara que era adoptada, si querría conocer a su madre biológica alguna vez. Antes de que la última palabra saliera de mi boca, ya estaba negando con la cabeza.

—Ni hablar. No me interesa.

—¿Por qué no? ¿No sientes curiosidad?

—Era una prostituta, y mi padre era un cerdo asqueroso. ¿Por qué debería sentir curiosidad? ¿Por saber si me parezco a ella? No quiero parecerme a una prostituta.

Pues nada...

No habíamos vuelto a hablar sobre eso. Y, ahora, ahí estaba yo, haciendo control de daños. Probablemente bebí demasiado durante el vuelo. Cuando aterrizamos, me registré en mi hotel y me monté en un taxi en dirección al hotel de esa mujer. Se alojaba en un Hilton cerca del aeropuerto, aunque Nancy no sabía en qué habitación. Pedí en la recepción que la llamaran y le dijeran que su yerno había ido a verla. Después me senté en uno de los divanes que había junto a la chimenea y esperé. Bajó diez minutos más tarde. Supe que se trataba de ella por la foto que había encontrado en internet. Era mayor que en la foto, con más arrugas alrededor de los ojos y de la boca. Llevaba el pelo teñido; ya no era pelirrojo natural, pero seguía llevándolo corto y de punta. Examiné su rostro para buscar en él rasgos de Leah. Puede que tan solo fuera mi imaginación, pero, cuando habló, vi a mi mujer en sus expresiones. Me puse en pie para saludarla y ella me miró fijamente a la cara, con calma absoluta. Mi viajecito sorpresa no la había inquietado en absoluto.

—¿Eres el marido de Johanna? ¿Sí?

—Sí —contesté, y esperé a que tomara asiento—. Caleb.

—Caleb —repitió ella—. Te vi en la televisión. Durante el juicio. —Y entonces...—. ¿Cómo has sabido que estaba aquí?

Tenía un acento fuerte, pero hablaba bien mi idioma.

Estaba sentada recta como un palo, sin que su espalda tocara la silla. Parecía más una militar rusa que una antigua prostituta rusa.

—¿Por qué estás aquí? —pregunté.

Ella sonrió.

—Vamos a tener que responder nuestras preguntas si queremos llegar a alguna parte, ¿no?

—Me llamaron del despacho de su abogada —dije mientras me reclinaba en mi asiento.

—Ah, sí. La señorita Olivia Kaspen. —«Dios.» Su nombre sonaba bien hasta con acento ruso. No lo confirmé ni lo negué—. ¿Vamos al bar? ¿Pedimos una copa? —sugirió entonces, y yo asentí con los labios apretados. La seguí en silencio hasta el bar del hotel, donde se sentó en una mesa cerca de la parte delantera. Solo después de que el camarero nos trajera su vodka y mi *whisky* escocés, respondió a mi pregunta—. He venido a conocer a mi hija.

—Ella no quiere conocerte —repliqué.

Entrecerró los ojos, y entonces vi a Leah.

—¿Por qué no?

—La abandonaste hace mucho tiempo. Ya tiene una familia.

Anfisa resopló.

—¿Esa gente? No me gustaron cuando se la llevaron. Al hombre ni siquiera le gustaban los niños, me di cuenta de inmediato.

—No habla muy bien de ti que entregaras tu bebé a gente que ni siquiera te gustaba.

—Tenía dieciséis años y me acostaba con hombres para sobrevivir. No tenías muchas opciones.

—Tenías la opción de dársela a gente que te gustara.

Ella apartó la mirada.

—Ellos fueron los que más dinero me ofrecieron.

Dejé el vaso sobre la mesa con más fuerza de la que pretendía.

—No quiere conocerte —dije con firmeza.

Mi declaración pareció agitarla un poco. Se encorvó levemente y sus ojos recorrieron el bar vacío, como si no fuera capaz de seguir manteniendo la compostura más tiempo. Me pregunté si todo lo de la espalda recta era una actuación.

—Necesito dinero. Solo el suficiente para escribir mi próximo libro. Y quiero escribirlo aquí.

Eso era lo que pensaba. Saqué el talonario.

—No vengas nunca a Florida —le dije—. Y no intentes contactar con ella jamás.

Se tragó el resto del vodka como una auténtica rusa.

—Quiero cien mil dólares.

—¿Cuánto tiempo vas a tardar en escribir el libro?

Garabateé su nombre en el cheque e hice una pausa para mirarla. Ella se lo quedó mirando con sed en los ojos.

—Un año —contestó sin mirarme.

Sostuve el bolígrafo sobre la línea de la cantidad.

—Entonces, lo dividiré entre doce. Meteré dinero en una cuenta todos los meses. Si contactas con ella o te marchas de Nueva York, no recibirás el depósito.

Me observó con algo que no reconocía. Tal vez fuera desdén. Odio por una situación que hacía que dependiera de mí. Irritación porque su chantaje no estuviera funcionando tan bien como quería.

—¿Qué pasa si digo que no?

También vi a Leah en su desafío.

—No va a darte dinero. Va a cerrarte la puerta en la cara. Y entonces no recibirás nada.

—Bueno, pues entonces, yerno, firma mi cheque y acabemos con esto.

Así que acabé con ello.

* * *

Cambié la fecha de mi vuelo y volví pronto a casa. Ni siquiera supe mucho de Anfisa. Le envié el dinero incluso después de que Leah y yo nos separáramos y nos divorciáramos. No quería que su presencia hiciera daño a Estella, incluso aunque no fuera hija mía. Cuando se terminó su año, se marchó de vuelta a Rusia. Una vez la busqué en internet y vi que su libro había vendido muchísimo. Tal vez Leah acabara recibiendo noticias suyas, pero yo ya había terminado con ella.

Capítulo treinta y dos

El presente

Voy directamente al apartamento de Olivia. Si no está ya en casa, la estaré esperando cuando llegue.

Ya está en casa. Cuando me abre la puerta, es como si ya me estuviera esperando. Tiene los ojos y los labios hinchados. Cuando Olivia llora, sus labios duplican su tamaño y se vuelven de un rojo brillante. Es lo más hermosamente frágil y femenino de ella.

Se aparta a un lado para dejarme entrar y yo paso junto a ella y me dirijo hacia la sala de estar. Cierra la puerta con suavidad y me sigue. Después, se rodea el cuerpo con los brazos y se queda mirando al océano.

—Cuando te marchaste y te fuiste a Texas, después de que... —Hago una pausa para que comprenda lo que estoy diciendo—. Fui a por ti. Tardé unos meses en superar mi orgullo herido inicial y en encontrarte, claro. Cammie no quería decirme dónde estabas, así que me presenté en su casa.

Le cuento cómo me quedé esperando en el lateral de la casa cuando vi que se acercaba el coche y cómo había oído la conversación entre ella y Cammie. Y cómo había llamado a la puerta cuando Olivia había subido para darse una ducha. Se lo cuento todo, y no sé si me escucha, porque tiene la cara inmóvil y no pestañea. Su pecho ni siquiera sube y baja con su respiración.

—Estaba subiendo la escalera, Reina, cuando Cammie me detuvo. Me dijo que te habías quedado embarazada después de nuestra noche juntos. Me contó lo del aborto.

Por fin, la estatua cobra vida. Dirige hacia mí sus ojos feroces. Fuego azul; el más caliente de todos.

—¿Aborto? —La palabra sale de su boca de forma atropellada—. ¿Te dijo que había tenido un aborto?

Ahora… ahora su pecho sube y baja sin parar. Sus pechos se tensan contra el tejido de su camiseta.

—Lo insinuó. ¿Por qué no me lo contaste?

Abre la boca y se pasa la lengua por el labio inferior. No sé por qué le estoy haciendo esto ahora. A lo mejor pienso que, si le recuerdo toda la historia que hay entre nosotros, eso la estimulará para que me elija a mí.

—No es que decidiera abortar, Caleb —me dice—. Fue un aborto espontáneo. ¡Fue involuntario, joder!

Su imagen se enfoca y se desenfoca mientras asimilo sus palabras.

—¿Por qué no me lo dijo Cammie?

—¡No lo sé! ¿Para mantenerte alejado de mí? ¡Hizo lo correcto! ¡Somos malos el uno para el otro!

—¿Por qué no me lo contaste?

—¡Porque dolía! Traté de fingir que nunca había ocurrido.

No sé qué hacer conmigo mismo. Es como si el mundo entero estuviera decidido a mantenernos separados. Incluso la puta Cammie, que había tenido un asiento en primera fila para nuestra relación durante todos estos años. «¿Cómo ha podido?» Olivia se está esforzando por no llorar. Sus labios se mueven mientras trata de formar palabras.

—Mírame, Reina. —Pero no puede—. ¿Qué vas a decirme?

—Ya lo sabes… —dice en voz baja.

—No lo hagas —le pido—. Esta es nuestra última oportunidad. Tú y yo estamos hechos el uno para el otro.

—Lo elijo a él, Caleb.

Sus palabras me causan furia, demasiada furia. Apenas soy capaz de mirarla. Respiro por la nariz mientras su anuncio reverbera por mi cerebro, quema mis conductos lagrimales y acaba en algún lugar de mi pecho, y me provoca un dolor tan increíble en el corazón que no puedo ni ver con claridad.

En mitad de mi derrumbamiento, levanto la cabeza para mirarla. Está pálida y tiene los ojos muy abiertos y llenos de pánico.

Asiento con la cabeza… lentamente. Todavía lo estoy haciendo diez segundos más tarde. Estoy evaluando cómo será el resto de mi vida sin ella. Me estoy planteando la posibilidad de estrangularla. Me estoy preguntando si he hecho todo lo que podía…, si podía haberlo intentado más.

Hay una última cosa que tengo que decirle. Algo que le había dicho y sobre lo que había estado terriblemente equivocado.

—Olivia, una vez te dije que yo volvería a amar y que tú seguirías sufriendo para siempre. ¿Te acuerdas? —Asiente con la cabeza. Es un recuerdo doloroso para los dos—. Era mentira. Sabía que era mentira, incluso mientras te lo estaba diciendo. No he vuelto a amar a nadie después de ti. Y jamás volveré a hacerlo.

Me marcho de allí.

Me alejo de allí.

Se acabó lo de luchar…, ni por ella ni con ella ni conmigo mismo.

Estoy demasiado triste.

* * *

¿Cuántas veces puede romperse un corazón antes de que ya sea imposible de arreglar? ¿Cuántas veces puedo desear no seguir viviendo? ¿Cómo puede un solo ser humano provocar una grieta tan grande en mi existencia? Alterno entre periodos de entumecimiento y dolor inconcebible en cuestión de… ¿una hora? Una hora me parece un día, y un día me parece una semana. Quiero vivir y después quiero morir. Quiero llorar y después quiero gritar.

Quiero, quiero, quiero…

Olivia.

Pero no quiero. No quiero que sufra. Quiero que sea feliz. Quiero dejar de pensar por completo y quedarme encerrado en una habitación sin pensamientos. Posiblemente durante un año.

Salgo a correr. Corro tanto que, si ocurriera un apocalipsis zombi, jamás serían capaces de atraparme. Cuando corro, no siento nada salvo el ardor de mis pulmones. Me gusta el ardor; me permite saber que todavía puedo sentir algo cuando tengo un día entumecido. Cuando tengo un día de dolor, bebo.

No hay ninguna cura.

Pasa un mes.

Pasan dos meses.

Tres meses.

Cuatro.

Estella no es hija mía. Llega el resultado de la prueba de paternidad y Moira me hace ir a su despacho para darme la noticia. La miro fijamente, inexpresivo, durante cinco minutos, mientras ella me explica los resultados: no hay ninguna forma, ninguna manera, ninguna posibilidad de que yo sea su padre biológico. Me pongo en pie y me marcho sin decir nada. Conduzco sin sabe adónde me dirijo. Acabo en mi casa de Naples…, en nuestra casa de Naples. No he estado aquí desde el incidente con Dobson. Dejo todas las luces apagadas y hago unas cuantas llamadas. Primero a Londres, después a mi madre y después a una inmobiliaria. Me quedo dormido en el sofá. Cuando me despierto a la mañana siguiente, cierro la casa con llave, dejo unas llaves extra dentro del buzón y vuelvo en coche hasta mi apartamento. Hago las maletas. Reservo un billete. Me subo a un avión. Mientras estoy sentado durante el vuelo, me río para mí mismo. Me he convertido en Olivia. Estoy huyendo y ya nada me importa una mierda. Recorro el borde de mi vaso de plástico con las puntas de los dedos. No. Estoy comenzando de nuevo. Lo necesito. Si soy capaz de hacerlo, no voy a volver ahí. Voy a vender nuestra casa, después de todos estos años. La casa donde se suponía que íbamos a tener hijos y a envejecer juntos. Se venderá rápido. He recibido ofertas por ella a lo largo de los años, y siempre había inmobiliarias que me dejaban tarjetas por si acaso decidía venderla. En el divorcio se lo di todo a Leah a cambio de que me dejara la casa de Naples. Nunca protestó demasiado, y ahora soy consciente de cuál era la razón. Tenía algo mucho más cruel planeado para mí. Quería devolverme a mi hija y después arrebatármela otra vez. Cierro los ojos. Tan solo quiero dormir para siempre.

Capítulo treinta y tres

OLIVIA
El pasado

Las fiestas de cumpleaños me hacían sentir incómoda. ¿Se puede saber quién demonios las inventó? Globos, regalos que no querías…, tarta con todo el glaseado esponjoso y procesado. Yo era una chica de helados. De cereza. Cammie me compró una tarrina y me la entregó en cuanto soplé las velas.

—Yo sé lo que te gusta —me dijo, y me guiñó un ojo.

Tengo que dar las gracias a Dios por las mejores amigas que te hacen sentir que te conocen.

Me comí el helado sentada en un taburete en la cocina de Cammie mientras todos los demás se comían mi tarta. Había gente por todas partes, pero me sentía sola. Y, cada vez que me sentía sola, lo culpaba a él. Dejé mi helado sobre la encimera y me dirigí al exterior. El DJ estaba poniendo a Keane…, ¡música triste! ¿Por qué demonios había música triste en mi fiesta de cumpleaños? Me dejé caer en una silla del jardín y me quedé escuchando mientras veía cómo explotaban los globos. Los globos eran lo peor de las fiestas de cumpleaños. Eran impredecibles: en un momento dado eran felices bolitas de emoción y al siguiente te explotaban en la cara. Y yo tenía una relación de amor-odio con la impredecibilidad. El que no debe ser nombrado era impredecible. Impredecible como nadie.

Cuando empecé a cumplir mi deber de abrir los regalos, con mi marido de pie a mi izquierda y mi mejor amiga meneando los pechos en dirección a ese DJ tan mono, no me esperaba el paquete envuelto en papel azul.

Ya había abierto veinte regalos. La mayoría eran tarjetas regalo…, ¡gracias a Dios! Me encantaban las tarjetas regalo. Me parece una chorrada eso de que las tarjetas regalo no son personales: no hay nada más personal que comprarte tu propio regalo. Acababa de dejar la última tarjeta regalo que había abierto sobre la silla que tenía a mi lado cuando Cammie hizo una pausa en su coqueteo con el DJ para entregarme el último de mis regalos. No había ninguna tarjeta; tan solo una caja sencilla envuelta en papel azul eléctrico. Para ser sincera, ni siquiera se me pasó por la cabeza. Si te esfuerzas de verdad, puedes entrenar a tu cerebro para que ignore las cosas, y ese tono de azul era uno de ellos. Corté el celo con la uña para quitar el envoltorio, lo arrugué en una bola y lo tiré a la pila de papel que había a mis pies. La gente ya había comenzado a alejarse y a charlar, aburrida del espectáculo de abrir los regalos, así que, cuando abrí la tapa y dejé de respirar, en realidad nadie se dio cuenta.

—Ay, joder. Ayjoderayjoderayjoder.

Nadie me escuchó. Vi un destello. Cammie sacó otra foto y se alejó del DJ para ver qué era lo que me hacía retorcer la cara como si acabara de chupar un limón.

—Ay, joder —dijo al mirar en el interior de la caja—. ¿Es eso?

Cerré la tapa de golpe y le di la caja.

—No dejes que lo vea —le pedí mientras le echaba un vistazo a Noah. Tenía una cerveza en una mano y la cara apartada de mí, y estaba hablando con alguien; tal vez con Bernie. Cammie asintió con la cabeza. Me puse en pie y salí corriendo hacia la casa. Tuve que pasar junto a la gente que todavía seguía comiendo tarta alrededor de la isla de la cocina de mi amiga. Giré hacia la derecha, subí la escalera corriendo y escogí el cuarto de baño de la habitación de Cammie en lugar del piso inferior que estaba utilizando todo el mundo. Me quité los zapatos, cerré la puerta, me incliné sobre el lavabo y respiré con fuerza. Cammie entró unos minutos más tarde y cerró la puerta tras ella.

—Le he dicho a Noah que no te encontrabas bien. Te está esperando en el coche. ¿Puedes hacerlo o quieres que le diga que se marche a casa y que te quedarás aquí a dormir?

—Quiero irme a casa —contesté—. Tan solo dame un minuto.

Cammie se deslizó contra la puerta hasta quedarse sentada en el suelo. Yo me senté en el borde de su bañera y recorrí las líneas de las baldosas con el dedo gordo del pie.

—Esto ha sido innecesario —dijo—. ¿Qué os pasa con eso de enviaros paquetes anónimos?

—Eso fue diferente —repliqué—. Le envié una puta manta de bebé, no... esto. —Observé la caja que se encontraba junto a Cammie, en el suelo—. ¿Qué está tratando de hacer?

—Eh..., te está enviando un mensaje bastante claro. —Me tiré del cuello del vestido. «¿Por qué hace tanto calor aquí, joder?» Cammie empujó la caja para que se deslizara sobre las baldosas del cuarto de baño hasta que me golpeó los dedos de los pies—. Mira de nuevo.

—¿Por qué?

—Porque no has visto lo que había bajo los papeles del divorcio.

Me encogí ante la palabra «divorcio». Después, me agaché, levanté la caja del suelo y saqué el fajo de papeles. El divorcio pesaba mucho. Todavía no era oficial, pero era evidente que ya lo había pedido. ¿Por qué necesitaba contarme esto? Como si eso supusiera alguna diferencia. Dejé los papeles junto a mí, sobre el borde de la bañera, y miré lo que había debajo de ellos.

—Joder.

Cammie apretó los labios, levantó las cejas y asintió con la cabeza.

Era el álbum de Pink Floyd de la tienda de discos, con la caja agrietada en diagonal; la moneda de los besos, verde por el paso del tiempo y aplanada, y una pelota de baloncesto desinflada. Extendí un dedo y toqué su piel rugosa, y después lo tiré todo al suelo y me puse en pie. Cammie se apresuró a apartarse de mi camino y yo abrí la puerta y salí a su habitación. Necesitaba volver a casa y dormir para siempre.

—¿Qué pasa con tu retorcido regalo de cumpleaños? —preguntó Cammie detrás de mí.

—No lo quiero —dije. Me detuve cuando llegué a la puerta, pues algo me carcomía. Me di la vuelta, entré en el cuarto de baño dando zancadas y me acuclillé frente a ella—. Si piensa que esto está bien, se equivoca —añadí con brusquedad. Ella asintió con la cabeza; tenía los ojos muy abiertos—. No puede hacerme esto —insistí, y ella negó con la cabeza, de acuerdo conmigo—. Que se vaya al infierno —añadí.

Ella me enseñó los pulgares hacia arriba.

Con nuestros ojos todavía conectados, extendí un brazo y tanteé el suelo con la mano hasta que mis dedos encontraron la moneda.

—No me has visto hacer esto —dije, y me la metí en el sujetador—. Porque Caleb ya no me importa una mierda.

—¿Hacer qué? —replicó ella, obediente.

—Buena chica. —Me incliné hacia ella y le di un beso en la frente—. Gracias por la fiesta.

Después, caminé hasta mi coche, volví con mi marido y volví otra vez a mi vida.

* * *

Una hora más tarde estaba en la cama, de cara al océano, aunque estaba demasiado oscuro para poder verlo. Aunque oía las olas que rompían contra la costa. El mar estaba agitado esa noche; todo muy adecuado. Noah estaba en la sala de estar viendo la televisión; podía oír la CNN a través de las paredes. A esas alturas, la CNN era como una nana para mí. Nunca venía a la cama cuando yo me acostaba, y todas las noches me quedaba dormida escuchando el zumbido de las noticias. Pero esa noche me sentía agradecida de estar sola. Si Noah me miraba con demasiada atención, cosa que hacía a menudo, sería capaz de ver más allá de mis sonrisas vacías y de mi malestar fingido. Me preguntaría qué me pasaba y yo le mentiría. Pero yo ya no hacía eso.

Lo estaba traicionando con mis emociones deshonestas. Tenía la moneda aferrada en el puño, haciéndome un agujero, pero no era capaz de soltarla. Primero Leah había acudido a mí y me había tirado esos papeles de las escrituras a la cara. Unas escrituras de las que, hasta ese momento, no sabía nada. Y, ahora, él. ¿Por qué no podían dejarme en paz y ya está? Diez años eran mucho tiempo para llorar por una relación. Había pagado por mis decisiones estúpidas durante una década. Cuando conocí a Noah, por fin me sentí preparada por poner a descansar mi amor roto. Pero no podías poner nada a descansar cuando no dejaba de volver para atormentarte.

Me puse en pie y caminé hasta las puertas correderas de cristal que conducían al balcón. Salí al exterior y caminé despacio hasta el borde de la barandilla.

Podía hacerlo. Tenía que hacerlo. ¿Verdad? Enfrentarme a mi fantasma. Dar la cara. ¡Aquella era mi vida, joder! Esa moneda no era mi vida, tenía que desaparecer. Levanté la mano cerrada y sentí cómo la rodeaba el viento. Lo único que tenía que hacer era abrir el puño. Eso era todo. Tan fácil y al mismo tiempo tan difícil. Yo no era de la clase de chicas que se acobardaban ante un desafío. Cerré los ojos y abrí la mano.

Durante un segundo, el corazón se me contrajo. Oí mi voz, pero el viento enseguida se la llevó. Y ya. Ya no estaba.

Retrocedí y me alejé de la barandilla sintiéndome fría de pronto. Me dirigí retrocediendo hacia mi habitación, un paso, dos pasos..., y después me lancé hacia delante y me asomé por la barandilla para mirar el espacio que había entre yo y el suelo.

Ay, Dios mío. ¿De verdad lo había hecho?

Sí, lo había hecho, y el corazón me dolía por una maldita moneda. «Eres idiota —me dije—. Hasta esta noche ni siquiera sabías que él todavía tenía la moneda.» Pero en realidad no era cierto. La había visto dentro de su caballo de Troya cuando me había colado en su casa. La había conservado todos estos años. Pero ahora tenía un bebé, y los bebés tenían la habilidad de hacer que la gente se deshiciera del pasado para empezar de nuevo. Volví a entrar en mi habitación y cerré la puerta. Volví a entrar en mi habitación y cerré la puerta, y me subí a la cama, y me subí a mi vida, y lloré, lloré, y lloré. Como un bebé.

* * *

A la mañana siguiente, me tomé el café ahí fuera. Estaba cansada y me dije a mí misma que el aire fresco me sentaría bien. Lo que de verdad quería era quedarme de pie en el lugar donde había asesinado a la moneda. Dios, ¿alguna vez dejaría de ser tan melodramática? Estaba a medio camino del balcón, aferrando el café entre las manos, cuando mi pie pasó por encima de algo frío. Retrocedí un paso, bajé la mirada y vi mi moneda.

«¡¿Qué?!»

El viento. Debía haber hecho volar la moneda hacia mí cuando la lancé. No la recogí hasta que terminé de tomarme el café. Tan solo me quedé ahí plantada, mirándola fijamente. Cuando por fin me agaché para recuperarla, lo supe. Era imposible deshacerte del pasado. No podías ignorarlo, ni enterrarlo ni lanzarlo por el balcón. Tan solo tenías que

aprender a vivir con él. Tenía que coexistir con tu presente
de forma pacífica. Si podía averiguar cómo hacer eso, estaría
bien. Me llevé la moneda a la habitación y saqué mi ejemplar
de *Grandes esperanzas* de la estantería. Pegué la moneda con
celo a la página del título y volví a dejar el libro en su sitio.
Ahí. Justo donde debía estar.

Capítulo treinta y cuatro
El presente

La beso y hago subir la mano por debajo de su falda. Ella jadea contra mi boca y sus piernas se tensan mientras espera a que mis dedos se metan por debajo de sus bragas. Dejo la mano en la zona donde el tejido se encuentra con su piel. Disfruto de la caza; no me acuesto con las mujeres fáciles. Dice mi nombre y yo tiro del tejido. Voy a acostarme con ella. Es guapa. Es divertida. Es inteligente.

—Lo siento —le digo—. No puedo hacerlo.

Me aparto de ella y me pongo la cabeza sobre las manos. «Dios.»

—¿Qué pasa?

Se acerca más a mí en el sofá y me rodea los hombros con un brazo. Es maja. Pero eso lo hace peor.

—Estoy enamorado de alguien —le explico—. No es mía, pero todavía me siento como si la estuviera engañando.

Comienza a reír y yo levanto la cabeza para mirarla.

—Lo siento —se disculpa, y se cubre la boca—. Eso es patético y un poco romántico, ¿no? —Le dirijo una sonrisa—. ¿Está en los Estados Unidos, esta chica?

—¿Podríamos no hablar de ella?

Ella me frota la espalda y se baja el vestido.

—No pasa nada. En realidad, no eres mi tipo, es solo que siempre he querido tirarme a un estadounidense. Como en las películas. —Se pone en pie y camina hasta mi frigorífico—. Este piso es bonito. Deberías comprar algunos muebles.

Saca dos cervezas y me trae una de ellas. Yo recorro la habitación con la mirada y me siento culpable. Llevo ya dos meses aquí y lo único que hay en la habitación es un sofá que había dejado el anterior dueño y una cama que compré el día que llegué aquí. Necesito hacer algunas compras.

—Podríamos ser amigos —sugiere mientras se sienta junto a mí—. Ahora cuéntame cómo se llama para que pueda investigar por Facebook a la chica que me ha dejado sin polvo.

Me paso la mano por la cara.

—No tiene Facebook. Y no quiero decir su nombre.

—Caleb... —se queja.

—Sara.

—Está bien —dice mientras se pone en pie—. Nos vemos en el gimnasio entonces. Nada de sexo.

Asiento con la cabeza y camino hasta la puerta. Es una buena chica. Y que se tome la situación con tan buen humor lo hace ser todavía más buena.

Cuando se marcha, saco mi ordenador. Encargo una mesa para la cocina, una cama y muebles para el salón. Después me pongo a revisar mis correos electrónicos. Casi todo lo que hay en mi bandeja de entrada tiene que ver con el trabajo. Mi madre me manda correos todos los días, pero todavía no he respondido a ninguno de ellos. Me sobresalto al ver el nombre de mi padre. Mi madre debe de haberle contado que he vuelto a Londres. Hago clic en su nombre.

Caleb:

He oído que has vuelto a la ciudad. Llámame y quedamos para cenar.

Eso es lo único que le ha escrito al hijo que lleva cinco años sin ver. Eh…, ¿por qué no? Saco mi teléfono y le mando un mensaje al número que hay en el correo. Mejor acabar con el reencuentro cuanto antes. A lo mejor me sorprende y es menos gilipollas que la última vez que cené con él, cuando se pasó las dos horas que estuvimos juntos mandando mensajes en su Blackberry.

Me responde casi de inmediato y me dice que nos veamos al día siguiente, por la noche, en un *pub* de la zona. Camino hasta la cama y me desplomo sobre ella, todavía vestido.

* * *

Mi padre no ha cambiado gran cosa en los cinco años que han pasado desde la última vez que lo vi. Tiene el pelo más gris…, creo. Y lo más probable es que el gris que ha decidido conservar esté tan planificado como su bronceado, que sé que tiene que ser de bote porque siempre se pone rojo como un tomate bajo la luz del sol.

—¡Te pareces a mí! —dice antes de darme un abrazo masculino. Dios, odio a este cabrón, pero me alegra verlo.

Actúa como si hubiéramos estado juntos todos los días de los últimos cinco años. Pero es todo fachada: mi padre es un vendedor. Sería capaz de hacer que un terrorista se sintiera como en su casa en una silla eléctrica. Le permito interpretar su papel y bebo muchísimo.

Finalmente, saca el tema de la razón por la que he venido.

—Pues la verdad es que tú sabes mucho de esto —le digo—. Una mujer a la que quería, aunque ella no me quería, y una hija que quería que fuera mía y que no lo es.

Él hace una mueca.

—Yo no sé nada de eso, hijo. Tengo a las mujeres que quiero. —Me echo a reír—. Debe de haber causado un gran efecto en ti para hacer que te marcharas de tus queridos Estados Unidos. —No respondo a eso.

De pronto, recupera la sobriedad—. Quería ver a mi nieta. Cuando pensaba que era mi nieta, claro.

Observo su cara buscando falta de sinceridad, pero no la encuentro. No me está vendiendo humo ni diciendo nada para ser educado. Está haciéndose mayor, y empieza a saborear su mortalidad. Realmente quería conocer a Estella.

—He oído que tu exmujer es peor que mi primera mujer. —Me dirige una sonrisita—. ¿Cómo fuiste capaz de conseguirlo?

—Supongo que soy el mismo tipo de estúpido que tú.

Me dirige otra sonrisita.

—Vente a casa a cenar. Para conocer a mi nueva mujer.

—Claro —contesto.

—Tiene una hermana pequeña...

—Uf. Estás muy enfermo. —Niego con la cabeza, y él se ríe. Entonces me suena el teléfono; es un número de los Estados Unidos. Miro a mi padre y él me hace un gesto para que conteste la llamada—. Enseguida vuelvo —le digo mientras me pongo en pie. Cuando contesto, reconozco la voz de inmediato—. Moira —saludo.

—Hola, querido. Tengo noticias.

—Vale…

La mente me está dando vueltas. Echo un vistazo a mi reloj; son alrededor de las dos en los Estados Unidos.

—¿Estás sentado?

—Suéltalo ya, Moira.

—Cuando tu exmujer llevó a Estella a la clínica para el análisis de sangre, utilizó el nombre de Leah Smith en los papeles en vez de Johanna Smith. Pero había otra Leah Smith en la base de datos…

—¿Qué quieres decir? —la interrumpo.

—Recibiste los resultados de otra persona, Caleb. Estella es hija tuya. Es seguro al noventa y nueve coma nueve por ciento que es hija tuya.

—Ay, Dios mío.

* * *

Resulta que Leah estaba haciéndose otras pruebas cuando la clínica descubrió el error que habían cometido. No quería que pensara que Estella era hija mía. Eso arruinaría su plan a largo plazo de hacerme luchar con ella en el juzgado por la custodia al mismo tiempo que hacía que pareciera que yo había abandonado a mi hija. Y la había abandonado. No había luchado por saber la verdad. Había estado tan cegado por mi dolor que jamás examiné lo suficiente la situación. Me odio por ello. Me he perdido tantos momentos importantes en su vida…, ¿y por qué? Porque soy un idiota.

Como ahora estoy viviendo en otro país, Moira me cuenta que no tengo que estar en las citas en el juzgado, pero vuelvo allí de todos modos. Leah parece verdaderamente sorprendida de verme en el juzgado. Vuelvo allí tres veces en tres meses. Había firmado un contrato de un año con la empresa de Londres; de lo contrario, ya habría vuelto de forma definitiva. Cuando el juez me ve presentarme en las tres vistas, me concede tres semanas al año y, como estoy viviendo en Inglaterra, permitirá que Estella pase el tiempo allí siempre que esté acompañada por un miembro de la familia. Es una pequeña victoria, y Leah está cabreada. Tres semanas. Veintiún días de trescientos sesenta y cinco. Intento no pensar en ello. Voy a tener a mi hija durante tres semanas ininterrumpidas. Y el año ya casi ha terminado. Para el año que viene, Moira va a intentar conseguir la custodia compartida. Tan solo tengo que esperar a que termine mi contrato y podré volver de forma definitiva.

Acordamos que mi madre volará a Londres con Estella. Cuando pregunto si puedo ver a la niña antes de regresar, Leah dice que tiene gastroenteritis y que sería demasiado traumático para ella, así que me veo obligado a esperar. Tomo otro avión para volver a casa y comienzo a preparar las cosas. Compro una cama individual y la meto en la habitación extra. La primera vez solo voy a tenerla durante una semana, pero quiero que se sienta como si mi piso fuera su casa. Así que compro cosas de niña pequeña: un edredón con ponis y flores, una casa de muñecas y una mullida silla rosa con su propio reposapiés. Dos días antes de que llegue el avión con mi madre y con ella, lleno el frigorífico de comida infantil. Apenas soy capaz de dormir. Estoy demasiado emocionado.

Capítulo treinta y cinco
El presente

Me paso cuarenta y cinco minutos en una juguetería para tratar de decidir qué comprarle a Estella. En las películas, cuando los padres se reencuentran con sus hijos, siempre tienen un muñeco de peluche de colores pastel en las manos, por lo general un conejo. Como lo peor que puede ser alguien es un cliché andante, rebusco entre los estantes hasta que encuentro una llama de peluche. La sostengo entre mis manos durante unos minutos mientras sonrío como un idiota. Después, la llevo a la caja registradora.

Siento nudos en el estómago cuando me monto en el metro. Tomo la línea Piccadilly en dirección a Heathrow y me bajo por accidente en la terminal equivocada. Tengo que volver atrás y, para cuando llego a la puerta correcta, mi madre ya me ha mandado un mensaje para decirme que el avión ha aterrizado. ¿Qué pasa si Estella no se acuerda de mí? ¿O si decide que no le caigo bien y llora durante toda su estancia? «Dios.» Soy un desastre absoluto.

Veo a mi madre primero, con su pelo rubio recogido en un perfecto moño de estilo francés incluso después del vuelo de nueve horas. Cuando bajo la mirada, veo una mano regordeta unida a la de mi madre, más esbelta. Sigo la longitud del bazo y veo unos rizos rojos y desordenados rebotando con emoción alrededor de una cara exactamente igual que la de Leah. Sonrío con tanta fuerza que me duele la cara. No creo que haya sonreído desde que me mudé a Londres. Estella lleva un tutú rosa y una camiseta con *cupcakes*. Cuando veo que se ha manchado toda la cara con pintalabios, mi corazón hace algo de lo más peculiar: late más rápido y me duele al mismo tiempo.

Observo a mi madre mientras se detiene y me señala. Los ojos de Estella me buscan. Cuando me ve, le suelta la mano a su abuela y... sale corriendo. Me pongo de rodillas para abrazarla. Ella me golpea con fuerza, demasiada fuerza para una personita tan pequeña. Es fuerte. Aprieto su cuerpecito blando y siento que me arden los conductos de los ojos mientras tratan de invocar las lágrimas. Lo único que quiero es abrazarla de este modo durante unos minutos, pero ella se aparta, me planta ambas manos a los lados de la cara y comienza a hablar a toda velocidad. Le guiño un ojo a mi madre para saludarla y vuelvo a dirigir mi mirada a Estella, que está contándome su versión del vuelo con todo lujo de detalles mientras aferra la llama de peluche bajo el brazo. Tiene una vocecita enérgica, ligeramente áspera, como la de su madre.

—Y entonces me comí la mantequilla, y la abu me dijo que no lo hiciera, porque iba a ponerme enferma...

—«Abu» es como llama a mi madre, y a ella le parece lo mejor del mundo. Creo que está aliviada de haberse escapado del habitual apodo de «yaya» o «abuelita», que la habrían hecho sentir vieja.

—Eres un genio —le digo mientras toma aliento—. ¿Qué niña de tres años habla así?

Mi madre me dirige una sonrisa lastimera.

—Una que nunca deja de hablar. Practica durante una inconmensurable cantidad de tiempo.

Estella repite la palabra «inconmensurable» durante todo el camino hasta la recogida de equipajes. Le entra la risita tonta cuando comienzo a canturrearla con ella y, para cuando saco sus maletas de la cinta, mi madre parece tener la cabeza a punto de explotar.

—Siempre hacías eso cuando eras pequeño —me dice—. Decir lo mismo una y otra vez, hasta que me entraban ganas de ponerme a gritar.

Le doy un beso a mi hija en la frente.

—¿Quién necesita una prueba de paternidad? —bromeo.

Pero resulta ser una mala idea, porque mi personita comienza a canturrear «prueba de paternidad» durante todo el camino por el aeropuerto..., hasta que salimos fuera, nos subimos a un taxi y la distraigo con un autobús de color rosa que está pasando junto a nosotros.

Durante el trayecto en taxi a casa, Estella quiere saber cómo es su habitación, de qué color son las sábanas que he comprado para su cama, si tengo algún juguete y si puede comer *sushi* para cenar.

—¿*Sushi*? —repito—. ¿Qué tal si cenas espaguetis o palitos de pollo?

Pone una cara que solo podría haberle enseñado Leah y entonces dice:

—Yo no como comida de niños.

Mi madre levanta las cejas.

297

—Tampoco te haría falta una prueba de maternidad —dice en voz baja. Tengo que contener la risa.

* * *

Después de llevarlas a mi apartamento para que dejen sus cosas, nos dirigimos a un restaurante de *sushi*, donde mi hija de tres años se come un rollito de atún picante ella sola y después dos trozos de mi comida. La observo impresionado mientras mezcla soja y *wasabi* y toma los palillos. El camarero le trajo unos fijos, con una goma elástica para mantenerlos juntos, pero ella los rechazó con educación y después nos dejó deslumbrados con su destreza de dedos regordetes. Bebe té caliente de una taza de porcelana, y todos en el restaurante se pasan para hacer comentarios sobre su pelo y su comportamiento de señorita. Leah ha hecho un buen trabajo a la hora de enseñarle modales. Les da las gracias a todos los que le dedican algún cumplido con tanta sinceridad que a una señora mayor se le humedecen los ojos. Durante el trayecto en taxi de vuelta a casa, se queda fuera de combate sobre mi hombro. Quería llevarla en el metro, pero mi madre no quería saber nada de esos sucios trenes subterráneos, así que hemos pedido un taxi.

—Yo quiero montar en *tden*, papi.

Tiene la cara apretada contra mi cuello y su voz suena soñolienta.

—Mañana —le prometo—. Mandaremos a la abu a ver a sus amigos y después podremos hacer muchas cosas asquerosas.

—*Eztá* bien —dice con un suspiro—, pero mami dice que no le gusta que haga…

Pero deja la frase inconclusa y se queda dormida. El corazón me late, y me duele, y me late, y me duele.

* * *

Me paso la siguiente semana solo con mi hija. Mi madre se dedica a visitar a amigos y familiares, lo cual nos da tiempo de sobra para estrechar lazos y hacer nuestras cosas. La llevo al zoo, al parque y al museo y, a petición suya, comemos *sushi* todos los días para almorzar. Una noche la convenzo para cenar espaguetis, pero tiene una crisis nerviosa cuando se le caen sobre la ropa. Se pone a llorar y su cara se vuelve tan roja como su pelo, hasta que le preparo un baño y le doy el resto de la cena sentado en el borde de la bañera. No sé si me hace gracia o si me hace sentir mortificado. Cuando la saco de la bañera, ella se frota los ojos, bosteza y se queda dormida mientras le pongo el pijama. Estoy convencido de que es mitad ángel. La mitad que no es de Leah, por supuesto.

Nos pasamos por casa de mi padre una noche. Vive en Cambridge, en un impresionante caserío con establos en la parte de atrás. Lleva a Estella de un caballo a otro para presentárselos. Ella repite sus nombres: Azucarillo, Nerfelia, Adonis, Stokey. Lo observo mientras cautiva a mi hija y doy gracias por el hecho de que esté a un continente de distancia de él. Esto es lo que siempre hace. Se pone a tu nivel, seas quien seas, y te baña con su atención. Si te gusta viajar, te preguntará dónde has estado, te escuchará con los ojos entrecerrados y se reirá de todas tus bromas. Si estás interesado en los coches en miniatura, te pedirá tu opinión sobre cómo construirlos y hará planes para que le enseñes a hacerlo. Te hace sentir como si fueras la única persona con la que merece la pena mantener una conversación y después se pasa un año sin tener una conversación contigo. La decepción es enorme. Jamás construirá ese coche en miniatura contigo, cancelará los planes para cenar, y los planes de cumpleaños, y los planes de vacaciones. Escogerá el trabajo y a otra persona por encima de ti. Romperá tu corazón cautivado y esperanzado una y otra vez. Pero voy a permitir que mi hija tenga el día de hoy, y después la protegeré lo mejor que pueda el día de mañana. La gente rota da amor roto, y todos estamos un poco rotos. Tan solo tienes que perdonar, coserte las heridas que causa el amor y seguir adelante.

Vamos de los establos a la cocina, donde mi padre hace el paripé de prepararnos unas enormes copas de helado, y después le da nata montada a Estella en la boca directamente del bote. Ella anuncia que no puede esperar para contarle a mami esta nueva sorpresa, y estoy bastante seguro de que mi exmujer se dedicará a mandarme correos electrónicos desagradables en las próximas semanas. Estella lo quiere, tal como yo lo hacía. Es descorazonador ver la clase de padre que podría haber sido si lo hubiera intentado.

Los dos últimos días de la visita de Estella, siento náuseas en el estómago. No quiero que se vaya. Quiero poder verla todos los días. En un año, empezará la escuela infantil, y después la escuela primaria. ¿Cómo haremos las visitas de una semana al Reino Unido entonces? «Todo va a salir bien», me digo a mí mismo. Incluso aunque tenga que sobornar a Leah para que se muden a Londres.

Estella llora cuando nos separamos en el aeropuerto. Aferra la llama contra su pecho y las lágrimas caen sobre su pelaje mientras me suplica que la deje quedarse en «Londes». Aprieto los dientes y odio cada decisión que he tomado hasta ahora. «Dios. ¿Adónde la estoy dejando volver?» Leah es una zorra despiadada y confabuladora. Por el amor de Dios, si la dejó en una guardería para emborracharse cuando tenía una semana... La mantuvo alejada de su padre solo para hacerme daño. Su amor es condicional, y también lo es su amabilidad, y no quiero que su furia toque a mi hija.

—Mamá —le digo.

La miro a los ojos y ella lo comprende. Me toma la mano y me la aprieta.

—La recojo de la guardería dos veces por semana y se viene conmigo los fines de semana. Voy a asegurarme de que esté bien hasta que vuelvas a tenerla contigo.

Asiento con la cabeza, incapaz de decir nada más. Estella solloza contra mi cuello, y el dolor que siento es demasiado complejo para expresarlo con palabras.

—Voy a hacer las maletas y volver a casa —le digo a mi madre por encima del hombro de mi hija—. No puedo hacer esto. Es demasiado difícil.

Ella se ríe.

—Ser padre pega contigo. Tienes que terminar tu contrato con la empresa. Hasta entonces, seguiré trayéndola para que te vea.

Mi madre tiene que tomarla en brazos y llevarla por la seguridad. Quiero saltar las barreras y arrebatársela para recuperarla.

Estoy tan jodidamente deprimido en el trayecto en metro hasta casa que me quedo sentado con la cabeza sobre las manos durante la mayor parte. Por la noche, me dedico a beber hasta estar a punto de perder la conciencia y le escribo un correo electrónico a Olivia que no voy a enviar nunca. Después, me quedo dormido y sueño que Leah se lleva a Estella a Asia y dice que no va a volver jamás.

Capítulo treinta y seis

El presente

Como el juez estableció todas las fechas de mi custodia de Estella, decidió que estaría conmigo en Navidades alternas, y esta Navidad me toca a mí estar con ella. Va a ser mi primera Navidad con mi hija. Leah me llamó echando humo cuando el mediador del juzgado le dio la noticia.

—La Navidad es importante para mí —me dijo—. Esto está mal. Una niña nunca debería estar lejos de su madre en Navidad.

—Una niña tampoco debería estar lejos de su padre en Navidad —repliqué—. Pero tú te aseguraste de que eso ocurriera durante dos años.

—Es culpa tuya por marcharte de aquí. Yo no tendría por qué pagar por tus decisiones estúpidas.

Tenía razón hasta cierto punto. No tenía nada más que añadir, así que le dije que tenía que marcharme y le colgué el teléfono.

La Navidad no es importante para Leah. No valora la familia ni las tradiciones. Lo que valora es poder ponerle un vestido navideño a nuestra hija y llevarla a las numerosas fiestas de Navidad a las que va. Es lo que hacen todas las madres adineradas. Es la temporada de presumir de tus hijos y beber ponche de huevo bajo en grasa con licor.

Voy de compras para buscar sus regalos el día en que descubro que voy a tenerla en Navidad. Sara va conmigo para ayudarme. Hemos tomado unas copas un par de veces y he acabado contándoselo todo sobre Olivia, Leah y Estella, así que, cuando le pido que vaya de compras conmigo, ella acepta de inmediato.

—Así que nada de muñecas —dice con una Barbie en la mano. Yo niego con la cabeza.

—Su madre le compra muñecas. Ya tiene demasiadas.

—¿Qué tal si le compras cosas de arte? Para alimentar a su artista interior.

Asiento con la cabeza.

—Perfecto, su madre odia que se ensucie.

Nos dirigimos al pasillo de arte. Ella mete plastilina, pinturas, un caballete y ceras de colores en el carrito.

—Y, bueno, ¿sabes algo sobre Olivia?

—¿Podrías dejar el tema?

Ella se ríe y toma una caja de tizas.

—Es que es como un culebrón, tío. Me muero de ganas por saber qué pasa después.

Me detengo frente a un equipo para teñir camisetas.

—Vamos a comprar esto, le va a gustar. —Sara asiente con la cabeza en señal de aprobación—. No he contactado con ninguno de nuestros amigos. Me dijo que la dejara en paz y eso es exactamente lo que estoy haciendo. Por lo que sé, la habrá dejado embarazada y estarán felices y comiendo putas perdices.

Sara niega con la cabeza.

—Los asuntos sin terminar son una mierda.

—Nuestro asunto se ha terminado —le digo con más brusquedad de la que pretendo—. Ahora vivo en Londres. Tengo una hija. Soy locamente feliz. Feliz de cojones.

Los dos nos reímos al mismo tiempo.

* * *

Hablo con mi madre el día antes de que se monte en el avión con Steve y Estella. Actúa de forma extraña. Cuando le pregunto por eso, se atasca con sus propias palabras y me dice que está estresada por las vacaciones. Me siento culpable. Steve y mi madre están renunciando a sus planes habituales para traerme a Estella aquí. Podría haberme ido a casa, pero no estoy preparado. Olivia está por todas partes: debajo de cada árbol retorcido, en cada coche de la carretera. Un día, me digo, el dolor remitirá y seré capaz de mirar una puta naranja sin pensar en ella.

O tal vez no. Tal vez la vida trata de vivir con tus fantasmas.

Compro un árbol de Navidad y después recorro la ciudad en busca de adornos de color rosa. Encuentro una caja de zapatitos de bailarina para colgar en el árbol y unos cerditos rosados con colas rizadas y plateadas. Cuando descargo los brazos llenos de papel de regalo plateado y rosa, la dependienta me dirige una sonrisa.

—Alguien tiene una hija…

Asiento con la cabeza. Me gusta cómo suena eso. Ella señala una caja de flamencos rosados y me guiña un ojo. Los dejo también sobre la encimera.

Lo coloco todo en la sala de estar para que podamos decorar juntos cuando llegue Estella. Mi madre y Steve se van a quedar en el Ritz Carlton, a unas manzanas de distancia. Supongo que le dejaré a Estella elegir lo que comeremos en la cena de Nochebuena, aunque, si me pide *sushi* o un costillar de cordero, estoy jodido. Al día siguiente, llego al aeropuerto para recogerlos con una hora de antelación.

Espero sentado en el borde de una de las cintas de equipaje que no están en uso. Me siento ansioso. Me alejo para comprarme un expreso y me lo bebo mirando una de las pistas de aterrizaje vacías. No sé por qué me siento así, pero hay algo feo enroscándose en mi estómago.

La gente comienza a salir por la puerta, así que me levanto y espero cerca de la multitud para tratar de ver el pelo de mi madre. El rubio es un color difícil de pasar por alto en una mujer. Mi hermano me dijo una vez que la recuerda con el pelo rojo cuando era pequeño, pero ella lo negó con firmeza. Saco el teléfono para ver si tengo llamadas perdidas o mensajes suyos, pero no veo ninguno. Siempre me manda un mensaje al aterrizar. Mi estómago da una sacudida enfermiza. Tengo un presentimiento muy extraño con todo esto. ¿Qué pasa si Leah ha hecho alguna estupidez? A estas alturas, nada me parecería impropio de ella. Estoy a punto de llamar al número de mi madre cuando el teléfono empieza a sonar. Veo un número que no reconozco en la pantalla.

—¿Hola?

—¿Caleb Drake? —La voz es de una mujer, susurrante y baja, como si estuviera intentando que nadie más la escuchara. Siento un escalofrío y recuerdo la última vez que recibí una llamada como esta—. Mi nombre es Claribel Vasquez. Soy terapeuta del Centro Médico de Boca South. —Su voz se apaga y espero a que continúe con el corazón latiendo salvajemente—. Ha habido un accidente —explica—. Tus padres... y tu hija... Han...

—¿Están vivos?

Ella hace una pausa. Me parece una hora, diez horas. ¡¿Por qué está tardando tanto tiempo en responderme?!

—Ha habido un accidente de coche. Un...

—¿Y Estella? —pregunto.

—Está en estado crítico. Tus padres...

No necesito que diga nada más. Me siento, pero no hay nada donde sentarme, así que me deslizo por la pared contra la que estoy apoyado y golpeo el suelo mientras me cubro la cara con una mano. Apenas soy capaz de sostener el teléfono junto a mi oreja de lo mucho que tiemblo.

—¿Está su madre ahí?

—No, no hemos conseguido contactar con tu exmujer.

—Estella —digo; es lo único que puedo decir. Estoy demasiado asustado para preguntar.

—Salió de quirófano hace cosa de una hora. Tenía mucho sangrado interno. Los doctores la están examinando ahora mismo. Lo mejor sería que volvieras de inmediato.

Cuelgo sin decir adiós y camino directamente hasta el mostrador de venta de billetes. Hay un vuelo dentro de tres horas; tengo el tiempo justo para volver a casa a buscar mi pasaporte y regresar de inmediato. No me lo pienso siquiera. Tan solo meto unas cuantas cosas en una maleta, pido un taxi para volver al aeropuerto y embarco en el avión. No duermo, no como, no pienso. «Estás conmocionado —me digo a mí mismo—. Tus padres han muerto.» Y entonces me recuerdo que no debo pensar. Necesito volver a casa, volver con Estella. Ya lloraré por ellos más tarde. Ahora mismo, no necesito pensar en nada salvo en Estella.

* * *

Me monto en un taxi desde el aeropuerto y llamo a Claribel en cuanto se cierran las puertas. Me cuenta que el estado de Estella no ha cambiado y me dice que me estará esperando en el vestíbulo del hospital. Cuando atravieso las puertas, Claribel está ahí. Es bajita, como una niña, y tengo que inclinar el cuello para mirarla.

—Todavía está en estado crítico —dice de inmediato—. Aún no hemos conseguido contactar con Leah. ¿Hay algún otro número al que podamos llamar?

Niego con la cabeza.

—Su madre, a lo mejor. ¿Has probado con ella? —Ahora es Claribel quien niega con la cabeza. Le entrego el teléfono—. Está como «Suegra». —Ella toma el móvil y me lleva hasta el ascensor—. Tal vez quieras llamar a Sam Foster. Si alguien sabe dónde está, es él.

Ella asiente con la cabeza y entra conmigo. Subimos en ascensor hasta la unidad de cuidados intensivos. Cuando llegamos al quinto piso, Claribel sale primero y pasa una tarjeta de acceso por un teclado numérico que hay junto a la puerta. Huele a antiséptico, aunque las paredes están pintadas de un cálido color tostado. No sirve de mucho para aligerar el ambiente y, en algún lugar en la distancia, oigo un llanto. Caminamos con rapidez hasta la habitación 549. La puerta está cerrada. Claribel se detiene frente a ella y me pone su pequeña mano sobre el brazo.

—Va a ser duro verla. Recuerda que todavía tiene la cara muy hinchada.

Respiro hondo mientras abre la puerta y después entro en la habitación. La luz es tenue y una sinfonía de equipos médicos suena en la habitación. Me acerco a su cama con lentitud. Es un bulto pequeñito bajo las sábanas. Cuando la miro desde arriba, comienzo a llorar. Un trocito de pelo rojo se asoma por entre los vendajes de su cabeza; es la única forma que tengo de identificarla. Tiene la cara tan hinchada que, incluso aunque estuviera despierta, no sería capaz de abrir los ojos. Hay tubos por todas partes: por su nariz, por su garganta, serpenteando por sus bracitos amoratados. ¿Cómo ha sobrevivido a esto? ¿Cómo puede seguir latiendo su corazón?

Claribel se queda junto a la ventana y aparta educadamente la mirada mientras yo lloro sobre mi hija. Tengo demasiado miedo de tocarla, así que paso mi meñique sobre el suyo, la única parte de su cuerpo que no está amoratada.

Tras unos cuantos minutos, entran los doctores para hablar conmigo. Doctores, en plural. Tiene varios por todos los daños que ha sufrido. Para cuando el 747 tocó el suelo norteamericano conmigo en su vientre, mi hija de tres años había sobrevivido a una cirugía en el suyo. Los escucho hablar sobre sus órganos, sus posibilidades de recuperación, los meses de rehabilitación a los que va a tener que enfrentarse. Observo la parte trasera de sus batas blancas mientras salen de la habitación y los odio. Claribel, que había salido unos minutos antes, vuelve a entrar en la habitación con el teléfono en la mano.

—He hablado con Sam —me dice en voz baja—. Leah está en Tailandia, por eso nadie ha sido capaz de contactar con ella.

Entrecierro los ojos. Es un gesto casi automático cada vez que mencionan el nombre de Leah.

—¿Por qué? —Claribel se aclara la garganta. Es un sonido débil, como un gorjeo—. No pasa nada —le aseguro—. No tengo ningún lazo emocional con ella.

—Fue allí con su novio, ya que tú ibas a quedarte con Estella en Navidad.

—Dios, ¿y por qué no se lo dijo a nadie? ¿Sam ha podido contactar con ella?

Se tira del collar y frunce el ceño.

—Lo está intentando.

Me cubro los ojos con las manos. No he comido ni dormido en las últimas treinta horas. Le echo un vistazo a Estella.

—Su madre debería estar aquí. Avísame en cuanto sepas algo.

—Voy a pedir que te suban una cama. Deberías comer —sugiere—, necesitas estar fuerte para Estella.

Asiento con la cabeza.

No como, pero sí que me quedo dormido en la silla que hay junto a la cama de Estella. Cuando me despierto, hay una enfermera en la habitación comprobando sus constantes vitales. Me froto la cara con una mano, con la visión borrosa.

—¿Cómo está? —pregunto con voz ronca.

—Sus constantes vitales son estables. —Sonríe cuando me ve frotándome la nuca—. Tu mujer ha ido a pedir que suban una cama.

—Lo siento. ¿Quién?

¿Había vuelto Leah tan rápido?

—La madre de Estella —dice—. Ha estado aquí hace un momento.

Asiento con la cabeza y camino en dirección a la puerta. Quiero saber dónde demonios estaba mientras nuestra hija casi perdía la vida. No puedes salir del país sin decírselo a nadie cuando tienes una hija. Podría haber llegado aquí antes que yo si alguien hubiera podido contactar con ella. ¿Por qué no se molestó en darles un número a mis padres...? Dejo de caminar. Tal vez lo hizo, pero ellos no están aquí para confirmarlo. Tal vez por eso mi madre sonaba tan rara por teléfono. O tal vez mi madre sabía con quién había salido Leah del país, y eso era lo que la había alterado. «Mi madre. Piensa en ello más tarde», me digo por milésima vez en el día.

Mis pies se ponen en marcha y comienzo a caminar otra vez. Doblo la esquina y llego al pasillo principal, donde se encuentra la sala de enfermeros. Pitidos..., pitidos..., el olor de antiséptico... Oigo pisadas amortiguadas y voces susurrantes, el busca de un doctor sonando. Pienso en el llanto que había oído antes y me pregunto qué le habrá pasado al paciente. ¿Serían lágrimas de miedo, de duelo o de arrepentimiento? Ahora mismo podría llorar por todo eso y más. Busco el pelo rojo de Leah, pero no lo veo.

Me froto la nunca con la mano y me quedo en mitad del pasillo, sin saber muy bien adónde ir. Me siento distante, como si estuviera flotando por encima de mi cuerpo en lugar de encontrarme en su interior. «Un globo sujeto por un cordel —pienso—. ¿Esto es lo que provoca el agotamiento, que todo esté apagado y borroso?» De pronto, ya no estoy seguro de lo que he venido a hacer. Me doy la vuelta para volver a la habitación de Estella, y entonces la veo. A no más de unos pocos metros de distancia, los dos nos quedamos inmóviles mientras nos observamos mutuamente, sorprendidos y al mismo tiempo no de haber acabado juntos en el mismo pasillo. Me siento como si el globo explotara y, de pronto, vuelvo a caer dentro de mi cuerpo. Mis pensamientos recuperan su agudeza. Sonidos, olores, colores…, todos se enfocan otra vez. Vuelvo a vivir en alta definición.

—Olivia.

Camina con lentitud hacia mí y no se detiene a un metro o dos de distancia como pienso que hará. Se lanza directamente a mis brazos, moldeando su cuerpo contra el mío. Yo la abrazo y aprieto la cara contra su pelo. ¿Cómo una mujer pequeña puede tener tanto poder como para sentirme recuperado solo con mirarla? Respiro su aroma, la siento bajo las yemas de mis dedos. Y sé, sé, sé a ciencia cierta que yo soy la cerilla y ella es la gasolina y que, si no nos tenemos mutuamente, tan solo somos dos objetos carentes de reacción.

—¿Has estado antes en la habitación? —Ella asiente con la cabeza—. La enfermera me ha dicho que había venido la madre de Estella. Estaba buscando pelo rojo…

Olivia vuelve a asentir con la cabeza.

—Fue lo que supuso, y yo no la corregí. Sam llamó a Cammie, y después Cammie me llamó a mí —me explica—. Vine de inmediato. —Me toca la cara y coloca una mano sobre cada mejilla—. Volvamos ahí para sentarnos con ella.

Suelto aire por la nariz mientras trato de sofocar mis emociones abrumadoras: el alivio de que esté aquí, el miedo por mi hija y mi furia conmigo mismo. Permito que me conduzca de vuelta a la habitación de Estella y nos sentamos a ambos lados de su cama, sin decir nada.

Capítulo treinta y siete

El presente

Olivia se queda tres días conmigo. Me convence para que coma, me trae ropa y se sienta junto a Estella mientras yo me ducho en el pequeño cuarto de baño de la habitación. En los días que permanece aquí junto a mí, no le pregunto por qué ha venido ni dónde está su marido. Decido obviar las preguntas y nos permito existir juntos en los peores días de mi vida. Junto a Leah, otra persona perdida en combate es mi hermano, Seth. La última vez que hablé con Steve, mencionó que se iba de viaje de pesca en aguas profundas. Me pregunto si Claribel habrá sido capaz de contactar con él, y si sabrá que nuestra madre y nuestro padrastro están muertos. Entonces, la extrañeza de la situación me golpea. Leah y Seth desaparecidos al mismo tiempo, y la forma extraña de comportarse de mi madre los días antes de que tuvieran que volar a Londres con mi hija. ¿Había descubierto mi madre que Seth y Leah estaban juntos? Intento no pensar en ello. Lo que hagan ahora es asunto suyo.

* * *

El segundo día, Olivia me recuerda en voz baja que tengo que organizar el funeral de mis padres. Por la tarde, estoy al teléfono con el director de la funeraria cuando Olivia entra con dos vasos de café. Se niega a beber el café del hospital y ha estado haciendo el peregrinaje al otro lado de la calle para ir al Starbucks dos veces al día. Albert, *Trebla*, el director de la funeraria, está haciéndome preguntas, pero no soy capaz de concentrarme en lo que me está diciendo. Flores, preferencias religiosas, notificaciones por correo electrónico. Es demasiado. Cuando Olivia me ve forcejeando con las decisiones, deja su café y me quita el teléfono. La oigo hablar con la voz que reserva para la sala del juzgado.

—¿Dónde está? De acuerdo, estaré allí en cuarenta minutos.

Se pasa tres horas fuera. Cuando regresa, me cuenta que ya se ha ocupado de todo. Llega justo a tiempo para ver a Estella despertándose. Me he pasado días mirando sus párpados, así que casi me echo a llorar al ver el color de los iris de mi hija. Entonces, ella gimotea y pregunta dónde está su mami. Yo le doy un beso en la nariz y le explico que mami está de camino. Leah ha tenido problemas para conseguir un vuelo de vuelta desde Tailandia. No hemos hecho más que discutir por teléfono. La última vez que hablé con ella fue hace unas horas, y estaba en Nueva York haciendo el transbordo. Por supuesto, me culpa a mí. Yo también me culpo.

Cuando los doctores y los enfermeros se marchan de la habitación, Estella se queda dormida con su mano en la mía. Me siento muy agradecido de que no haya preguntado por sus abuelos. Mucho después de que sus dedos se queden flácidos, todavía sigo aferrándole la manita y el corazón me late algo más calmado.

Ya tarde, Olivia está junto a la ventana y observa la lluvia. Se marchó antes para ir a su casa y darse una ducha. Esperaba que pasara la noche allí, pero regresó dos horas más tarde vestida con unos vaqueros y una camiseta blanca y holgada, con el pelo todavía húmedo y con olor a flores. Observo su silueta y, por décima vez en el día, me siento sobrepasado por el cóctel de dolor y arrepentimiento con el que me he emborrachado.

—Esto es culpa mía. No debería haberme marchado. No debería haber hecho que mis padres cruzaran medio mundo para traerme a mi hija para verme...

Es la primera vez que digo esto en voz alta.

Parece sobresaltada cuando aparta la vista de la ventana para mirar en mi dirección. No dice nada de inmediato, tan solo se acerca para sentarse en su silla habitual.

—El día que te vi en la tienda de música también estaba lloviendo, ¿recuerdas?

Asiento con la cabeza. Lo recuerdo todo acerca de ese día: la lluvia, las gotas de agua pegadas a su pelo, su olor a gardenias cuando se acercó a mí de forma furtiva.

—Dobson Scott Orchard estaba fuera de la tienda de música —continúa—. Se ofreció a acompañarme hasta mi coche con su paraguas. No sé si yo era una de a las que vigilaba o si lo decidió sobre la marcha, pero tuve una elección: largarme de allí bajo su paraguas o entrar y hablar contigo. Parece que tomé la decisión adecuada ese día.

—Dios mío, Olivia. ¿Por qué no me lo contaste?

—Nunca se lo he contado a nadie. —Se encoge de hombros—. Pero ese momento, ese momento que lo cambió todo, ha tenido un profundo impacto en mí. Mi vida entera habría sido diferente si no hubiera caminado hacia ti. La siguiente vez que me hubieras visto habría sido en las noticias. —Asiente con la cabeza mientras mira al suelo con la boquita fruncida por un lateral. Cuando continúa, su voz suena más baja que antes—. La suma de todas las cosas que no deberíamos haber hecho en nuestras vidas es suficiente para matarnos con el peso, Caleb Drake. Ni tú ni yo ni nadie en esta vida puede saber las reacciones en cadena que causan nuestras decisiones. Si tú tienes la culpa, entonces yo también.

—¿Por qué?

—Si hubiera hecho lo que me pedía el corazón y te hubiera dicho que sí, no te habrías marchado a Londres. Luca y Steve seguirían vivos y tu hija no estaría en el hospital en un coma inducido.

Permanecemos en silencio durante unos minutos mientras pienso en sus palabras. Todo lo que ha dicho me resulta terrorífico.

—Entonces, ¿por qué aceptaste su caso?

Olivia respira hondo. Después, oigo cómo suelta el aire en un gran suspiro.

—Prepárate, porque esto te va a sonar muy enfermizo. —Hago el paripé de agarrarme a los brazos de la silla y ella suelta una risita—. Sentía una conexión con él. Los dos estábamos dando rienda suelta a nuestras obsesiones ese día, Dobson y yo. —Abre mucho los ojos cuando dice la última parte—. Los dos estábamos buscando a alguien. Los dos estábamos tan jodidamente solos que corrimos un riesgo para no estarlo. ¿Estás asqueado de mí?

Sonrío y paso el meñique sobre el de Estella.

—No, Reina. Tu habilidad para ver las cosas a tu manera y compararte mentalmente con la mayor escoria del mundo es la razón por la que te quiero.

Me arrepiento de mis palabras en el momento en que abandonan mi boca. Echo un vistazo a su cara para ver su reacción, pero no hay ninguna. A lo mejor a estas alturas ya está acostumbrada a que le profese mi amor. O a lo mejor no me ha oído. O a lo mejor...

—Yo también te quiero.

Capto su mirada y fijo los ojos en ella mientras el corazón me late con fuerza.

—Vaya, qué bonito. Todo el puto amor inapropiado.

Nuestras cabezas giran hacia la puerta mientras Leah entra en la habitación dando zancadas. No nos mira a ninguno de los dos mientras pasa junto a nuestras sillas; se dirige derechita hacia Estella. Al menos sus prioridades están en orden; eso tengo que concedérselo. Oigo cómo toma aliento al ver a la niña.

—Joder. —Tiene ambas palmas presionadas contra la frente, con los dedos extendidos sobre ella. Si la situación no fuera tan funesta, me habría reído. Se pone de cuclillas—. Joder —dice otra vez, y después vuelve a levantarse con demasiada rapidez. Se balancea sobre los talones y se apoya en la cama para estabilizarse. Se gira hacia mí—. ¿Se ha despertado? ¿Ha preguntado por mí?

—Sí y sí —respondo. Al otro lado de la cama, Olivia se pone en pie como si fuera a marcharse. Formo con la boca la palabra «espera» y vuelvo a girarme hacia Leah, que ha comenzado a llorar. Pongo una mano sobre el hombro de mi exmujer—. Ya está fuera de peligro y va a ponerse bien. Estamos con ella.

Leah me mira la mano, que todavía sigue encima de su hombro, y después a mi cara.

—A buenas horas —dice.

—¿Qué?

—Estamos con ella —repite—. ¡Has dicho que estamos con ella! Pero ¡antes no estabas aquí, sino en Inglaterra! —Alza la voz y sé lo que va a decir a continuación—. Y, si te hubieras quedado en los Estados Unidos, esto jamás habría ocurrido. Pero ¡tuviste que marcharte por su culpa!

Señala a Olivia con el dedo. Si este fuera una flecha, le habría atravesado el corazón.

—Leah —dice Olivia con calma—. Como vuelvas a señalarme, te voy a arrancar de cuajo ese dedo con su bonita manicura y todo. Y ahora, date la vuelta y sonríe, que tu hija se está despertando.

Leah y yo nos giramos a la vez hacia Estella, que está parpadeando. Le lanzo una rápida mirada de agradecimiento a Olivia antes de que salga por la puerta.

* * *

El funeral tiene lugar tres días más tarde. Sam va al hospital para quedarse con Estella mientras estamos allí. Tengo la vaga sospecha de que está pasando algo entre él y Leah, pero entonces recuerdo que él fue quien le dijo a Claribel que Leah se había ido a Tailandia con un hombre. Vuelvo a preguntarme con amargura si ese hombre habrá sido el gilipollas de mi hermano, pero después mato ese pensamiento. Soy un hipócrita; yo me acosté con Olivia mientras ella seguía legalmente casada. Cada uno con lo suyo. Hago un brindis con la botella de agua en dirección al techo del coche y piso el acelerador.

Hace unos días, le pedí a Olivia que viniera al funeral conmigo.

—Tu madre me odiaba —me dijo por teléfono—. Sería una falta de respeto.

—No te odiaba, te lo prometo. Además, tu padre me habría odiado, y yo habría ido a su funeral de todos modos.

Oigo el siseo de su aliento al otro lado de la línea.

—Está bien —contestó.

He apartado de mi mente todos los pensamientos relativos a mis padres para darle a Estella lo que necesita, pero, cuando atravieso las puertas de la funeraria y veo sus ataúdes lado a lado, pierdo el control. Me disculpo con un antiguo vecino que se está alejando para darme sus condolencias y camino con rapidez hacia el aparcamiento. Hay un sauce bajo en la parte trasera de la propiedad. Me quedo bajo él y respiro. Allí es donde me encuentra.

No dice nada, tan solo se acerca para colocarse junto a mí, me toma la mano y me la aprieta.

—Esto no está pasando —le digo—. Dime que no está pasando.

—Sí que está pasando —replica—. Tus padres están muertos. Pero te querían, y querían a tu hija. Tienes muchos buenos recuerdos.

Bajo la mirada hasta ella. Vio a sus dos padres morir y sin duda solo uno de ellos le dio recuerdos decentes. Me pregunto si tendría a alguien que le tomara la mano después de que Oliver y Via murieran. Se la aprieto.

—Entremos ya —me dice—. La ceremonia está a punto de empezar.

Cuando entramos en la capilla, todos los ojos se clavan en nosotros. Leah está sentada junto a mi hermano. Al verme con Olivia, hay una mezcla de celos y furia. Aparta la mirada con rapidez y se queda echando humo en privado. Por ahora.

¿Es que no sabe que Olivia no es mía? ¿Por qué le importa siquiera que una antigua amiga me esté reconfortando? Tras el funeral, simplemente volverá a su casa, con su marido. Tomo asiento cerca de la parte delantera.

Las rosas favoritas de mi madre son..., eran las English Garden. Hay varios adornos florales exquisitos alrededor de su ataúd, además de junto a la fotografía ampliada de su rostro, que se encuentra sobre un caballete grande. Los dos ataúdes están cerrados, aunque Olivia me dijo que pidió que la vistieran con un traje negro de Chanel que escogió del vestidor de mi madre. Steve siempre había bromeado diciendo que quería que lo enterraran con su antiguo uniforme de béisbol. Olivia se sonrojó al contarme que se lo había llevado junto a un traje a la funeraria y que, al llegar ahí, dejó el traje en el coche. Extiendo el brazo para apretarle la mano. Es tan jodidamente considerada que resulta ridículo. Yo ni siquiera habría sido capaz de entrar en el vestidor de mi madre, ni mucho menos escoger un atuendo que pensara que le gustaría.

Cuando la ceremonia termina, me sitúo a uno de los laterales de la puerta, mientras que mi hermano ocupa el otro. No hablamos entre nosotros, pero sí que hablamos mucho con las personas que nos ofrecen sus condolencias. Me pone enfermo todo esto. Que murieran. Que Estella no vaya a conocerlos. Que todo sea culpa mía.

Cuando la habitación queda despejada, vamos hacia el cementerio. El día está tan soleado que todo el mundo está oculto tras gafas de sol. «Parece un funeral de *Matrix*», pienso en broma. Mi madre odiaba *Matrix*. Cuando bajan los ataúdes de mis padres al suelo y los cubren de tierra, Leah inicia la pelea.

Capítulo treinta y ocho

El presente

Puede que haya sido por verme con Olivia, caminando tan juntos que nuestros brazos se tocaban. O puede que, de vez en cuando, alguien que tiene tanto veneno dentro ya no puede seguir conteniéndolo, así que acaba entrando en erupción, el veneno sale de esa persona y quema a todos a su alrededor. No sé por qué coño habrá sido, pero ocurre.

—¿Caleb?

Me detengo y me doy la vuelta. Leah se encuentra junto al coche de mi hermano, unas pocas plazas por detrás. Yo iba a acompañar a Olivia hasta su coche antes de volver al hospital. Tenía el presentimiento de que no iba a verla en un tiempo y quería darle las gracias por haber cuidado de mí. Olivia sigue caminando unos metros más y entonces se detiene y se da la vuelta para ver por qué me he quedado atrás. El viento sopla, aplana su vestido contra su cuerpo y hace que el pelo le golpee la cara. Todos estamos bastante distanciados. Leah y yo estamos en el medio y Olivia y Seth nos flanquean.

Siento que se acerca. Juro por Dios que los conflictos tienen sabor. Dudo antes de responder.

—¿Qué pasa, Leah?

Tiene el pelo rojo recogido. Siempre he pensado que, cuando lleva el pelo recogido, parece más inocente. Echo un vistazo a mi hermano, que está mirándola con tanta curiosidad como yo. Tiene el pulgar sobre el botón de abrir de las llaves del coche y el brazo extendido hacia delante. Si nos congelaran en este momento, pareceríamos una escena de una película de Quentin Tarantino. Leah abre la boca y sé que no me va a gustar.

—No quiero que vayas al hospital. Eres un padre de mierda y un irresponsable. Y no creas que Estella va a hacer más viajes para ir a verte. —Termina su declaración diciendo—: Voy a llevarte a juicio para conseguir la custodia completa.

Mi réplica arde en la punta de mi lengua cuando siento una ligera brisa a mi derecha. Veo un destello negro y Olivia pasa junto a mí. La observo mientras se acerca a Leah. Se mueve como un río furioso, fluye por el asfalto negro del aparcamiento. Observo con asombro paralizado mientras el río furioso levanta la mano y le da un bofetón a Leah en la cara. Su cara gira de golpe hacia un lado por la fuerza del golpe y, cuando vuelve a mirar hacia delante, puedo ver la marca roja de una mano.

—Joooooooder.

Me lanzo hacia ellas al mismo tiempo que Seth. Durante un momento, mi hermano y yo estamos unidos en un esfuerzo de detener la represalia de Leah. Está gritando con furia y se retuerce para tratar de zafarse del agarre de Seth. Entonces me doy cuenta de que Olivia está calmada e inmóvil. Tengo las manos sobre sus hombros, así que me inclino para hablarle al oído.

—¿Qué demonios estás haciendo, Reina?

—Suéltame —dice ella—. No voy a hacer nada.

Todavía está mirando fijamente a Leah, y lo único que puedo ver de ella es la parte posterior de su cabeza.

Entonces, la suelto y ella cruza el espacio que las separa y le da otro bofetón a Leah. Seth suelta una fuerte maldición. Por suerte, el aparcamiento se encuentra vacío a excepción de nosotros.

—¡Te voy a demandar, zorra estúpida! —grita Leah.

Seth la suelta y ella se lanza hacia Olivia. Antes de que pueda alcanzarla, coloco a Olivia por detrás de mi espalda y bloqueo el camino de Leah.

—No —le digo—. No la toques.

Seth comienza a reír y Leah se gira hacia él.

—La has visto, ¿verdad? ¿Has visto cómo me pegaba?

—Eso no importa. Es nuestra palabra contra la tuya. Y yo no he visto nada.

Leah saca su teléfono móvil y saca una foto a la marca roja de su cara. Niego con la cabeza. ¿De verdad estuve casado con esta mujer? Estoy lo bastante distraído como para que Olivia pase junto a mí y le arranque el teléfono a Leah de la mano. Lo tira al suelo y después lo pisotea con el tacón de modo que le parte la pantalla. Una vez..., dos..., tres veces. La sujeto.

—De verdad tienes ganas de morir hoy, Olivia —le digo entre dientes.

Leah tiene la boca abierta.

—Te voy a destruir —dice.

Olivia se encoge de hombros. No puedo creer que esté tan calmada con todo esto.

—Ya lo has hecho. No hay nada más que puedas hacerme. Pero te juro por Dios que, como jodas a Caleb, voy a meterte en la cárcel por una de tus muchas actividades ilegales. Y entonces ya no verás a tu hija.

Leah cierra la boca. Yo abro la mía. No estoy seguro de cuál de los dos está más aturdido por su feroz defensa hacia mí.

—Te odio —escupe Leah—. Sigues siendo la misma basura blanca e inútil que siempre has sido.

—Yo ni siquiera te odio —replica Olivia—. Eres tan patética que no puedo. Pero no pienses ni por un segundo que no voy a revivir tus indiscreciones.

—¿De qué estás hablando? —pregunta Leah con la mirada esquiva. Me pregunto qué sabrá Olivia sobre ella. Debe de ser algo bastante bueno si ha podido darle dos buenos bofetones y salirse con la suya.

—Christopher —dice Olivia en voz baja. El rostro de Leah se queda totalmente pálido—. Te estarás preguntando cómo sé eso, ¿verdad? —Leah no dice nada, tan solo continúa mirándola fijamente—. No servirá para encerrarte por fraude farmacéutico, pero, madre mía, esto sería mucho mejor...

Seth me mira y yo me encojo de hombros. El único Christopher que conozco es un hombre transgénero de treinta años que trabaja... o trabajaba para Steve.

—¿Qué es lo que quieres? —le pregunta Leah a Olivia.

Ella se aparta el pelo oscuro de la cara y me señala con un dedo. De hecho, me clava el dedo.

—No te metas con su custodia. Como te metas con su custodia, yo me meto con la tuya. ¿Entendido? —Leah no asiente con la cabeza, pero tampoco se enfrenta a ella—. Eres una criminal —le dice Olivia—. Y la verdad es que has engordado.

Y, con eso último, gira sobre sus talones y recorre el resto del camino hasta su coche. No sé si quedarme aquí para mirar la cara mortificada de Leah o salir tras ella. La verdad es que sí que ha engordado.

Seth asiente con la cabeza en mi dirección y después tira del brazo de mi exmujer para llevarla hasta su coche. Los observo mientras se marchan. Contemplo a Olivia mientras se marcha. Me quedo plantado allí durante treinta minutos después de que se marchen, observando el aparcamiento vacío.

«¿Quién coño es Christopher?»

* * *

—¿Quién coño es Christopher, Reina?

Oigo música al otro lado de la línea. Debe haber apagado la radio, porque un segundo más tarde dejo de escucharla.

—¿De verdad quieres saberlo?

—Acabas de ponerle a Leah la cara tan roja como el pelo. Sí, claro que quiero saberlo.

—Está bien —dice—. Espera un momento, estoy pidiendo en Starbucks desde el coche. —Espero mientras hace su pedido. Cuando vuelvo a escuchar su voz por la línea, suena profesional, como si estuviera informando a un cliente—. Leah se estaba acostando con el hijo de la limpiadora.

—Vale —contesto.

—Él tenía diecisiete años entonces.

Suelto el volante y me paso los diez dedos por el pelo.

—¿Cómo lo sabes?

Estamos yendo por dos direcciones diferentes por la 95, pero puedo sentirla sonriendo. Puedo verla.

—Su limpiadora vino a verme. Bueno, en realidad no a mí, sino a Bernie. Puso unos anuncios el año pasado en Miami en los que pedía a las víctimas de abuso sexual que fueran a verla. Ya sabes, uno de esos carteles horribles donde el abogado está todo serio y hay un martillo a la derecha para simbolizar la justicia que está a punto de llegar.

Sé exactamente a qué se refiere.

—El caso es que la madre de Christopher, Shoshi, vio el anuncio y pidió una cita en el bufete —continúa—. Cuando rellenó su información de cliente, me di cuenta de que había escrito tu dirección como la suya. Así que hablé con ella antes de que pudiera hacerlo Bernie. Quería hablar con alguien sobre su hijo adolescente. A veces se lo había llevado al trabajo y le había pagado para hacer algunas de las cosas más difíciles. Al parecer, Leah estaba tan impresionada con su ética laboral que le pidió a Shoshi que lo llevara los fines de semana para hacer cosas en la casa. Unos meses después de eso, Shoshi encontró condones en su cartera y unas bragas que decía haber visto cien veces, porque ella las había doblado. —Suelto un gruñido. Olivia lo oye y se ríe junto al teléfono—. ¿Qué pasa? ¿Pensabas que era normal después del jueguecito de ver quién era el padre que hizo contigo?

—Vale, pero entonces ¿por qué fue esa tal Shoshi a veros por acoso sexual? ¿Por qué no llamó a la policía para que metieran a Leah en la cárcel por abuso de menores?

—Aquí es donde se complican las cosas, amigo. Shoshi me dijo que su hijo lo estaba desmintiendo todo. Se negaba a meter en problemas a Leah por acostarse con un menor, pues ya había cumplido los dieciocho cuando ella vino al bufete, pero su madre sí que lo convenció para que la acusara de acoso sexual.

—¿Y qué hiciste, Olivia?

Tenía la ceja levantada. Sabía que tenía la ceja levantada.

—Nada. Antes de que pudiera hacer nada, Shoshi cambió de idea. Suena a que Leah les pagó. Pero todavía podría conseguir que el chico testificara, y ella lo sabe.

—Ah —digo—. Bueno, pues gracias a Dios que eres astuta.

—Gracias a Dios —repite.

—La has abofeteado, Reina.

—Mmmm —contesta—. Y me sentí la hostia de bien.

—Los dos nos reímos. Se produce un silencio largo e incómodo. Después, dice—: Noah y yo nos hemos divorciado.

El mundo se queda congelado durante un segundo..., dos segundos..., tres segundos...

—¿Te acuerdas de la cafetería? ¿Esa a la que fuimos después de encontrarnos en el supermercado?

—Sí —dice.

—Nos vemos allí en diez minutos.

* * *

Cuando entro en la cafetería, ella ya está allí, sentada en la misma mesa en la que nos sentamos años antes. Frente a ella hay dos tazas.

—Te he pedido un té —dice cuando me siento.

Sonrío ante la ironía de la situación. Esta vez soy yo quien le está preguntando por su ruptura.

—Bueno, ¿y qué ha pasado?

Se pone el pelo que le ha caído sobre la cara por detrás de la oreja y me mira con tristeza.

—Me quedé embarazada. —Intento fingir que me quedo impertérrito ante esa pequeña noticia, pero puedo sentir la incomodidad por toda mi cara. Espero a que continúe—. Lo perdí.

¡Uf! Demasiado dolor en su rostro. Nuestras manos están las dos descansando sobre la mesa, tan cerca que estiro un dedo para acariciarle el meñique con él.

—Aceptó tener un hijo conmigo —continúa—, pero cuando lo perdí parecía muy aliviado. Y después… —Hace una pausa para ocultar sus ojos acuosos y toma un sorbo de café—. Después me dijo que tal vez fuera lo mejor. —Me encojo—. Conseguimos seguir unos meses después de eso, y entonces le pedí que se marchara.

—¿Por qué?

—Quería volver a su vida tal como la conocía. Estaba feliz y risueño. En su mente, lo habíamos intentado y no estaba destinado a ocurrir. Y yo no podía volver atrás después de eso. Era mi segundo aborto espontáneo. —Levanta la mirada hacia mí y yo asiento con la cabeza—. ¿Quién iba a pensar que la fría y desalmada Olivia Kaspen iba a querer tener hijos?

Me sonríe con amargura.

—Yo supe que los querrías —digo—. Tan solo era cuestión de tiempo y de que sanaras.

Nos terminamos las bebidas en silencio. Cuando nos levantamos, me detengo a unos metros de la papelera, con mi vaso de papel en la mano.

—¿Olivia?

—¿Sí?

—Si consigo este lanzamiento, ¿saldrás conmigo?

Sostengo el vaso como si fuera una pelota de baloncesto y miro de ella a la papelera.

—Sí —contesta ella, y sonríe—. Sí, saldré contigo.

Consigo el lanzamiento.

Capítulo treinta y nueve
El presente

Es el comienzo de nuestra vida. Es nuestra elección. Apenas tenemos las ideas claras. Terminé mi contrato en Londres, volví a los Estados Unidos y vendí mi casa. Ella también vendió la suya y nos mudamos a un apartamento cerca de los trabajos de ambos. Ni siquiera es un apartamento bonito; hay demasiado linóleo y los vecinos se pelean a todas horas. Pero no nos importa: tan solo queríamos deshacernos del pasado y estar juntos. Ya lo solucionaremos. Tal vez nos lleve algún tiempo. Todavía no tenemos un plan, ni siquiera tenemos muebles, pero a los dos nos parece bien esa rendición.

Tenemos pequeñas peleas todo el tiempo. Ella odia que no tire mi basura: botellas de agua, paquetes de galletas, envoltorios de caramelos. Los encuentra por todo el apartamento y hace un gran espectáculo de arrugarlos y tirarlos a la basura. Yo odio que deje empapado el suelo del cuarto de baño; esa mujer no se seca. Joder, está genial ver su cuerpo empapado cuando sale del cuarto de baño hacia la habitación, pero usa una puta toalla ya. Siempre hace la cama. Yo siempre friego los platos. Bebe leche directamente del cartón, y eso me cabrea un poco, pero entonces me recuerda que ella tiene que vivir con mis ronquidos y quedamos en paz. Pero, joder, qué divertida es. ¿Cómo es que no sabía que podíamos reír tanto? ¿O quedarnos sentados en silencio absoluto y escuchar música juntos? ¿Cómo he podido vivir sin esto durante tanto tiempo? La observo sentada en una de nuestras dos sillas, una de su casa y otra de la mía, con los dedos deslizándose ligeramente por el teclado. Todavía me siento como si estuviera soñando cuando vuelvo a casa cada noche y ella está ahí. ¡Y adoro este sueño!

Me inclino sobre su cuello mientras trabaja y le beso el punto dulce que le gusta. Ella se estremece.

—Para, estoy intentando trabajar.

—La verdad es que no me importa, Reina.

La beso otra vez y mi mano baja deslizándose por la parte delantera de su vestido. Contiene el aliento. No puedo verle la cara, pero sé que tiene los ojos cerrados. Rodeo la silla hasta quedarme frente a ella y le tiendo la mano. Ella la mira durante un largo momento, un larguísimo momento. Sin apartar la mirada de mí, deja el ordenador sobre la mesa y se pone en pie. Todavía nos estamos conociendo sexualmente. Es un poco tímida, y tengo miedo de ser demasiado agresivo y espantarla. Pero aquí estamos. Yo he encendido mi cerilla y ella ha vertido su gasolina. Ahora estamos en llamas. A todas horas.

La llevo hasta la cama y me detengo a los pies para abrazarla contra mí. La beso durante un largo rato. La beso hasta que está tan reclinada sobre mí que tengo que sostenerla.

—¿Te hago sentir débil? —le digo contra la boca.

—Sí.

—¿Cuánto?

—Me arrebatas el control.

Le bajo la cremallera del vestido y le deslizo las mangas de los hombros. Todos y cada uno de los encuentros sexuales con Olivia son un acto de equilibrio; en parte seducción y en parte psicoanálisis. Tengo que luchar contra sus demonios para conseguir que abra las piernas. Lo adoro y al mismo tiempo lo odio.

—¿Por qué siempre necesitas tener el control?

—Para no hacerme daño.

No le doy demasiada importancia a nada de lo que dice. Me dedico a quitarle la ropa. Cuando llego hasta su sujetador, le bajo las copas en lugar de quitárselo por completo. Le cubro uno de los pechos con una mano. Mi otro brazo le está rodeando la cintura para que no pueda escaparse. Aunque tampoco es que fuera a intentarlo. Creo que, a estas alturas, ya la tengo.

—¿Te gusta sentirte débil?

Si miro por encima de su hombro, puedo ver toda su parte trasera en el espejo de mi cómoda. Lleva unas bragas de encaje blanco.

Observo sus piernas mientras espero su respuesta. El corazón me late con fuerza y el resto de mi cuerpo me duele. Ya sé cuál va a ser su respuesta. Sé que le gusta sentirse débil. Para ella es emocionante ceder, aunque le cueste algo cada vez que lo hace. Quiero eliminar el miedo emocional y llevarla hasta el punto en el que simplemente lo disfrute.

—Sí.

—No voy a abandonarte —le aseguro—. Jamás voy a amar a otra mujer.

Le suelto el pecho y dejo que mi mano vague entre sus piernas. Aparto el tejido a un lado y la toco. He aprendido que dejarle la ropa interior puesta hasta justo el momento antes de tomarla ayuda en el proceso. A esta mujer hay que quitarle las defensas con lentitud.

Se recuesta en la cama y yo me coloco encima de ella. Se desabrocha el sujetador ella misma y lo tira a la izquierda.

—¿Quieres probar algo nuevo?

Ella asiente con la cabeza.

Hago que se siente a horcajadas encima de mí y después le hago darse la vuelta para mirar al otro lado. De esta manera puede verse en el espejo. Siento curiosidad por saber si mirará.

Se inclina hacia delante, poniendo las manos sobre la cama entre mis rodillas, y comienza a mover las caderas en un movimiento circular. Es en momentos como este en los que no estoy muy seguro de quién ha vuelto débil a quién. Esta mujer está hecha para el sexo. Es muy cohibida, pero, cuando se libera, me da el viaje más sensual de mi vida. Tiene ambas manos sobre mi pecho. Se balancea de atrás hacia delante mientras me cabalga. Echa la cabeza atrás, y su pelo es tan largo que me roza las rodillas. Nunca he visto nada más erótico ni más hermoso en toda mi vida. Cuando mueve la cabeza hacia delante, su pelo cae en cascada sobre su cara. Se lo sujeto con la mano y tiro de ella para que me bese. Mientras juego con su lengua, le doy la vuelta. Ella protesta y yo le doy un mordisco en el hombro, cosa que parece callarla. Estoy detrás de ella y la tengo de rodillas, pero, en lugar de hacer que se agache, bajo las manos por sus brazos y le sujeto las muñecas y le guío las manos hasta el cabecero de la cama para que quede erguida a medias.

Le paso el pelo por uno de los hombros, le beso el cuello y coloco las manos sobre sus caderas. Me inclino hacia delante para hablarle al oído.

—Agárrate fuerte.

* * *

—No puedes negar que lo hacemos bien.

Ella me sonríe desde abajo, con los ojos cariñosos y neblinosos. La única vez que los ojos de Olivia no están alerta y completamente fríos es cuando la tengo sujeta debajo de mí o cuando se está recuperando de estar sujeta debajo de mí. La he entrenado para que me diga que me quiere cuando tiene un orgasmo. Si no me dice que me quiere, se queda sin orgasmo; lo ha aprendido por las malas. Es mi recompensa por todos los años en que no me lo ha dicho. Cuando terminamos, tarda al menos una hora en regresar a su estado explosivo habitual. Pero, durante una hora después del sexo, la tengo dócil y sumisa. Me gusta decir que es una fierecilla temporalmente domesticada. Vivo por esas horas, en las que me mira como si fuera el mejor. A veces, incluso soy capaz de conseguir que me lo diga: «Eres el mejor, Caleb. Eres el mejor».

—¿En lugar de hacerlo... mal? —Levanta las cejas—. ¿Hay alguna forma de hacerlo mal?

—Todo lo que no es contigo me parece mal, Reina.

Me doy cuenta de que se siente complacida por mis palabras. Se acerca más a mí y me pone una pierna por encima de la cintura. Le recorro la columna vertebral suavemente con los dedos y, cuando llego al «mejor culo del mundo», extiendo la mano y la dejo ahí.

Ella se contonea y sé lo que quiere.

—¿Otra vez?

Le lamo uno de los dedos y ella se estremece.

—Otra vez —dice—. Y otra, y otra, y otra...

Epílogo

Olivia y yo nunca nos casamos. Ha habido demasiadas víctimas en nuestra lucha por estar juntos. Casi parece mal casarnos después de todo lo que hemos hecho para estar juntos. Una noche, mientras estamos en París, nos hacemos nuestros votos mutuamente. Estamos en nuestro hotel, sentados lado a lado en el suelo, frente a la ventana abierta. Nuestra vista es de la Torre Eiffel y estamos envueltos en la manta sobre la que acabamos de hacer el amor. Estamos escuchando los sonidos de la ciudad cuando de repente se gira para mirarme.

—Los mormones creen que, cuando se casan en esta vida, siguen casados en la siguiente. Estaba pensando que deberíamos convertirnos al mormonismo.

—Bueno, sin duda esa es una opción viable para nosotros, Reina. Pero ¿qué pasa si seguimos casados con nuestros primeros esposos en la próxima vida?

Ella hace una mueca.

—Desde luego, yo estaría mucho menos jodida que tú.

Me río tan fuerte que los dos caemos hacia atrás, sobre la alfombra. Movemos los cuerpos hasta quedarnos tumbados con nuestras caras a unos centímetros de distancia. Extiendo el brazo para tocar el pequeño óvalo que lleva colgado de una cadena alrededor del cuello. Es nuestra moneda. Hizo que la convirtieran en un colgante que no se quita jamás.

—Vayamos adonde vayamos en la próxima vida, estaremos juntos —le aseguro.

—Entonces, será mejor que no vayamos al infierno. Allí es donde irá Leah.

Asiento con la cabeza para mostrar que estoy de acuerdo y después la miro a los ojos y digo:

—Voy a hacer lo que haga falta para protegerte. Voy a mentir, engañar y robar para que estés bien. Voy a compartir tu sufrimiento y voy a cargar contigo cuando te sientas abrumada por el peso. No voy a dejarte jamás, ni siquiera aunque me pidas que lo haga. ¿Crees lo que te digo?

Ella me toca la cara con las yemas de los dedos y asiente con la cabeza.

—Eres lo bastante fuerte como para proteger tu corazón y el mío, y tu corazón del mío. Te voy a dar todo lo que tengo porque, desde el día en que te conocí, te ha pertenecido a ti.

La beso y después me coloco encima de ella.

Y eso es todo. Nuestros corazones están casados.

* * *

Peleamos. Hacemos el amor. Preparamos comidas enormes y después caemos en comas alimenticios durante días. Después de que defienda a un asesino y gane el caso, vende su parte del negocio y nos mudamos a nuestra casa de Naples. Dice que, si sigue defendiendo a criminales, va a ir al infierno y no tiene ningunas ganas de pasarse toda la eternidad con Leah. Abre su propio bufete y yo trabajo desde casa. Tenemos un huerto de verduras. Olivia está gafada y mata todas las plantas. Yo las cuido hasta que recobran la vida cuando no está mirando y después la convenzo de que tiene mano para las plantas. Está muy orgullosa de sus (mis) tomates.

Intentamos tener un bebé, pero Olivia sufre dos abortos espontáneos. Cuando tiene treinta y cinco años, le diagnostican cáncer de ovarios y tiene que pasar por una extirpación del útero. Llora durante un año. Yo intento ser fuerte, sobre todo porque necesita que lo sea. Pero, durante ese tiempo, no era por Noah por quien temía perderla, ni por Turner, ni por sí misma, sino por el cáncer. Y el cáncer era un enemigo al que no quería tener que enfrentarme ni de coña. La mayoría de los días tan solo le rogaba a Dios que la mantuviera con vida e hiciera que el cáncer desapareciera. Eso es lo que le pedía, que desapareciera, como si tuviera cinco años y hubiera un monstruo dentro de mi armario. Y Dios debió de escuchar mis súplicas, porque el cáncer jamás regresó y el monstruo fue derrotado. Todavía me tiemblan las manos cuando pienso en esa época.

Desearía haber podido darle un bebé. A veces, cuando está en su despacho hasta tarde, me siento en la que habría sido la habitación de nuestro hijo y pienso en el pasado. Es un juego sin sentido de tortura, pero supongo que es consecuencia de ser un hombre estúpido y con defectos. A Olivia no le gusta cuando pienso. Dice que mis pensamientos son demasiado profundos y que la deprimen. Lo más probable es que tenga razón. Y odiaría que viera lo que yo veo: el hecho de que, si hubiéramos hecho bien las cosas, si yo hubiera luchado con más ahínco, si ella hubiera luchado menos, habríamos estado juntos mucho antes. Podríamos haber tenido nuestro bebé antes de que fuera demasiado tarde, antes de que su cuerpo lo hiciera imposible. Pero no lo hicimos, y los dos estamos un poco rotos por ello.

* * *

He llegado a la conclusión de que no hay unas reglas claras en la vida. Haces lo que tienes que hacer para sobrevivir. Si eso significa huir del amor de tu vida para conservar la cordura, lo haces. Si significa romperle el corazón a alguien para que el tuyo no se rompa, lo haces. La vida es complicada, demasiado como para que haya absolutos. Todos estamos demasiado rotos. Si eliges a cualquier persona y la zarandeas, oirás el ruido de sus fragmentos rotos. Fragmentos rotos por nuestros padres, o nuestras madres, o nuestros amigos, extraños, o nuestros amores. Olivia ha dejado de hacer tanto ruido como antes. «El amor es una herramienta que nos ha dado Dios —me dice—. Coloca en su sitio las cosas que estaban sueltas y limpia todos los fragmentos rotos que ya no necesitas.» Y la creo. Nuestro amor nos ha arreglado mutuamente. Espero oír solo un débil tintineo cuando la zarandee dentro de unos años.

Leah vuelve a casarse y tiene otro bebé. Por suerte, es un niño. Cuando Estella tiene nueve años, se viene a vivir con nosotros. A pesar de su estatus de madrastra, Estella

342

quiere a Olivia. Comparten el mismo sentido del humor y demasiado a menudo acabo siendo el objetivo de sus bromas. Algunas noches, vuelvo a casa y están sentadas la una junto a la otra en el sofá, con los pies sobre la mesita del café y los MacBooks abiertos, cotilleando sobre chicos. Olivia desearía haber tenido Facebook cuando éramos jóvenes, lo dice todos los días. No estoy seguro de quién está más confundido por la química inmediata entre ambas, si yo o Leah.

Leah todavía odia a Olivia. Y Olivia se siente agradecida porque Leah nos diera a Estella. Por suerte, Estella no se parece en nada a su madre, aparte del pelo rojo, claro. Tenemos la broma en la familia de que ninguno tiene el mismo color de pelo. Negro, rojo y rubio. Somos una visión extraña en público.

Estamos criando a un alma realmente preciosa. Quiere ser escritora y contar nuestra historia algún día. Vamos a estar bien. Eso es lo que ocurre cuando dos personas están destinadas a estar juntas. Tan solo hay que resolver las cosas hasta estar bien.

Hacemos el amor todos los días, pase lo que pase. Es la única mujer que he visto que se vuelve más hermosa con la edad. Es la única mujer que veo.

Agradecimientos

Y el viaje ha terminado. Después de ocho años y de querer a mis personajes con sus mentiras, por fin puedo seguir adelante. Para las madres y los padres, para los amigos y los enemigos. Robo pedazos de vuestras palabras y vuestras vidas para entrelazarlas con mis historias.

Se lo debo todo a mis lectores. Apasionados, dedicados, ligeramente locos. ¡Al igual que yo! Gracias. He escrito esto para vosotros. Jamás olvidaré las firmas de libros, los regalos, los cuadernos de recortes, los correos electrónicos y el hostigamiento. Gracias a los blogs por empoderar a los escritores. Y a los escritores que empoderan a otros escritores a través de sus palabras embriagadoras. Siempre estaré muy agradecida por todo ello.

Tarryn

Tu opinión es importante.

Por favor, haznos llegar tus comentarios a través
de nuestra web y nuestras redes sociales:

www.plataformaneo.com
www.facebook.com/plataformaneo
@plataformaneo

Plataforma Editorial planta un árbol
por cada título publicado.

«Fascinante y perturbadora.»
JODI PICOULT

una
chica
como
ella

tanaz bhathena

«Nunca había leído una novela juvenil como *Una chica como ella*: nos acerca de manera fascinante y perturbadora a la discriminación de género y a la doble moral a través de la mirada de una adolescente en Arabia Saudí. Me ha abierto los ojos y estoy convencida de que inspirará debates y generará preguntas sobre la igualdad, la justicia y los derechos humanos fundamentales.»
JODI PICOULT,
escritora *best seller* de *The New York Times*

La hermana de Charlie se casa. Por primera vez en años,
sus cuatro hermanos mayores estarán bajo el mismo techo.
Charlie desea desesperadamente disfrutar de un último
fin de semana perfecto, antes de que sus padres
vendan la casa y todo cambie.
¿Qué podría salir mal?